ソウルハザード

永山千紗

Soul
Hazard

NAGAYAMA Chisa

文芸社

目次

ソウルハザード

序　章

「お前はここで待ってろ」

石水《いしみず》大翔《だいと》は、黒に近い鈍色に光るメリケンサックを左手に嵌《は》めながら車を降りた。車高を低くした改造車で、身長が百八十センチを優に超える大翔は、天井に頭をぶつけて髪型が乱れないように細心の注意を払う。運転免許は今年成人式を終えてから取ったばかりで一年経っていなかったが若葉マークはつけていない。つけたこともない。そんなクソダサいものをつけるぐらいなら違反切符を切られたほうがだいぶマシだ。

「わかったぁ。暗いからなるべく早く帰ってきてね」

助手席から橘《たちばな》未央《みお》が甘えたような上目遣いをして手を振った。大翔が開けっ放しで行った運転席の扉を、助手席から身を乗り出しめいっぱい手を伸ばして閉める。席に戻るなり右手の指先を噛み始めるが、爪はとっくに噛み尽くしたので今は爪の周りの皮膚を噛むしかない。未央は指先を噛みながらスマホを取り出した。

時刻はまだ夜十時を回ったところだが、土曜日の住宅街はほとんど人通りがなく静かだった。

乗用車とすれ違ったのも一度だけ。公園を挟んだ向かい側に自分の車が見える。わざと街灯のない場所を選んで停めたのだが、ぼんやりとした光に浮かぶ未央の横顔が見えた。大方スマホでも見ているのだろう。大翔はそう思って視線を戻した。

目の前に建っている家は五十坪以上はある、なかなか大きな一軒家。庭には芝生が敷かれている。この間未央と一緒に観た洋画に出てきたような家だな、と思った。奇しくも、その家に住んでいた家族は様々な恐怖に見舞われた挙句呪い殺されるという内容だった。大翔は『八田《はった》』と書かれた下に『welcome』と彫られたタイル調の表札に向かって唾を吐きかけた。

「はい、ウェルカム、ウェルカム、サンキューウェルカム」

門扉を開けて中に入ると駐車場に停めてある車に目がいった。ゆっくりと近づいてボンネットにも唾を吐きかける。大翔にとって唾を吐きかける行為は自分のモノにした印の一つだ。それでも、八田家の車を見ていると胸糞が悪くなる。二カ月ほど前に大翔が蹴って凹ました傷も綺麗に修理され跡形もなくなっていた。大翔は、反りの合わない人間を目の前にしたときのような嫌悪感丸出しの表情をしながら鼻息を思いきり吐き出した。

駐車場から向かったのは玄関ではなく手入れの行き届いた庭だった。昨日が雨だったからか、青臭い匂いが鼻を突く。ムシュッムシュッと湿気を含んだ芝生を踏みつけて大きな窓の前に立った。周りを見回す限り、恐らくここがリビングだ。夜なのでカーテンが閉まっているが、まだ誰か起きているのだろう、隙間から灯りが漏れている。

別に寝ていようが起きていようが関係ねぇ。

大翔はズボンの後ろポケットに突っ込んであった先切り金槌を取り出した。ヘッドの先切り部分はブロックやレンガをもカチ割ることが可能だ。しばらく手首を慣らすように金槌をくるくると回しながら考えた。

窓を割るのは右と左、どっちがいい？

しかし、そもそもの目的を果たす前に手を痛めたらいけないな、と冷静に判断をして、そのまま右手の金槌を振り上げ平面のほうで目の前の窓を叩き割った。ピシピシピシ……今時の窓ガラスは案外丈夫に作られている。派手に割れず、ヒビが入ったところから崩れ落ちる感じで砕けていった。一度では大柄の大翔が入れるほど大きく崩れず、二度叩いてようやく大きな入り口ができた。カーテンを押し退け、砕け散ったガラスを靴で踏みながら家の中に入る。リビングのソファーで寛《くつろ》いでいた修《おさむ》と、温かい飲み物の入ったマグカップを二つ手に持った千歳《ちとせ》が寝間着姿で唖然として侵入者を凝視していた。二人とも突然のことで状況が把握しきれていないようだ。

「きゃあああああ」

千歳が思い出したように大声で叫び出す。大翔は無表情のままのしのしと修に向かっていくと、窓ガラスを割った金槌を間髪入れずに力一杯振り下ろした。ゴシャッと柔《やわ》い手応えがあり、修の側頭部に金槌の先切り部分がめり込んだ。それでも修は立ち上がり、「おふゃふぇはふぁのふぉふぃふぉ」と何かを言おうとして両手を前に出したが、大翔にもう一度金槌を振り下ろされ、今度は頭頂部から噴水のように血を噴き出し、そのまま床に倒れた。

「一発で倒れなかったのは褒めてやる」

大翔はグキグキと音を鳴らしながら首を回し、千歳を見た。千歳は叫びたくても歯がガチガチと震えて声も出ない。夫を殺し自分のほうへと近づいてくる大男に、持っていたマグカップを投げつけるのが精一杯だった。大翔は投げられたマグカップをものともせず千歳に近づき、金槌ではなく左手のメリケンサックを嵌めた拳で顔面を殴った。ボロボロボロ。千歳の前歯が何本か抜けて床に落ち、流れるように血を滴《したた》らせて仰向けに倒れた。ほんの数秒「ふふぃーふふぃー」と息を漏らしていたが、もう一発殴る必要もなく、立って見下ろしている大翔の前で息絶えた。

「お父さん？　お母さん？　どうかした？」

二階から降りてきたのは次女の楓香《ふうか》だった。パステルカラーのスウェットの上下の上にカーディガンを羽織っている。

「お父さん？　お母さん？」

リビングの扉を開けて中を覗こうと顔だけ出したところに、大翔は金槌をぶち込んだ。ゴンッと父親のときよりも固い箇所に当たった音と鈍い手応え。勢いあまった楓香の頭が扉のステンドグラス部分に横から突き刺さり、色とりどりのガラスが床にバラバラと散らばった。そのまま動かなくなったので、ガラスと血に塗《まみ》れた長い髪の毛をむんずと掴み突き刺さっている顔を覗き込む。額の部分が陥没しドロッとした血を流していた。

「ぷっ」

額が陥没したせいで寄り目になったまま死んでいる。その顔を見て思わずふき出した。

「傑作だな、おい。さて、あともう一人はどこだ？」

大翔が乱暴に掴んでいた髪の毛を放すと、頭の重みで楓香の喉は割れ残って尖ったガラスにズブズブと喰い込んだ。メリケンサックを嵌めた左の掌を結んだり開いたりしながら長女の雪乃《ゆきの》を捜す。耳を澄ますと今までは気がつかなかったが、どこからか軽快な音楽が聞こえていた。その音楽の鳴るほうへ向かっていき、閉まった扉の前で立ち止まる。シャワーを流す音も聞こえてきた。

「風呂か」

大翔が扉を開けると、洗面所とその横の白いランドリーチェストが目に入った。綺麗に畳まれた淡い色のルームウェアと下着が置いてある。風呂から上がったら着るつもりだったのだろう。未央は男好きのするレースやシフォン生地の下着ばかりつけているが、そこに置かれていた下着はそれとは全く違う。濃紺のスポーツブラ的なものと同色のボクサーパンツ。それを着用した雪乃の姿を想像し、大翔は口元を緩めた。浴室の扉越しに大翔がいるというのに、シャワーの音と音楽、その音楽に合わせて口ずさむ雪乃の微かな鼻歌が聞こえる。あの日、この家族と初めて会ったあの日、いっときだがこの長女に心を奪われた。パーキングエリア内のレストランで、自分が客であるにもかかわらず店員に対し丁寧な口調で話しかけ、「ありがとうございます」と礼を言っていた。そもそも大翔にとって、店員に対して敬語を使う人間など物珍しい以外の何者でもない。だから目に留まった。最初は、なんなんだこいつ頭イカレてんのか？　と思って見ていると、妹らしき女と楽しげにメニューを選び始めた。普段なら髪の短い女になど見向きもしないのに、その笑顔と仕草、健康的な外見は忽《たちま》ち大翔を魅了し、「やりてぇ」と、思わず声に出していた。その女が今、目の前の扉の向こうで全裸でいるかと思うと、そのときの思いがむくむくと蘇りテンションが上昇する。大翔は鼻息を荒らげながら浴室の扉を開けた。

「何？　誰？」

髪を洗い流していた雪乃は慌ててシャワーを止めた。どこかで聞き覚えのある人気の音楽だけが結構な音量で場違いに流れている。大翔はずぶ濡れの雪乃を見て金槌を脱衣所に投げ捨てると、メリケンサックを嵌めた左手を雪乃の右頬目掛けて振り下ろした。ところが、咄嗟に攻撃をかわした雪乃は、逆に不意を突いて大翔の鳩尾《みぞおち》を殴ってきたのだ。しかも女とは思えない重いパンチ。思わず顔を歪めて血の交じったゲロを一口吐いた。

「てめぇ」

腹を立てた大翔は屈んでゲロを吐いた状態から痰も吐き出すと、血走った目で雪乃を見上げた。そして、もう一度顎を目掛けてメリケンサックの拳を振り上げた。雪乃はその拳をも止めようと受け身の体勢を取ったが、流石にメリケンサックをもろに喰らった掌は崩壊。グシャッという骨が砕けた音がして短い呻き声をもらした。雪乃は痛みに顔を顰《しか》め、よろけた拍子に床に流れていたシャンプーに足を取られると、後頭部を蛇口の金具に強打してそのまま仰向けの状態で床に倒れた。

「痛ってぇなぁ」

大翔は予期していなかった反撃にキレて、音楽の流れるスマホを防水ケースごと湯船の中に投げ入れた。湯船の中からくぐもった音が聞こえるがこの程度なら耳障りじゃない。倒れて動かない雪乃の後頭部から血が広がっている。大翔は、頬を叩いたり揺らしたりして雪乃が死んでいるのを確認すると、その場でベルトを外しズボンとパンツを脱ぎ、下半身を露《あらわ》にした。全裸の雪乃を見てから、いや浴室の前に立ったときからずっと勃起していたのだ。

雪乃の身体は想像以上。女では珍しく腹筋が割れていて、それがまたなんともエロい。その腹筋を撫でまわした手を下半身へと這わせ、死んでぐったりとしている雪乃の両脚を乱暴に開く。太腿の内側にある黒子《ほくろ》と露になった陰部が大翔をより興奮させた。舌なめずりをしながら荒ぶっているペニスを突き入れようと試みるが、濡れていないせいか締りが良すぎるのか、入らない。苛立ちを覚え、指を二本入れてみて何度か出し入れする。こなれてくると三本に増やし、ぐりぐりと広げるように動かした。死体が感じるわけはないし、そんなこと今はどうでも良かったが、大翔はふと雪乃の顔を見た。当然表情は何も変わっていない。そうなると大翔はどうやってでも自分のペニスを雪乃の膣に入れたくなった。指を出すと血液が交じったヌメヌメとした粘液がついていた。それをひと舐めしてからもう一度雪乃の陰部に自分のペニスをあてると、無理やり押し込む。ヌチヌチッと裂けるような音を出しながら雪乃の膣に飲み込まれていくその感覚は何にも代えがたい快感を与えた。一度入ればこっちのもの。大翔は何度も何度も雪乃の陰部を突き、自分の精子を注入した。雪乃の中は今までやってきた女たちとは比べ物にならないほど気持ちい。纏わりつく感触に、大翔は恍惚の表情を浮かべて何度もイッた。これでこの女は俺のモノ。

この家に侵入するときに窓ガラスを割った音や千歳の叫び声で誰かが通報したのだろう。パトカーのサイレンの音が聞こえてきて、大翔はようやく雪乃を犯すのをやめた。転がっている雪乃を足で退かしながらシャワーで自分のペニスを丁寧に洗い流す。まだ勃起が収まらず苦笑いをした。

雪乃を犯すのは予定に入ってはいなかった。だから八田家の四人を皆殺しにしてからでも逃げる時間は充分にあると踏んでいた。かといって一生逃げきれると思っていたわけじゃない。ただ、逃げられるのなら何日かでも逃げておこうかと考えていただけで、いずれ捕まるのはわかっていた。でも、雪乃が入浴中だったことで計画を急遽変更。まぁ、今日逃げ果《おお》せたところで所詮数日か良くて数週間だろう。どうせ捕まれば死刑だ。それならば、と天秤にかけたときに逃げるよりも雪乃を犯したい願望が断然勝った。そう自ら判断して行為に及んだのだ。警察がすぐにでも到着しそうになっているからといって、いまさら焦らないし動じもしない。大翔はやりたいことを全てやりきったと言わんばかりの満足げな表情を浮かべた。ようやく萎《しぼ》んだ洗いたてのペニスを、畳んであった柔らかいバスタオルで拭き、下着とズボンを穿く。まだ警察は入ってこない。余裕すらあった。ふと足元に落ちている金槌を拾い上げると、「もういらねぇな」と呟いた。

八田家に入った警察官たちは、リビングで三人の無残な遺体と凄惨な現場を発見した。犯人の姿を捜し、浴室に辿りつく。そこでは、湯船に沈んだスマホからくぐもった音楽が鳴る奇妙な雰囲気の中で、しゃがんだ大翔が全裸の雪乃の遺体に何やら施している最中だった。警察官が声をかけても振り向きもしない。何をやっているのかと覗き込むと、雪乃の陰部に何かをぐりぐりと突っ込んでいるではないか。よく見れば金槌のヘッドの部分を大翔自身が握っているので、おのずと突っ込んでいるのは数十センチはあろうかと思われる柄の部分だと想像できた。ビチビチビチッ。嫌な音を立てながら柄の部分全てを押し込まれた彼女の陰部からは、白濁色の液体と彼女自身の血液が溢れている。

「おい、やめろ、離れなさい」

警察官二人がかりでようやく大翔を雪乃から引き離すと、八田家から連れ出しパトカーの後部座席に乗せた。

パトカーに乗る前に大翔は公園の向かい側をちらっと見たが、車だけが残され、未央の姿はどこにもなかった。

あの馬鹿女、サツにビビッて逃げやがったな。

「ちっ」

大翔はパトカーの中で盛大に舌打ちをすると目を閉じて、さっきまで味わっていた雪乃の身体を思い浮かべた。

八田家の一家四人が惨殺された事件から二カ月ほど遡《さかのぼ》った八月二十二日。お盆期間が終わった平日の週始めで、外の気温はさて置き、関東の田舎を走る高速道路は比較的空いていて快適だった。大翔は開けた窓からタバコの吸殻を火のついたまま投げ捨てた。続けて、カラになった五百ミリリットルのペットボトルも投げ捨てた。裁判官に、なぜそんな行為をしたのかと聞かれると、タバコはいつも捨てているし、ペットボトルは車の中にゴミを置いておきたくなかったからだと答えた。それにペットボトルが後続車のフロントガラスに飛んでいったら面白い。運転手が驚いたり慌てたりする顔をバックミラー越しに見るのはかなり愉快だ。中身は入っていないんだ、鳥がぶつかってくるよりマシだろ。悪びれる様子もなかった。

その後、夕食を摂るために立ち寄ったパーキングエリアで八田家の家族と初めて会った。そこは土産物だけでなく地元の食材をふんだんに使用したフードコートも人気のパーキングエリアで、お盆の繁忙期を過ぎても注文のために列ができていた。それでも気の短い大翔が並んでもいいと思える程度の列で、たまたま前に並んでいたのが八田家の娘たち。自分とさほど歳が変わらないように見えた姉の雪乃は、大翔の記憶に残る印象的な女だった。

「ねぇ大翔、超ムカつくんだけど」

食後トイレを済ませて外に出ると、先に車に乗って待っていた未央が不機嫌そうに訴えてきた。

聞けば、さっきのタバコとペットボトルのポイ捨て行為を年配の男に咎められたのだという。ペットボトルがぶつかったわけでもないのに、近くを走っていて危険な行為だと感じたからと。大翔たちが乗っている車の車種やナンバーを覚えていて、たまたま同じパーキングで見かけ、声をかけてきたのだ。

「今回は通報はしないけどもう二度とすんなって」

未央は言いつけるような口振りで言った。

「うぜぇ」

運転席に乗り、そう吐き捨てながらドアを乱暴に閉めた大翔に、

「ねぇ、この前みたいにやっちゃおうよ」

と、未央がせがむ。この前みたいにというのは、数週間前の話。大翔と未央が乗っていた車の前方で車線変更をしてきた車がいた。腹を立てた大翔が約三キロにわたって煽り運転を続け、最終的に軽い接触事故を起こし、相手を恫喝して金を巻き上げたのだ。

未央は人に咎められるのが大嫌いだった。ましてや見ず知らずの人間に説教をされるなんて虫唾が走るほど不快だった。運がいいのか悪いのか、パーキングエリアから高速に出るとガラ空きの道路を走る八田家の車が前に見えた。この時点では、その車にフードコートで見かけた娘たちが乗っているなんて大翔は思いもしなかった。だが、「あの車だよ。うちらに説教してきたジジイの車。めっちゃエロい目で私のことジロジロ見てたし。あぁキモ」と、未央は大袈裟に身震い

して嗾《けしか》けた。大翔は一瞬どうしようかと考えたが、「座ってる私のおっぱいめっちゃ見てたんだよ」と大きく開いた胸元を押さえながら未央が言うのでブチギレた。自分のモノにちょっかいを出されるのは我慢ならない。八田家の車を追いかけると、後ろについて煽りはじめた。

「そもそも俺は大人が嫌いだ。正義や正論を振り翳す大人はもっと嫌いだ。ガキの頃、先公とかダチの親とか、大人は子どもを助けてくれるもんだと思ってた。けど違った。大人も子どもを虐める、悪口も言う、差別もするし、シカトもするし、見て見ぬ振りもする。そのくせ注意したり怒ったり命令したり。大人とか子どもとか、なんも違わねぇ、ただの人間だ。大人はただ長く生きてるだけの人間。なんも偉くねぇ。それでもただ大人ってだけで態度とか図体とかデカいから子どもは歯が立たねぇ、タチが悪ぃんだよ大人って奴は。あのジジイだってそうじゃねぇか。道路でポイ捨てすんなって言いながら俺の女をエロい目で見やがって。ビビらしてやろうと思ったんだよ。俺は、もうやられるだけのガキじゃねぇ。やられる側の立場じゃねぇ。それを教えてやろうと思ったんだ。相手間違えたなって、相手が悪かったなって思い知らせてやろうと思ったまでのことなんだよ」

四十人近い傍聴人の前で大翔は怒りに満ちた声でそう言った。

やがてパッシングを繰り返していた大翔の車が速度を落としていた八田家の車と入れ替わり前方になると、わざと急ブレーキを踏んで衝突させた。大翔は金を巻き上げるべく、高速道路のど真ん中で車から降り、八田家の車に近づいた。しかし、車体を蹴ろうが叩こうが、大声で恫喝しようが、八田家の人間は話に応じることも車から降りてくることもなかった。それどころか警察に通報され、いっときは逮捕までされた上に免停を喰らったのだ。大翔の怒りは頂点に達した。

「糞みてぇな大人に喧嘩を売られたと思って無性にムカついた。ぶっ殺してやると思った。俺を見下しやがって、俺に喧嘩を売るってことがどういうことか、喧嘩を売った相手が悪かったって後悔しながら死なせてやろうと思った」

三回の裁判の中で実に十九回、大翔は『相手が悪かったと思い知らせたかった』という趣旨の言葉を繰り返し、裁判員や傍聴人たちを呆れさせた。

「被告人、あなたは今年成人を迎えましたよね。社会的に、あなたももう子どもではなく大人なんですよ」

そう裁判官に諭されても、大翔は鼻で笑っただけだった。未央は証人尋問で、八田家の父親に胸をジロジロ見られたというのも、ただそんな気がしただけかも、と口を濁した。つまり、全ては大翔が八田家への過度の逆恨みを募らせた挙句の凶行。

大翔は、以前自動車工場に勤めていた。その工場で今も働いている友人の伝手やネットに精通した後輩を使い、未央が写真を撮っていた車のナンバーから持ち主の身元を割り出した。ＳＮＳやｗｅｂ上のナレッジコミュニティーを利用すればさして難しいことではないという。家族構成から家族四人の名前や年齢、プロフィール画像まで調べ上げた。そこで初めてパーキングエリアのレストランで見かけた姉妹の父親の車だったと知り、大翔は自分の鼓動が速くなるのを感じた。

殺しに行けば、あの女にまた会える。

「その姉妹の家族だと知って計画をやめようとは思わなかったのですか？」

検事のその質問に、

「なんで？」

と大翔はあからさまに不快感を露にした。検事の言うそれがなぜ殺さないという選択肢に繋がるのかさっぱりわからなかった。殺すことが目的であれ、あの女にまた会える。それどころかあの女は俺に殺されるときどんな表情をするだろうか、どんな声を出すだろうか、そう思うと八田家を皆殺しにするのが俄然楽しみになってきたのだ。殺すのは完全に自分のモノにすることに他ならない。

そして三十日間の免停を終え、その年の十月十五日に八田家を襲撃した。

「なぜ性的な暴行を加えた後、凶器の金槌でさらに陰部を損壊するような行為をしたのですか？」

裁判官が言葉を選びながら、悲痛な表情を隠すかのように厳しい顔つきで質問する。

「もうあいつは俺の女だから。他の男のモノは受けつけねぇ、打ち止めって意味だよ」

自分勝手な殺害理由と残酷極まりない殺害方法に死者を冒涜する行為。裁判官や裁判員たちは皆絶句し、一審、二審、当然のようにどちらも死刑が言い渡された。三審も後は判決を待つだけとなっていたが、死刑の確定は目前。しかし、大翔はそれで良かった。むしろ望むところだった。

「死刑が怖くて人を殺せるかよ。人を殺すのは最上級の娯楽だ。命懸けの娯楽。誰もができる娯楽じゃねぇ。死ぬことなんて屁でもねぇマジで強い人間だけに許される娯楽。それに、死刑になるのは俺一人だが、俺が殺したのは四人。天秤に乗せたとき、俺の命は四人分の命と釣り合うってことだ。俺の命は重いんだよ、尊いんだよ。あの四人は相手が悪かったんだ」

そう言い放ち笑みを零した。死刑上等。死刑執行が何年先になるかはわからないが、最短でも二年、平均で六年はかかるといわれている。大翔はそのことをよく心得ていた。四人を殺害し、極上の女を犯し、それで二年から六年も気ままな独房ライフを満喫できるのだ。裁判中に未央と籍を入れたから制限こそあれそれなりに差し入れも頼めるし、雪乃とのセックスを思い出して独房で何度でもオナニーを愉しむことだってできる。その上で死刑に処される。シャバでただ死んでいくよりもずっと価値ある死に様じゃないか。それが大翔の本心であり本望だった。

傀儡

　ＪＲ京浜東北線西川口駅。西口を出てロータリーを越え、右に曲がると五階建ての古い雑居ビルがある。一階には居酒屋が入っていて二階から五階までは全て風俗関係の店だ。エレベーターはない。村主雅哉《すぐりまさや》は目的の店がある三階まで細い階段を上っていった。

「お前から箱ヘルに行こうなんて珍しいよな。しかも西川口って、なんでまたこんな変態スポットに来たかったわけ？」

　後ろで一緒に来た友人が一人で喋っている。

「それにさ、西川口なら箱ヘルじゃなくてソープだろ。何せＮＫ流の本拠地だぜ。でもまぁ、天下の西川口も摘発があってからは店がだいぶ減っちまったって誰かが言ってたけどな」

　文句を言いながらも満更でもない様子だ。友人を無視したまま三階に到着すると、鉄の扉に不釣り合いなほど煌びやかな装飾を施した看板が貼りつけられているのが目に入った。

《西川口ピーチ・ヴィーナス》

　安っぽいネーミングだが、風俗店などどこも似たようなもの。

村主は扉を開けて中に入った。ビルや階段のボロさからは到底想像できない高級感のあるビロード調の紫色のカーテンがかけられた受付が現れた。

「いらっしゃいませ」

三十代くらいの感じのいい男性店員が丁寧にお辞儀をして女の子の写真を見せてきた。受付の横の料金表を見ると一番短くて六十分一万円と書かれている。相場よりも安めなのは風俗店街からほんの少し離れているせいか。

「本日ご案内可能な女性はこちらになります」

十人以上の女性たちが露出度の高い姿で写っている。

「ナナさんで」

女の子を選ぶと待合室に通され、問診表を記入。友人はまだ女の子を物色している。十分ほどして一人の女性が顔を出した。

「初めまして、ナナです。本日はご指名ありがとうございます」

金髪のロングヘア。ナナと名乗るその女性に明るい声で挨拶をされ、村主は友人を尻目に先に部屋へと案内された。簡易的なベッドだけが置かれている窓もない狭い部屋。ベッドが寮生活のときに使っていたものに似ていて村主は思わず苦笑いを浮かべた。寮は相部屋だったから個室なだけこっちのほうがマシか。不潔さは感じないし、待ち時間も短い。ネットで優良店だと書かれていたのも頷ける。

「お客さん、初めてですよね」

慣れた手つきで洋服も下着も脱がされると手を引かれシャワールームへ。いやらしい手つきで首から下全てを洗浄。こういう類の店では女性の長い爪が触れて痛いことが多いのだが、彼女はイメージとはそぐわない短い爪だった。

「すごい筋肉。身体、鍛えてるんですね。何かスポーツをやってるんですか？」

村主の腕を揉みながらナナが聞いた。

「元自衛官だから」

「あっ、だからか。めっちゃカッコいい。お腹も触っていいですか？　私、マッチョ大好き」

頷くと割れた腹筋を指でグニグニと押し、その指を徐々に下へ滑らせ、亀頭に触れる。村主が思わず「うっ」と声を出すと、ナナは嬉しそうに微笑んだ。

時間が限られているので早々にシャワーを終え、そのままベッドへ。全裸になったナナは受付で見た写真よりも明らかに痩せていて胸も小さく肋骨が浮き出ていた。

「じゃあ今からスタートしますね」

そう言って六十分にセットしたタイマーのスイッチを押す。

「子ども、いるの？」

覆い被さってキスをしてこようとしたナナに村主が聞いた。

「妊娠線……嫌だった？」

ナナは自分の腹に白く浮き出た何本かの線を咄嗟に右手で隠した。

「そうじゃなくて、お母さんなのかなって」

「嫌じゃないならもう始めようよ。時間、なくなっちゃう」

再びキスをしてこようとしたナナをまた止める。

「ごめん。今日は知り合いに無理やり付き合わされただけで、そういう気分じゃないんだ。なんでもいいから、話しない?」

想定外の提案に、ナナは意味がわからないという表情をして、しばらくベッドの上に座り込んだ。

「ええー、何言ってんの? もしかしてこういう店初めてなの?」

驚いたように大きな声を上げたが、すぐに手で口を押さえて壁を指差した。個室といっても隣の部屋とはパーテーションで区切られているだけだから声が丸聞こえなのだ。実際、どこかの部屋の話し声や喘ぎ声もちょいちょい聞こえてきていた。よく聞けば一緒に来た友人の声かも、と思えるものも。

「初めてじゃないけど」

小声で言う。

「童貞とか? 包茎とか?」

ナナも小声で聞く。

「いや、違うよ」

半分照れ笑いをしながら答えた。

「じゃあ、どういう店かわかってて来たんでしょ？」

「まぁ」

村主が困った顔で曖昧に相槌を打つと、ナナは上目遣いで今にも唇が触れそうなくらいまで顔を近づけた。

「あのね、私、あなたとしたいな……色んなこと。そのムキムキの腕に抱かれたいし」

本気なのか営業なのか、濡れた唇を震わせ官能的な表情で迫ってくる。

「それなら、これでどお？」

村主はナナを抱きしめた。

「えっ、何」

「時間がくるまでこうしているよ」

戸惑っているナナの頭に顔を埋めて言った。シャンプーの甘い匂いがする。

「お母さんもやって、仕事もやって、大変だよね。たまにはこうやって休憩するのもいいんじゃない」

抱きしめながら頭をそっと撫でると、ナナは抵抗するのをやめ力を抜いて村主に身を委ねた。まるで子どものように小さくて軽い。

そうひとこと言っただけで、時間がくるまで抱きついて離れなかった。タイマーが鳴るとナナは慌てて起き上がり音を止める。

「ねぇ、また来る？」

着替えを手伝いながら名残惜しそうに聞いてきた。

「来ないよね、何もしないのに来るわけないか」

答えを聞く間もなく寂しげな顔で言う。

「逆に来ていいの？　今日みたいな感じでも」

「うん、来て、来て」

ナナはおねだりをする子どものように満面の笑みで握った両手を揺らした。

「ねぇ、問診票に書いてあった名前って本名？」

「そうだよ」

「村主雅哉さん……ムラヌシって書いてスグリって読むんだぁ。珍しい苗字だね。また来てね、村主さん」

「うん、また来るねナナちゃん」

村主はナナの頭をポンポンと撫でた。

「気持ちいい」

村主が次に《西川口ピーチ・ヴィーナス》に現れたのは二カ月後。ナナは村主の顔を見るなり嬉しそうに手を振った。

「今日も何もしないの？」

「ごめん、なんかこういう雰囲気でするの苦手なんだよね。コイツ繊細だから」

村主は自分の股間を指して言った。

「じゃあマッサージしてあげる」

ナナは村主をベッドにうつ伏せに寝かせ、自前のオイルで全身をマッサージした。

「村主さんて仕事、何してるの？」

「小学校の警備員だよ」

「へぇ。うん、なんかそんな感じ。守ってくれそうな感じ」

次も、その次も、箱ヘルなのに世間話をしながらマッサージをしてもらうだけ。そしてマッサージをしながらナナ自身の話も。好きなテレビ番組、タレント、歌。初めはそんな話ばかりしていたが、やがて心を許したのか、自分の身の上話をしてくるようになった。

家族は両親と妹がいて、母親と折り合いが良くなく、高校三年生のとき大学受験目前に家出をした、と。年齢は二十二歳で本名は石水未央。同じ歳の旦那は殺人を犯し拘留中で、現在裁判の途中だがほぼ間違いなく死刑だろうという。

「だって四人も殺したんだよ。しかもめちゃくちゃな殺し方して」

話を聞くと、二年前の事件当時はニュースでもかなり取り上げられていた横浜一家四人殺害事件の犯人だ。

「なんでそんな奴と別れないの？」

「別れるも何も、籍入れたの事件起こして捕まってからだし。ついこの前なんだよ」

ナナの、いや、未央の話では、殺人事件を起こした石水大翔と出会ったのは三年前。横浜一家殺害事件の一年前だ。

十八歳のとき、未央はお年玉を入れていた貯金を全て下ろし、そのお金を持って家出をした。できる限り遠くへ行こうと新幹線に乗り、思いついた先は渋谷。渋谷なら似たような境遇の子がいっぱいいる、単純にそう思った。だけど、声をかけてきたのは風俗スカウトマンだけだった。強引な態度に最初は逃げていた未央も、誰も頼れる人がいない街で、金も残り少なく住む場所もなく途方に暮れる中、『お金が貯まる間だけでいいから』『住む部屋も用意してあげるよ』という言葉にふっと魔が差した。じゃあお金が貯まるまで……その言葉を聞いたスカウトマンは気が変わらないうちにとばかりに、未央を美容院へ連れて行った。高級な海苔のように黒光りした髪。カラーやパーマなんてしたこともない。少し明るくしたらと勧められ、どの色がいいかとカタログを見せられた。未央は母親が絶対に嫌悪する金髪を選んだ。デジタルパーマもかけ、人生初の髪型になった自分を見て、なんだかお伽話のお姫様のようだと思った。それがスカウトマンの狙いだった。その後、無料の寮だと連れて行かれたアパートの一室には既に三人の女の子が住んでいた。その子たちとルームシェアをするのだと説明され、スカウトマンが帰った後は彼女たちからメイクのレッスンを受けた。そして翌日から早速ＪＫビジネスの店で働き始め、やがてイメクラやオナクラでも働くようになった。働けど働けどお金が一向に貯まらない。自分の給与から毎月スカウトマンへの紹介手数料が差し引かれていて、それが結構な金額なのだ。手元に入ったお金は美容院や化粧品、洋服などに使ってしまう。別に強制されるわけじゃないが、周りの子たちに合わせてしまう自分がいた。それに、いつからか、ちやほやされるのが嬉しくなっていた。入り口は簡単だったが出口がない。たまにそのことに危機感を覚えても、真剣に考えると怖くなるから、わざと考えないようにしていた。

そんなときに出会ったのが未央をスカウトした男に弟子入りした大翔だった。ここへ来る前は自動車工場で働いていたからか、他のスカウトマンと違っていわゆるガテン系。体格が良く彫りの深い顔立ちに未央は一目惚れをした。額にある傷を見て、歴女ホステスは忠臣蔵の吉良上野介みたいだとはしゃいでいた。見た目だけでなく、少しでも悪質な客は容赦なく殴る。そんな暴力的な部分が未央には頼もしく映った。

『喧嘩は相手がもう立ち直れねぇぐらいまでボコボコにしなきゃ意味がねんだよ。もう二度と歯向かってこねぇように、そんな気も起こさせねぇくらいボコすんだ。喧嘩を売った相手が悪かった、喧嘩を売る相手を間違えたって心の底から思わせんだよ。そうやってテメェの価値を上げていくんだ』

大翔が弟子入りをした先輩スカウトマンはいつもそう言っていた。未央の初体験はそのスカウトマン相手の半ばレイプのようなものだった。それでも何が普通で何が普通じゃないのかなんてわからないから、大翔も未央もそういうものなんだと思っていた。だけど、大翔と付き合うようになりセックスをしたときは幸福感に包まれて、愛する人に抱かれるとはこういうことなのかと思った。すぐに大翔と結婚したいと考えるようになり、その思いを伝えたが、いつもスルーされ続け、付き合って一年くらい経った頃にあの事件が起こった。

未央の妊娠がわかったのは、大翔が逮捕されて間もなくだった。面会ができるようになって大翔にそのことを伝えても、堕胎しろとは言わなかったが、結婚しようとも言ってはくれなかった。出産すれば結婚してくれるかも。そんな淡い期待を抱いていたが、出産後も状況は変わらなかった。ところが一審二審と死刑判決が下ると、どういう心境の変化か、大翔から結婚しようと言ってきた。どうやら死刑が確定すると親族以外は面会や差し入れに行けなくなるらしい。

『お前に会えなくなるのは嫌だからよ。父親として空《そら》の話も聞きてぇし』

そう言われ未央は泣いて喜んだ。殺人犯とか死刑囚とか、そんなことよりも、やっと自分が大翔にとって一番の女になれることが嬉しかった。子どもを産んで良かったと初めて思った。

「ずっと一人だったから。ずっと寂しかったから」

そこまで話すと、未央はマッサージの手を止めて村主の背中に抱きつき、まるで言い訳をするようにそう言った。

一人で寂しかったから、そんな男と籍を入れたのも仕方ないよね。

背中からそう聞こえてくるようだった。子どもがいるんだから一人じゃないでしょ、そう言いかけてやめる。きっと彼女にその言葉は禁句だ。村主は身体を起こして未央を抱きしめた。

「今は寂しくないの？　結局そいつは死ぬまで拘置所にいて、ナナちゃんの傍にはいられないんだよ」

「うん、そうだけど、でも、結婚してくれたから、気持ち的に一人じゃないって思える」

「そっか」

子どもの名前は空。旦那の名前の大翔と合わせて『大空を翔ける』という意味で名づけたという。子どもについては自分から話してくることはなかったが、村主が聞けばぽつぽつと答えた。

「空君てどんな子なの？　写真とかあるの？」

「写真かぁ。自分は撮るけど子どもは撮らないなぁ。一歳になったばかりなんだけど、まだあんまり動かないし」

「ハイハイとか掴まり立ちは？」

「しないしない。ずりばいくらいはするかなぁ」

「お喋りは？」

「えーそんなのまだだよー」

「あーとかまーとか声は出したりするんでしょ？」

「んー、うちの子おとなしいんだよね」

いや、動かない声を出さないって、おとなしいっていうレベルじゃないと思うけど。

「ナナちゃんの子だったら可愛いだろうね」

村主がそう言った瞬間、未央は顔を強張らせ村主の両腕を強く抓《つね》った。

「痛っ、痛いよ」

「だって、ナナのほうが可愛いもん。ナナだけを見てくれなきゃいや」

嫉妬か……自分の一歳の子ども相手に？　村主は抓られた場所にかなり痕が残っているその激しさからも彼女の心の闇を見た気がした。その嫉妬心が功を奏したのか、その次に店に行くと、村主は未央から自宅に来てと誘われた。

「なんかね、ストーカーがいるみたいなの。怖いから村主さん、プライベートで私のボディーガードになってくれない？」

村主は笑顔で快諾した。

待ってました。何カ月もこんな糞みたいな店に通って、嘘と嫉妬に塗り固められたこの女の相手をして。ようやくかかった。ストーカー？　どうせそれも嘘。旦那が戻ってこなくて寂しいから俺が欲しくなっただけのこと。そりゃ喉から手が出るほど欲しいよなぁ、心も身体も満たしてくれる、生活の面でも頼れる男が。お前はそういう女だよ。

「俺がナナちゃんを守ってあげるから安心して」

「嬉しい。喧嘩が強い人はみんな怖い人なんだと思ってた。でも、村主さんは違う。喧嘩も強いけど、すごくすごく優しい人」

未央は今にも飛び跳ねそうな勢いで、自分の名刺に住所とプライベート用の携帯の番号を書いて村主に渡した。

「必ず連絡ちょうだいね。必ず来てね」

村主は初めて未央にキスをした。

行くよ、必ず。お前を地獄の底に突き堕としにな、という思いを込めて、長く激しく貪るようなキスを。

絶　望

　防衛大学校とは、防衛省施設等機関として自衛隊の幹部自衛官を育成する教育・訓練施設である。卒業後は幹部自衛官への道が約束されているため、偏差値も倍率も国立大学並みの高い人気を誇っている。ただし、当然ながらかなり厳しい規律や訓練を四年間強いられるわけで、中でも最初の難関といわれるのが一年次の夏季定期訓練に行われている富士登山訓練。そこで村主は八田雪乃と出会った。

　二〇〇〇年に十八歳で陸上自衛隊に入隊した村主は、二〇〇五年に志願してイラク派遣部隊に参加。自衛隊では海外での人道復興支援への協力は名誉ある任務だと叩き込まれていて、当時自衛官たちのほとんどが参加を希望した。イラクでの陸上自衛隊の活動の三本柱は非戦闘地域における給水・医療支援・学校や道路の補修。比較的治安が安定しているとされていたイラク南部の都市サマーワの宿営地を中心に活動を行うものと定められていた。

　正直、日本で平和慣れしていた村主も含め若い自衛官たちはそんな戦地を甘く見ていた。実際は、宿営地の近くでさえ路肩爆弾や自動車に爆弾を搭載した自動車爆弾による攻撃、技術やコストを必要としない自らの体に爆弾を巻きつけて目標物と共に自分もろとも爆発する自爆による抵抗が頻繁に行われていたのだ。そして、陸士長として道路の整備に携わっていたときに道中に仕掛けられていた爆弾での攻撃を受け、村主は負傷し帰国した。日本で治療を受けたが鼓膜が破裂したことで右耳の聴覚を失い、その後は事務系の仕事に従事していた。そんなとき、防衛大学校の富士登山訓練に臨時の助教官として参加するよう命じられた。

若いだけあって最初は威勢のいい学生たちだったが、登りはじめてしばらくして土だけの景色が続くようになると、寝不足がたたって睡魔に襲われる。それを過ぎると今度は慣れない岩場歩きに疲れも出てきて、空気も薄くなる八合目付近で高山病の症状を訴える学生もちらほら。意外に多いのが太陽光が近過ぎて頭痛を訴える者たち。そんな学生たちを励まして、なんとか山頂まで辿り着く。自分の下にある雲に感激したりしているのも束の間。本当の地獄は下山だ。疲労が溜まりまくった状態での下山は実際よりも長く感じられ、自分との闘いになる。この時点でリタイアした学生たちの面倒を見る担当は別の助教官で、村主は下山途中にダウンした学生の世話係になっていた。そして、火山性の荒原を過ぎた辺りで足首を痛めた女子学生を村主は何時間も負ぶって下山する羽目になったのだが、その学生が雪乃だった。

精進湖方面へ下山すると、あの青木ヶ原樹海を通る。

「すごい……綺麗……」

雪乃は村主の肩越しにそう呟いた。

「初めてか？」

「はい」

まぁそうそう旅行で訪れる場所でもない。この訓練で初めてという学生がほとんどだろう。

「綺麗。豊かな森ですね」

「ああ、美しい場所だ」

「生命を感じます」

村主は何度かこの場所を通ったことがある。同行者は大抵『気味が悪い』とか『空気が重い』とか『早く立ち去りたい』とか、先入観や偏見で怖がる者ばかりだったから、雪乃の見せた反応に軽く驚いた。溶岩で形成された台地の上に根を張る樹林と緑の絨毯の幻想的な美しさ。その存在意義を彼女なりに汲み取ったようだった。ここを豊かと表現した、そんな女性は初めてだ。確かにここには年間百人以上が死を求めて訪れる。その人たちはこの美しさに気づく心の余裕などないだろう。だけど、そんな人間をも、この樹林は受け入れてくれる。豊かで優しく、そして強い聖母のように。

「防大の教官であればまたお会いして直接お礼を申し上げられるのですが、そのような機会もないかと思いますので連絡先を教えていただけませんでしょうか」

確かに、何時間もかけて山頂に登った状態の体力で、その後下山途中から三時間近くの道のりを五十キロ以上はあるであろう人間を背負って歩くのはいくら村主でも相当疲れた。が、しかしだ、助教官として当然のことをしたまでだから、改めて礼をしてもらう所以はない。雪乃にもそう言ったのだが、どうしてもと言われ、仕方なく携帯の番号を教えた。

それからひと月が経とうかという頃に雪乃から電話がかかってきた。今度はどうしても直接会って礼を言いたいという。まったく、どうしてもが多い奴だ。そう思いながらも、押しに弱い村主は、結局次の日曜日に会うことになった。待ち合わせ場所は横浜の石川町の改札口。約束の時刻に到着すると、詰襟の制服姿の雪乃が直立不動の姿勢で待っていた。防衛大学校では一年次は外出の際も制服の着用が義務づけられている。ショートカットにして指定の帽子を被っているとまるで美少年だ。高校も卒業していない村主は、入隊するまで防衛大学校の存在すら知らなかった。しかし、事務系の仕事をするようになってからはよく耳にするようになり、理解した。彼らは優秀な選ばれし者たちで、いずれ自分の上官になる人たちだと。

「富士登山訓練の際は大変お世話になりました。ありがとうございました」

雪乃はその場で敬礼しつつ頭を下げた。村主は少し照れながら「ん」と軽く頷く。

「こちらこそ、わざわざ直接礼を言いに来てくれてありがとう。もう足はすっかりいいの？」

早口で尋ねた。

「はい。もうぜんっぜん大丈夫です」

顔を上げながらそう言う若者の笑顔が眩しい。

「村主……三曹とお呼びしたほうがよろしいでしょうか。それとも助教官と」

「さん付けでいい。こんなところで役付けで呼ばれたくない」

村主は思わず周囲を見回し、雪乃の言葉を最後まで聞かずに答えた。

「村主さんでよろしいんですね？」

念を押す雪乃に村主は二度頷いた。ふっと緊張が解けたような表情になった雪乃は、

「では村主さん、お腹が空きましたね。昼食を食べに行きましょう」

と言った。うん、確かに指定された待ち合わせ時間が昼前だったから、そう言われる気がしていた。なんとなく。

「どこに？」

「ここをどこだとお思いですか？　石川町といえば中華街に決まっているじゃないですか」

うん、それもそう言われる気がしていた。なんとなく。

「村主さんは何か嫌いな食べ物ってありますか？」

「いや、ないけど」

「では、私の行きたいお店でもよろしいですか？」

「うん、任せるよ」

村主の返事を聞いて雪乃は嬉しそうに笑った。さっきは美少年のようだと思ったが、とんでもない、よく笑う可愛らしいお嬢さんだ。本心でそう思った。

駅を出てすぐのところに中華街の門がある。だが、門の周りにも門を潜ってからもそれらしい

雰囲気もなければ店もない。

「ここが、中華街?」

思わず雪乃に聞いた。

「えっ?　村主さん、もしかして中華街初めてですか?」

「初めてです」

なぜか敬語で答える。

「ここは西陽門といって、もう少し先に西門があり、そこを越えれば中華街です」

「じゃあなんでここに門があるの?」

「さぁ」

雪乃は小首を傾げた。

「中華街の門は風水を元にして建てられているそうですが、詳しいことはよくわかりません」

「そうなんだね。八田さんはよく来るの?」

「実家が横浜市なんです」

「大都会で生まれ育ったんだな」

村主は素直に驚いた。

「いいえ、全く。横浜市というと大都会だと思われがちですが、私の実家は私鉄の駅からは近くても横浜駅からだと歩いて三十分ほどかかり、大きなスーパーもないただの住宅地です。最近はマンションも増えてきましたが、昔ながらの古い家も多く、お洒落な感じもありません。うちは二年ほど前に建て替えたばかりなのですが、洋画好きの母の好みにしたがためにお洒落というより周りから浮いていますし。とりあえず都会というイメージとはかけ離れていますよ」

眉間に皺を寄せた彼女の顔を見て、村主は思わずふいた。

「そうなの？　三十分でも横浜駅から歩ける距離に家があるってだけで、俺からしたら充分都会なんだけどね」

雪乃はまだ眉間に皺を寄せたまま首を横に振る。ウケを狙っているのか？　そうはいってても女性の顔を見てゲラゲラ笑うのも気が引けて、村主は右手で口元を覆い咳払いをして笑いを堪えた。

大通りの信号を渡るとまた『中華街』と掲げた門を潜る。さっきの門よりも立派だ。大通りに面したところに学校らしき建物も発見した。場所柄、中華街で働く中国人の子どもたち向けの学校かと思ったが、校門脇の学校名板に書かれた校名を見るとごく普通の市立高校だった。そこからしばらく歩くと中華街独特の雑貨屋や乾物屋を見かけるようになり、今度こそテレビでよく見る巨大な門が目の前に現れた。

「これが善隣門です」

流石に日曜日とあって多くの人で賑わっている。村主も歩きながら思わずキョロキョロと周囲を見回した。豚まんや小籠包やスウィーツといった、食べ歩き用に販売されているものの看板が至るところに設置されていて目移りする。売っているものも誰かが食べているものも全部旨そうだ。店舗も一体何十軒、いや何百軒あるのかと思えるほど犇《ひし》めき合っている。食べ放題、北京ダック、フカヒレ、お粥に点心。看板の写真がどれも身悶えするほど魅力的だし、天津甘栗の試食も捨て難い。

グウゥゥゥゥ。

村主の腹が限界を知らせた。隣の雪乃を見ると、どうやらタピオカドリンクに釘づけのようだった。

「何か食べるか？」

声をかけた村主の顔をぎょっとしたように見上げ、雪乃は数回瞬きをした。

「あの、私たち防大生は制服での食べ歩きは禁止されておりますので」

そうだった。村主はすぐに自分の迂闊な発言を後悔した。

「すまない。余りにも食べたそうだったから、つい」

また迂闊なことを言った。そう思って雪乃の顔を恐る恐る見ると、雪乃は怒るどころか「だってこんなに美味しそうなものばかり並んでいたら、そりゃ食欲を刺激されますよ。完全に飯テロです」と、得意気に言ったのだった。

中華街には細い路地が幾つもあって、その路地にも人が溢れている。そんな路地を入っていくと小さな店があった。

「ここです」

看板には刀削麺と書かれているが、そもそも刀削麺なんて聞いたこともない。とりあえず店に入ると、外観だけでなく中も狭い。すでに埋まっているテーブル席が二つと、あとはカウンターになっていた。

「テーブル席待ちますか?」

店員に聞かれると、雪乃は迷わず、

「カウンターでお願いします」

と答えた。カウンター席にはすぐに座れ、村主は雪乃と同じ牛肉刀削麺を注文した。雪乃は帽子を汚さないようにカウンターの下に大事そうに仕舞いながら、目を輝かせて厨房の中を覗いている。たまに村主のほうを見ていて、それに気づいて村主も雪乃のほうを見ると目が合って、ニコリとして彼女はまた厨房に目を移す。

大きな茹で釜に、オヤジがうどん粉を捏ねた塊のようなものを肩に抱え銀色のヘラのようなものを使ってこそいで入れていく。村主は、オヤジの肩から茹で釜へと次々と飛ぶ白い塊から目を離せなかった。ものすごい速さだ。だから刀削麺っていうのか。

感心していると、注文したものが運ばれてきて目の前に置かれ驚愕した。

なんだ、この量は。

かなり深めの器にたっぷりと汁と麺と具が入っている。驚いて隣の雪乃を見ると、俄然やる気満々で箸を準備している。

「村主さん、どうされました？」

　この量に何の疑問も驚きも感じていないようで、何食わぬ顔で村主にも箸を渡した。これはある種の挑戦か。

「いただきます」

　丁寧に手を合わせる雪乃に続いて村主も手を合わせる。気を取り直した村主はとにもかくにも食べることにした。うどんやほうとうのような食感を想像して麺を口に入れると、予想を覆す弾力にまたもや驚愕。モチモチだ。これは水団《すいとん》に近いのか。柔らかく煮込んである牛肉と麺がよく絡み、酸味と辛みのバランスが極上のスープの味がよく染み込んでいる。旨い、旨過ぎる。

　夢中になって食べ終えると村主は汗だくになっていた。この達成感は何だ。

「ご馳走さまでした」

　その声に隣を見ると雪乃もほぼ同時に食べ終えていた。

「早いな」

「防大生ですから」

　防衛大学校には全学年合わせて二千人近い学生がいるのだが、そのうち女子は一割にも満たない。入校してもゴールデンウィークまでに女子の三分の一が辞めてしまうと言われている。つまり、夏季定期訓練に参加していた女子たちは男子と同様の厳しい環境に耐え得る心身を兼ね備えた頼もしい存在なのだ。防大内で彼女たちに女性だからという配慮など一切ない。食事の量も時間も男子と同じ。強いていえば部屋とトイレと風呂場が違うだけ。村主は、雪乃に好感を抱いた。富士登山訓練のとき、樹海で交わした言葉からも好感は持っていたが、今は尊敬の念にも似た感情を抱いていた。

「今日は富士登山訓練でのお礼ですので、私にご馳走させてください」

そんな雪乃の申し出を受け入れるはずもなく村主が支払いを済ませると、「まだお時間がよろしければ山下公園のほうへ行ってみませんか?」と誘われた。村主は想定外のことに驚いて雪乃の顔を見た。

「いや、だって、急いでいるんじゃないの?」

その言葉に雪乃も目を丸くする。

「なぜですか?」

「だって、さっきの店でカウンター席でって即答していたから、何かこの後用事でもあるのかなって……」

雪乃は少し顔を赤らめて「あぁ」と言って頷いた。

「いいえ、今日は村主さんとお会いすること以外に用事なんてありません」

「そう……なの?」

村主は歯切れの悪い返事をし、山下公園へ腹ごなしに行ってみることにした。海は好きだ。家族連来たときとは違う門を潜って中華街を出ると、五分もかからずに山下公園へ到着する。

れやカップルが多い。海沿いに作られた広い遊歩道と芝生が気持ち良く、手摺りの前に立つと日本郵船氷川丸がよく見えた。

「八田さんは、海自志望?」

「横浜出身だからですか?」

「うん、安直かな」

村主は海を見ながら笑った。村主には海自や空自を選択する余地はなかったが、もしできたのなら海自を選択していたと思う。

海はいい。死に場所には最高だ。樹海と同じ、どんな人間であってもその全てを受け入れてくれる。

目の前に広がる海を見ながら、村主はついそう思っていた。

「空自志望です。パイロットになりたくて。空が好きなんです」

「空が?」

二人は空を見上げた。海が眼下に広がっているので潮の香りがするが、真っ青な美しい空が広がっている。

「いい空合いですね」

微笑んだ口元と優しい目元、空を見上げる雪乃の表情は美しかった。

「空合い?」

　聞き慣れない言葉に村主が聞き返す。

「空模様という意味です。海にも山にも自分の足で行くことができますが、空にだけは行けません。でも、飛行機に乗ると、空の上まであっという間じゃないですか。あの地上から空へ上っていく感覚が堪らなく好きなんです」

　雪乃の声が弾んでいるのが見なくてもわかった。

「地上から空へ上っていくときの感覚って、俺はなんかムズムズして好きじゃないな」

「そうなんですか？」

　雪乃は空から村主の顔へと視線を移した。

「護衛艦からの離艦なんて考えただけでも興奮します。海から飛ぶんですよ」

「なるほど」

　村主も雪乃の顔を見て頷く。

「航空大学校も受験したのですが、そちらの入試では操縦もさせてもらえるんです。すごく楽しかったですよ」

「えっ？　航空機の操縦を？　受験生に？」

　村主の余りの驚き様に雪乃は声を上げて笑った。

「以前は実機で行っていたそうなんですが、今はシミュレーターを使用しているんです。操縦の試験というよりは、指示されたいくつもの作業を冷静に対処できるかどうかの試験ですね。両方受かったので結局第一志望だった防大に入校しましたけど」

「はぁぁぁん」

村主は感心し過ぎて変な声が出た。

こりゃ器が違うわ。上官になるべくしてなる人間なのだ。

「確か防大は門限あるよね。時間、大丈夫？」

ふと時計を見る。昼食を食べただけなのだから、まだ午後二時だ。防衛大学校のある横須賀までさほど遠い距離でもないのに、村主は、なんだか自分のような人間が彼女を引き留めていてはいけないような気がした。自分とは住む世界が違う人。

「大丈夫です。二十二時の点呼に間に合えばいいので。そんなことより……」

雪乃が不意に言葉を詰まらせた。村主は何やら胸騒ぎがして彼女の顔を見ると、雪乃が少し困ったような表情をしているように見えた。そんなことよりの続きが何なのか、見当もつかない。彼女が言葉を詰まらせているこの間が途轍もなく長く感じられた。

「そんなことより……私、村主さんにお願いがあります」

雪乃は思い切ったように勢いをつけて言葉を吐き出した。

何だ？　こんな将来有望な人材にお願いされることなど、全くもって思いつかないぞ。

村主は息を止めて、ただ彼女の顔を見ていた。

「私とお付き合いをしてはいただけませんか」

村主は言葉の意味が理解できず、息を止めたままひたすら瞬きを繰り返した。

「村主さん」

名前を呼ばれ我に返り、忘れていた呼吸を再開し咳き込んだ。

「いやいやいや、何言ってるの。無理だよ、無理無理無理、ありえない」

動揺して声が震えている。

「どうしてですか？　お付き合いされている方がいらっしゃるんですか？」

「いやいやいや、いないけど」

もう、いやいやいやいやしか出てこない。

「それなら是非、お願いします」

雪乃は帽子を取り、深々と頭を下げた。最敬礼に当たる四十五度。自衛隊では敬意を表する挨拶として使われる敬礼が一般的だが、帽子やヘルメットを被っていないときはお辞儀をするという規定がある。そのお辞儀も会釈に当たる十五度、一般的な三十度、最敬礼の四十五度があるのだが、今目の前で頭を下げている彼女の角度は恐らく四十五度、もっと深いかもしれない。太腿プルプルいっちゃうよ。状況を飲み込めず、村主はそんなことを考えていた。落ち着け、落ち着け。村主は自分に活を入れた。

「いや、あのね、八田さんは十八歳だっけ？」

「十九です」

即答。

「あ、うん、十九だとしてもさ、俺と一回り違うんだよ」

「それが何か問題でも？」

大問題です。

「それに立場的にマズいでしょ」

「流石に防大の教官であればマズいかとは思いますが、村主さんはそうではありませんし、防大生同士の交際も規制はありますが禁止されてはおりません。自衛官同士でお付き合いされてご結婚なさる方もいらっしゃるではないですか。何もマズいとは思いませんが」

えぇぇぇ。村主は困り果てて頭を抱えた。

「それこそ防大生に山ほど男子がいるでしょ。俺たち富士登山訓練と今日で会うの二回目だよ」

「そうですね」

雪乃は全く引き下がらない。その素振りもない。

「なんで俺なの？」

全く情けない質問だ。そうは思うが、村主はそれを聞かずにはいられなかった。

「富士登山訓練で負ぶっていただいたときに後方から見る村主さんの横顔が……いいなって。一目惚れしました。そして、今日あのお店のカウンターで一緒に食事をした際も、隣を歩かせていただいた際も、ずっと横顔を拝見していて、やっぱりこの方とお付き合いしたい、と自分の気持ちを再確認しました」

「えっ？　そのため？　もしかしてわざわざ俺の横顔を確認するためにカウンター？」

そう言えばチラチラ自分のほうを見ていた気がしたような、と思い浮かべる。雪乃は顔を真っ赤にして目を泳がせた。

「まぁ、そうです」

「何で横顔なの？　しかも一目惚れなんかじゃなくて、君みたいに真面目な人ならもっとちゃんと相手を知ってからのほうが」

「一目惚れというある種の錯覚は、心ではなく脳が引き起こすものなんです。遺伝子レベルでこの人という相手に本能が直感で好きだと思わせる。一目惚れを侮らないでください。私は自分の本能を、直感を信じます。私は母から横顔が好きだと思える人と結婚するのが一番幸せなのだと言われてきました。いつも隣を歩んでいく人だから、真正面ではなく横顔が好きだと思える人がいいのだと。だから、初めて横顔に一目惚れした方に思いを伝えないまま諦めるのは嫌だったんです」

村主は顔から耳から首筋まで熱くなるのを感じた。付き合ってくれと言われたと同時にプロポーズまでされた気分になったからだ。雪乃も顔が真っ赤で、多分自分も顔が真っ赤だろうと思われて、いい歳をして恥ずかしさが込み上げる。

「お願いします。お付き合いしていただけませんか」

もう一度雪乃に言われ、村主は思わず首を縦に振っていた。

「でも、条件がある」

防大の規律を重んじた交際をすること。雪乃が二十歳になるまでは肉体関係を結ばないこと。

「わかりました。では、その条件を呑む代わりに私からも一つ。私と肉体関係を持てないからといって如何《いかが》わしいお店に行くのは禁止とします」

「行くわけないだろ」

声を上ずらせ、むきになって言う村主の顔を見て雪乃はまた声を上げて笑った。

それから二人の清い交際が始まった。しかし、防大は土日が休みだといっても校友会、いわゆる部活のようなものがある。その上お互いの休みが重なる日となると会えるのは月に一度か二カ月に一度ほど。会えても雪乃は一年次のうちは制服着用なので手を繋ぐことすら禁じられている。抱きしめたりキスをするなんて以ての外だ。だから、デートコースはいつも決まっていて、映画を観て食事をして散歩をしながら会話を楽しむ。映画は、洋画も邦画も、アクションもホラーもラブストーリーもどんなジャンルでも観た。食事や散歩をしながら観たばかりの映画についてあでもないこうでもないと言い合って。洋画好きの母親の影響か、雪乃は海外の役者の名前や出演歴もよく知っていた。あの俳優は若い頃よりも今のほうが渋くていいとか、あの女優のデビュー作は誰もが知っているあの名作のチョイ役なんだとか豆知識を披露してくれる。雪乃はいつも楽しそうだった。そして、村主はそんな雪乃の楽しそうな顔を見るのが好きだった。

ただ、雪乃が二十歳になるまで肉体関係を結ばないなんて言ってしまったものだから、村主は毎回自分の理性を保つのに必死だった。風俗に行かないのは勿論だが、自慰すら憚《はばか》られ、堪えていたら夜中に夢精をして目を覚ますなんてこともしばしば。情けない。それでも、いや、そのぐらい自分は雪乃のことが大好きだと実感し、夢精をしたことが実はほんの少し誇らしくもあった。三十も過ぎて、一回りも年下の彼女に完全に恋をしていたのだ。

そんなお気楽な村主とは対照的に、雪乃は二年次に進級する前に希望通り空自要員に選ばれた。ここでも陸自要員が最も多く、空自海自は希望しても選ばれない者も多いのだ。しかも女子となればより狭き門であり、雪乃の優秀さを思い知る。

二年次からは私服での外出が許可されるようになり、二人は初めて手を繋ぎ、キスをした。五月には二十歳の誕生日を迎え、彼女の休日の関係で当日ではなかったが、雪乃の実家で行われる誕生日会に村主も呼ばれた。初めて訪れた彼女の家は、建て替えてから数年だと言っていた通り、古い家の多い住宅街で明らかに一軒目立っていた。新しいからではなく、まるで外国の一軒家のような外観だからだ。だからといって雪乃が言っていたような浮いている感じではなく、家族を感じる温かみのある家。芝生の庭にブランコがあってもおかしくない。

「すごい家だね」

村主は門から先に進むのを躊躇いながら言った。

俺みたいな人間が足を踏み入れてもいいのだろうか。

そう思うと、途端に足取りが重くなる。

「お母さんが洋画とか海外ドラマかぶれでこうなっちゃったの。でも六十坪って狭さが日本よね」

坪と言われてもよくわからない村主は笑ってごまかした。

「入ろ、入ろ」

背中を押され、意を決して中に入ると、雪乃の両親と高校生の妹は快く迎えてくれた。

村主は自分の父親を知らないし、母親は中学生のときに死んでいる。ごく普通の家庭で育ってきた雪乃や雪乃を大事に育ててきたご両親に、そんな自分の境遇が好ましくないと思われるのではないかと内心不安だった。だからといって隠しても仕方がないので、雪乃には両親や出生地について聞かれたときに正直に話した。雪乃は「そう。話してくれてありがとう」と言っただけで、その後も話を聞く前と態度が変わることはなかった。だが、ご両親がどんな反応をするかはわからない。村主は、今回雪乃のご両親と会うにあたり、そういった質問があるかもと思って、前もって雪乃に話してもらっておくことにした。もし会う前の時点で交際を反対されたら、黙って身を引こうとも考えていた。でも、来るなとも言われないまま当日を迎え、緊張している村主の前で、雪乃のご両親は終始笑顔だった。一時間以上が経過しても村主の生い立ちに一切触れないご両親に、気になって自分から少し話を振った。

「世の中で恋人や結婚相手のご両親を大切にするのは、あくまで大切な人のご家族だからであって、一番大切な人がいればそれでいい。ご両親がいれば大切にするけど、いないからといってなんの問題もないよ」

雪乃の父親は、暗にそれ以上話さなくてもいいという感じで話を止めた。母親は「自分の実家だと思って寛いでね」と言ってくれた。こんな家庭で、こんなご両親に育てられたから、雪乃はこんな風に育ったのだろう。そう考えた途端に、亡くなった母親の言葉を思い出す。

その頃、付き合っていた男が自分ではない女を選び、その女は母親の言うところの恵まれた家庭で育った女なのだとグチっていた。『あんな恵まれた家庭で育ったら誰だって素直に育つわよ。そもそもスタートの時点で不利じゃない』と。子どもだった村主は深く考えずに、そうなのかと聞いていたが、今思えばそれは母親の僻《ひが》み妬《ねた》み嫉《そね》みだったのだとわかる。スタートの時点で不利だったのはそうなんだろう。でも、恵まれた家庭で育てば誰もが素直に育つわけじゃない。恵まれたという概念も人それぞれだ。だとすれば、この両親と環境に生まれ持った性格も相まって雪乃という人物が育ったのだ。おかしな言い方だが、成るべくして成った奇跡とでも言えようか。

その日、二階の彼女の部屋で二人は初めて結ばれた。

「うちのお父さんの顔、横から見た?」

「いや、あんまり見てない……と言うか、見れないよ、そんな」

「正面から見たら至って普通のおっさんだけど、横から見たら確かにイケおじなんだよね」

シングルベッドでいちゃいちゃしながら雪乃が言ってきた。

「俺も正面から見たら至って普通のおっさんか?」

そう言うと、雪乃は村主の顔に自分の顔を近づけてまじまじと見た。

「雅哉さんはおっさんじゃありません。正面から見る雅哉さんの顔も好きだけど、横顔はその百倍好き」

つまり、正面から見た顔は横顔の百分の一ということで……褒められた気がしなくて何も言わずにいる村主の唇に雪乃は自分の唇を重ねた。「好き」雪乃がもう一度言う。手を握る。そこから第二ラウンド開始。

「声、聞こえちゃうから」

と焦る村主の顔を見てわざと声を上げたりする。

「何も悪いことをしているわけじゃないでしょ」

そりゃそうだけど、と困らせて喜ぶのだ。このドSが。

まだずっと先のことだけど、いつか雪乃と結婚したい。村主は、そんな夢みたいなことを考えるようになった。そう、夢みたいなこと。今は彼女が防大生だからまだいいが、卒業し任官すればキャリア組の彼女と自分との立場の差は歴然。彼女の先々のことを考えれば別れを選択せざるを得ないときが来るかもしれない。それはどこかで覚悟していた。それでも、村主にとって雪乃は希望だった。育ってきた環境も性格も趣味もまるで違う。共通点があるとすれば、正義感の強さだろうか。村主は、そんな彼女に振り回されるのがこの上なく心地良かった。彼女の物の見方や感じ方、一つ一つが希望に満ち溢れていて愛おしかった。希望など持ったことがなかった自分に与えられた唯一の希望。共に過ごせる時間を大切にしたい、ただそれだけだった。

その年の十月十五日。村主は雪乃の実家に来ていた。五月以来二度目の来訪。その日は、下肢静脈瘤の手術をした母親を見舞うため、雪乃に連れられて来たのだ。手術といってもレーザーによる日帰り手術。局所麻酔をして一時間ほどで終了する簡単なものらしく、手術が終われば至って普通に生活もできるという。実際、既に手術を終え家に帰ってきていた雪乃の母親は、術後間もない人だとは思えないほど元気だった。特に足が辛いという様子もない。夕食には出前を取って振る舞ってくれた。

一泊していくという雪乃を置いて、村主は九時頃帰路についた。

「気をつけて帰ってね。またね」

「また」

玄関先、笑顔で見送る雪乃に村主も右手を上げて笑顔で言った。また……会えると思っていた。違うな、そんなこと、また会えるとかもう会えないとか、考えもしなかった。会えるのが当たり前で、もう会えなくなるなんて想像もしなかった。

村主の住んでいた寮に警察から連絡が入ったのは翌日の早朝。簡単に事件の説明をされ、任意で事情を聴きたいから県警へ出向いてくれという内容だった。わかりましたと返事をし、電話を切る。ドックドックドックドックドッ……心臓の音が聴覚のない右耳の奥で鳴り響いた。他には何も聞こえない。そのうち右耳の奥から頭部へと音が移り、グワングワンと籠もった音が行き場を失ったように脳内を右往左往した。不意に髪の毛を斜め上に引っ張り上げられるような錯覚に陥ると、息苦しさで意識を失った。あの日自分も泊まっていれば良かったと後悔したのは、ずっと後になってからだった。

一番

村主と未央がセックスをしたのは、未央の家に初めて行ったその日だった。

「雅哉さん、店では全然勃たなかったのに、家だとびんびんだね」

村主のことを名前で呼ぶようになった未央は、勃起したペニスをしゃぶりながら嬉しそうに言う。

男はな、セックスなんぞ好きな女が相手じゃなくてもできんだよ。そんなこと、仕事柄てめぇが一番よくわかってるだろうが。

村主はそう思ったが、この女は、未央は、なんでも自分の都合のいいように解釈する。そのためならいくらでも嘘をつき、自分以外の誰が不幸になっても構わない。そういう女だと納得する。

「そりゃあ、ずっとナナちゃんとしたかったからね」

「ナナじゃない、未央って呼んで。二度とナナって呼ばないで」

未央は上に這い上がってくると、たった今までペニスを銜《くわ》えていた口でキスをする。

「ナナは嫌、絶対に嫌」

その嫌さ加減が、このフェラをしたばかりの口によるキスなのだ。

「わかったよ、未央」

「もっともっと未央って呼んで」

甘えるように何度も強請《ねだ》った。

「未央、未央、未央……」

要望通り、未央のアソコを突く度に名前を呼んでやる。

西川口ピーチ・ヴィーナスから駅に戻り、そのまま店とは逆方面に十分ほど歩いた場所に建つ四階建てのマンションに未央と息子は住んでいた。一階には飲食店が二軒と雑貨屋、美容院、外からではなんの店なのかわからない店が一軒入っている。その全てが韓国系の店舗で、看板にもメニューにも日本語はない。築五十年以上経つこのマンションには修繕工事をした形跡もなく、壁に入った亀裂にタバコの吸殻が押し込まれていたりする。エレベーターはないから、二階の未央の部屋へ行くには階段を上らなければならない。その階段へと続く通路には飲食店の使用しているポリバケツや一斗缶、練炭が乱雑に置かれていて足の踏み場もない。横の壁から排気口が突き出ていて通路中に油臭さが充満している。

そして、ここに来ると高い確率で遭遇するドブネズミ。村主は、自分が今いる場所が日本だということを忘れてしまいそうだった。階段にはドブネズミが上がってこないように、ネズミ捕りが何個も仕掛けてある。こんな物が置いてあったら小さな子どもが触ったりして危険だろう。そう考えもしたが、そもそもこのマンションの住人からは何かを守ろうという意志は伝わってこない。否定はしない、生活を営むことでいっぱいいっぱいだという意志は伝わってくるから。そう、陸自だった頃に訪れた途上国の、まさにそれだった。ただ、村主はこれが日本だということに少なからずのショックを受けていた。

二階に上がると、未央の住む二〇三号室までの通路にも自転車や錆だらけの傘、薄汚れたベビーカーが置かれていてなかなか辿り着けない。何度目かに来たときに、ネズミ捕りにかかって死んでいるドブネズミを見たときは流石にギョッとしたが、次に来たときも放置されたままになっているドブネズミの死骸を見て、もはや溜息しか出なかった。蛆が湧き腐敗臭を放っている。飛び回る蠅を払いながら階段を上っていて思った、カオスだ。こうなったら、さっさと白骨化してくれることを願おう。

未央は店から帰ると必ず隣の二〇二号室に立ち寄る。玄関前に薄汚れたベビーカーが置かれている部屋だ。そこには三歳と七歳の子どもを育てている韓国人の夫婦が住んでいて、未央が仕事中、奥さんのほうが未央の息子を預かってくれているのだという。夫婦は韓国の田舎の出身で、その地方では同じ集合住宅に住んでいれば家族も同然という考えだから、保育料を請求してくることもない。その代わりに平日はほぼ毎日、短時間だが未央が日本語を教えたり、難しい手続き関係の書類を代わりに書いてあげたりしているのだと言っていた。実は世界で日本語を学んでいる人数が一番多い国は韓国で、日本にも韓国人向けの日本語学校は多い。しかし夫婦に学校へ通う経済的な余裕はなく、お互い理にかなっている関係なのだ。

韓国人夫婦の家から息子の空を連れ帰ると、未央はすぐにベビーベッドに寝かせて部屋の扉を閉めてしまう。その部屋の電気も点けない。冷暖房があるのかも村主は知らない。部屋は２Ｋなので、村主と未央は空が寝ている隣の部屋でセックスをする。その間、空は泣かない。声も出さない。本当におとなしい子どもで、それも気味の悪い話だが、それ以上に身体の小ささと細さは、とても一歳を過ぎているとは思えない状態だった。

「離乳食とかあげてるの？」

一歳を過ぎていれば普通食でもおかしくないのだろうが、あの体力のなさそうな感じでは離乳食を口にするのがやっとのような気がした。

「カンさんがあげてくれてるみたい」

カンさんとは隣室の韓国人夫婦の姓だ。

「未央は？」

「この子あんまり食べないのよね。だから私は粉ミルク。粉ミルク、超栄養あるんだよ」

村主は未央を責めているように聞こえないように、極力口調に気をつける。未央の返答は予想以上。完全にネグレクトの状態だ。

「母乳はあげてないの？」

ふざけ半分に見せかけるため、未央の胸を突く。「いやん」未央は嬉しそうにそんな声を上げると一層身体を密着させた。

「私もね、とりあえず赤ちゃんは母乳をあげるものだと思ってたの。産んだらすぐにめっちゃ胸が張ってきて乳首から母乳が滲み出たりしてたし。でも、空を産んだ産院があげさせてくれなくて」

「は？」

言葉の意味がわからず思わず眉を顰めた。

「同じ日に出産して同じ病室にいた人が言ってたけど、その産院、粉ミルクの業者と手を組んでるから母乳じゃなくて粉ミルクを推奨しているんだって。私、そんなこと知らなくて、妊婦検診に行ってなくても出産をさせてくれるのそこしかなかったし。だから、産んだ後も胸が張って母乳がポタポタ垂れ出したら搾乳して捨てて、おっぱいに青筋が立って痛くて痛くて仕方ないとアイスノンで冷やして。そんなことしてたら退院した頃にはもう出なくなっちゃってた。だから、空はずっと粉ミルク。でも、後からヘルスの先輩に母乳あげると胸の形が崩れるって聞いて、あげなくて良かったたって思ったけどね」

粉ミルクの業者と手を組んでいるから……そんな理由で母乳をあげさせない産院があるのか？村主は驚いたと同時にゾッとした。粉ミルクは母乳が出ない、出にくい母親にとっては心強い代物だ。被災地のような母乳をあげたくてもあげられない状況下で、支援で粉ミルクを届けたときは大喜びされた。だけど、母乳が出て、尚且つ赤ん坊にあげられる状況であるにもかかわらずあげさせず、出ない状態にしてしまう。これでもう、その母親はこの赤ん坊が乳離れをするまでずっと粉ミルクの購入者というわけだ。それに、もし、未央が空に母乳をあげていたら、良いか悪いかはわからないが、何かが変わっていたかもしれない。その機会も奪ったということになる。

「胸の形が崩れるなんて絶対嫌だもん。そんな犠牲払いたくない」

犠牲か。未央が何気なく使ったその言葉に村主は不快感を覚えた。いつもぶよぶよに膨らんだオムツから尿の臭いを放っている空のほうが余程犠牲になっていると思っていたから。

「オムツ替えなくていいの?」と聞くと、未央は「まだ、いいんじゃない? 布じゃないんだから、おしっこで取り替える必要ないでしょ。気持ち悪かったら泣くだろうし」と答える。

この子の面倒を見ている韓国人夫婦は、隣人のこんな母親ぶりを見て警察や児相に通報しようとは思わないのか。そうも思ったが、考えてもみろ。彼らが何を求めて日本へ来たのかは知らないが、祖国から離れた異国で生活をしている彼らにとって面倒なことには巻き込まれたくないのが本音。同じ日本人でもそうなのに、彼らがこの子を助けようなんて思えるわけがない。俺にも関係のないこと。村主は、そう思うことにした。

「空の話はもういいから、別の話しよ」

未央は息子の空のことを、話題にすら出したがらなくなっていった。村主といるときは、常に村主に身体を接触させ、未央自身が子どものように甘えてくる。未央は食にも興味がない。興味がないというより苦痛で、サプリや栄養剤だけで生きていきたいと言っていた。村主がシャワーを浴びたりトイレに行ったりしていると、いつも爪や指を噛みながらスマホを弄っている。自分がトイレに行くときやシャワーを浴びるときも片時もスマホを離さない。

「ゲーム？」

熱心にスマホを見て、画面を操作している未央に聞いてみる。ゲームじゃないよ、ツイッター。そう答えた。インスタは、あの事件以降身バレを防ぐためにやめたらしい。

「雅哉さんもツイッターやってるなら繋がろうよ」

画面を見たまま誘われて、「やってないし、やるつもりもない」と断った。繋がるって、なんだ？　そもそもSNSを利用したことがない村主は苦笑いを浮かべる。

「繋がってるフォロワーさんたちからいっぱいふぁぼとかリプされると嬉しいんだよね」

ふぁぼとは、要は〝いいね〟の印、リプはリプライの略で自分がツイートした内容への返信のことだと説明される。未央はツイッターについて話をしている間、ずっと目を輝かせていた。ほら見てて。試しにタグをつけて写真を投稿してみせた。瞬く間にハートマークの隣に出ている数字が増えていく。リアルタイムでこれだけの人間が未央のツイートを見ているということだ。これが、繋がるってことなのか。

「フォロワーの人たちには嫌われたくないんだよね。そりゃムカつく人もいるけど、そういう奴は死ねと思ってミュートとかブロックすることもあるけどさ、基本可愛いねとか綺麗だねって褒めてくれる人ばかりだし」

「フォロワーって何人くらいいるものなの？」

「このアカウントが一番多いかな」

　未央は自分のツイッターのホーム画面を見せた。フォロー数三百八十二人、フォロワー数千五百三人。アイコンは未央自身の写真。ピーチ・ヴィーナスのホームページで使っていそうな、髪をアップにした姿を左斜め後ろから撮った写真だ。

「私ね、この左の耳たぶにある黒子好きなんだ。男ウケだけじゃなく女ウケも良くって、このアイコンにしてからフォロワーめっちゃ増えたんだよ。千五百超えるってヤバいんだから。人を引き寄せる幸運の黒子。でもあんまりエロいアイコンにすると凍結されちゃうからギリギリのラインで攻めるの」

　金色に近い髪の毛を掻き上げ、村主に左の耳たぶの黒子を見せながら言った。パネルマジックのようなものか。村主は最愛の人の印象的だった黒子を思い出し、怒りが込み上げてきたがすぐに静めた。

「一番って、他にもアカウント持ってるの？」

「そりゃ、みんな三つ四つはあるんじゃない？　リア垢に趣味垢、溜まったストレスを吐き出すだけの鍵垢。裏垢なら炎上したら捨てればいいだけだし。最近全然見てないけど育児ツイートするアカウントとか、タレントとかをフォローする用のアカウントも持ってるよ」

「全部一緒じゃいけないわけ？」

「リア垢で毒吐いてストレス発散したらみんなにドン引きされてフォロー外されちゃうよ。リア垢ではみんなに好かれる自分でいなきゃ」

未央はケラケラと甲高い笑い声をあげた。村主は引き攣る頬を手で隠し、楽しいのかと尋ねた。

「本当の自分は私自身大嫌いだもん。リア友だって一人もいないし。でもツイッターの中では人気者なんだよ。ツイッターをやってるときは、自分でもその中の自分が本当の自分のように思えるの。だから楽しいよ。でも……オフ会はやらないけどね。だって怖いもん。イメージと違うって思われるのも、思うのも」

村主は、オンライン上で知り合った人たちとオフライン、つまり実際に会うことをオフ会というのだと初めて知った。ネットがあるかないかの違いだけで、見知らぬ人間同士で酒を飲んだり遊んだり、そんなのは昔からやっていること。合コンやナンパとさほど変わりゃしないから偏見もない。でも、未央はあくまでオンラインの中だけでの関係に固執している。オンライン上で演じている自分をオフラインで保てる自信がない。それどころかそもそもオンライン上の自分は自分ではない。オンライン上の自分を求めている人間が実際の自分を見たら幻滅する。なぜなら自分が一番実際の自分に幻滅しているから。要は演じているのはフォロワーに対してだけではなく、自分に対してでもあるのだ。

自分の中に幾つもの人格が現れる解離性同一性障がいという精神疾患がある。村主は、未央を見ていてその疾患を思い浮かべた。ネット上で幾つものアカウントを使い、実際の自分とは違う自分を作り出す。未央は解離性同一性障がいになりたい症候群ではないかとさえ思う。そんな疾患は存在しないが、本当に自分ではない自分になれたのなら、そうなっている間本来の記憶すら失っていたのなら、どれほどいいか。そんな願望が透けて見えるようだった。それは、村主にとって気味が悪い以外の何ものでもなく、一緒にいればいるほど未央に対し嫌悪感しか湧かないようになっていった。

息子を放ったまま、顔も本名も知らない、この先会うつもりもない相手とのやり取りに夢中になっている姿、自分でない自分を演じることに必死になってスマホに向かっている姿、滑稽でしかない。アイコンにしている黒子を見せるために髪を掻き上げた指先は噛み尽くして絆創膏だらけ。その絆創膏に血が滲んだ指先を、フォロワーたちは知らない。

それほど楽しいと言いながら、スマホを弄るときいつも指先を噛み続けているのはなぜだ？　繋がるってなんだ？　人気者ってなんだ？

村主は心の中で未央に問いかけてみた。未央の指先から流れる血を見ると鳩尾の奥に鈍い痛みを覚え、思い出したくもない記憶を刺激される。だから、できるだけ彼女の指は見たくない。

「どうしてそんなに爪や指を噛むの？」

噛むだけじゃない、未央はその噛み切った爪や皮膚を食べてしまう。

「小さい頃からの癖」

「何がきっかけだったの？」

「うーん」

未央は唇を尖らせて唸った。

「勉強しながらいつの間にか噛んでたって感じかな。それと、ダイエット?」

「ダイエット?」

疑問形で言う。村主もわけがわからないから疑問形で返す。

「うちの母親、子どもが太っているのは親の管理不足、怠慢だって言って、外とか学校で太っている子どもを見かけると嫌そうな目でその子やその子の母親を見るんだよ。その見下したような母親の目が一緒にいてめちゃめちゃ嫌でさ。そのうち私自身体重が少しでも増えると母親からそういう目で見られているような気がして、拒食症みたいになって、気づいたらお腹が空くと自然に手が口にいくようになってた。模試の点数が低いのと同じくらい体重が増えるのが怖かったんだよね」

「だから……食べちゃうの?」

爪や皮膚を噛み切って食べてしまうなど、常識的に考えて汚いし気持ち悪い。でも、体重が増えたり、模試の点数が低かったりして母親から嫌われるということが未央にとって死活問題だったのだというのはよくわかった。

「お腹いっぱいになんてならないけどね。でも、ほら、お坊さんが昔空腹を紛らわせるために温めた石を懐に入れるって話があったじゃない。爪も皮膚も血も、そんくらいの役割にはなったたかな」

得意気に笑っているが、村主は笑えなかった。笑わなければと思っても引き攣った笑顔にしかならない。

「血も？」

「中学受験のときに熟語とかことわざとかめっちゃ覚えたんだけど、血が使われることわざって、血の気が多いとか頭に血が上るとかじゃん。血が外に出ると落ち着く気がするのはだからなのかなって。血の味も、爪の周りが血塗れになっているのを見るのもわりと嫌いじゃないの。けど、爪が短くてガサガサで汚くてマニキュアもネイルもできないし、格好悪いから何度もやめようって思ったけど、やめられないいんだよね。無理やりやめたりしたら……気が変になる」

村主は自分のトラウマを刺激され、催した吐き気を必死に堪え話を続けた。

「痛いでしょ？」

「それがね、噛んでるときはあんまり痛みは感じないの。でも、後からズキズキ痛むんだよね。特に爪と皮膚の間が傷つくと疼いて眠れないときもあるけど、痛いと不安を少し忘れられるから、そう悪くもない。不安なのは嫌い。一番嫌い。それにね、ずっと噛んでると皮膚が硬くなってなんだか痛みを感じにくくなるみたいで、見た目よりも痛くないいんだよ。その硬くなった部分を噛んじゃうと痛みがないから噛み過ぎちゃって超流血っていう難点もあるんだけど」

自傷皮膚症・強迫性皮膚摘み取り症。彼女の行為はれっきとした精神障がいだ。村主は陸自で同じような症状を持った隊員と班が一緒になったことがあったが、彼は不衛生な派遣先で感染症に罹り、指を切断して退職した。

いっそこの女も感染症から敗血症でも起こして苦しみ抜いて死んでくれれば手間が省けるのに。そんな村主の思いとは裏腹に、心配されているとでも思ったのか、未央は嬉しそうに微笑んだ。

「俺といても不安？」

未央は手からスマホを離し、村主の膝に乗り首を横に振った。

「私の親、マジ毒親だったの。宗教狂いで、特に母親、妹にはなんにも言わないのに私にばっかり勉強を押しつけて。何かって言えばあんたのためって言いながら、ホントは全部自分のため。私を教団の幹部候補にして自分が上の立場になるため。挙句の果てに私が期待に応えられないとなったらポイ。簡単に、ホントに簡単に私は母親にとって一番じゃなくなった。生まれてからずっと大阪に住んでいたんだけど、受験のため、将来のために関西弁は一切禁止。面接のためだからって、親に対して敬語まで使わされて。敬語大嫌い。一生使いたくない。ずっとずっと母親の顔色ばかり見る毎日にうんざりだった。父親は母親になんにも言えない、弱い男、情けない男。なんでも母親の言いなりで、私のことなんて見て見ぬ振りで妹とばっかり遊んで。だから家出してやったの。あんな毒親、死ぬほど心配すればいいと思ったけど、結局捜しにも来なかった。勉強をやめた私はもういらないってことなんだよね。酷い親でしょ」

未央はセックスが終わると全裸で抱き合いながら、毎回同じ話をした。毒親と揶揄しておきながら、自分が家出をしたら死ぬほど心配させられると思う。そして結果捜しに来なかったと腹を立てている。それは、未央が親に対して甘えがある証拠。今でも自分が親にとって一番の存在であることに拘り続けている証拠。だからこそ、ただひたすらに自分を、自分だけを必要としてくれる、愛してくれる、自分を一番だと言ってくれる、そんな男を求め続けている。親の代わりになる男を。手段は選ばない。未央にとっては、子どもも男に取り入るための道具に過ぎないのだ。まるで自覚のないモンスター。

未央は顎が痛いと言って、年中市販の鎮痛剤を服用していた。

「空を産む前はソープで働いていたこともあって、そのときは本番が主だったから大丈夫だったんだけど、妊娠して本番なしの店に移ってからは口ばっかり使うでしょ。私、元々口を大きく開けるの苦手で、顎を痛めちゃったんだよね。でも、私、フェラ上手いって言われるんだよ。雅哉さんもそう思うでしょ」

そこまでするか？　村主は背筋が寒くなった。

自分の男だけじゃない。店の客に対しても、この女は自分が必要とされていると思えることが何より大事なのだ。喜ばれるイコール必要とされているという認識。相手を喜ばせたいという善意を装ってはいるが、もし喜ばない相手であれば、この女はやはりムカつくフォロワーと同様死ねと思うのだろう。客が喜んだとして、その客は肉体的な快楽を得、未央は精神的な快楽を得る。一見五分五分に思えるこの関係だが、所詮一時的な快楽。客は払った値段分のサービスで満足するんだろうが、未央の心がそんなもので満足するわけもなく、あっという間に虚しさが込み上げてくる。その虚しさに益々精神を蝕まれているとも気づかずに。精神だけじゃない、そうやって肉体も悲鳴を上げているのにわからない。そうして得るものってなんだ？　金か？　その金は何に使う？　拘置所にいる名ばかりの旦那にせっせと貢ぎ、残りは定期的な性病検査の費用に最低限の生活費とスマホ代、月に一度の美容院へ行く代金と化粧品に費やし、手元にはほとんど残らない。オムツすら買えない。というか、子どもの物はこの女の優先順位の底辺の底辺。だとしたら、旦那の愛情か？　笑わせるな。どこの世界に愛する女に知らない男どものチンコを銜えさせて金を稼がせる男がいるよ。……そう、この女は何も得られていないのだ。本当は息子という途轍もなく大きな存在を得ているのに、未央にとってその存在は自分の心を満たしてくれるものでは決してない。それがこの女の最大の不幸だろう。この女、きっと息子が死んでも悲しくないんだろうな。お前を唯一必要としている人間なのにな。

村主は部屋の片隅に置かれた韓国人に日本語を教えるための教材を見て嘲笑した。これもまた、誰かに必要とされていると思える一つなんだろう。

「酷い親だね。可哀そうに」

そう言われたいがためにセックスをする度に同じ話を聞かせる。セックスをさせれば男はある程度自分の思い通りになると思っている。自分が言われたい言葉を言わせることができると思っている。

「ねぇ、雅哉さんは私のこと必要？　私のこと好き？」

「必要だよ。大好きだよ」

「いらなくならない？」

「ならないよ」

酷い親、可哀そう、必要、好き、毎回その言葉を村主の口から言わせたいのだ。鬱陶しい。この女、その考え方がむしろ男が離れていく原因だということをまるでわかっていない。それをわかった上で村主はそれらの言葉を湯水のように未央の耳に注いでやった。

「俺は未央から離れたりしない。未央の可哀そうな生い立ちを、心の重荷を半分背負ってあげるからね」

未央を抱き寄せ、頭を撫でながらそう言うと、未央は痛いほどにしがみついてきて村主の胸に顔を埋めて涙する。

村主は未央の家には決して泊まらなかった。どんなに遅い時間になっても帰るようにしていた。離れている時間をつくり寂しい思いをさせる。未央の中で自分の存在をより大きくするためだ。それともう一つ、隣の部屋にあの子どもがいると思うとなんだか気味が悪くて落ち着いて眠れる気がしなかった。

「泊まっていってよぉ」

「俺もずっと一緒にいたいよ。でも、所詮は不倫。旦那さんのいる女性宅に泊まるなんてできない」

「旦那って言ったって死刑になる人だよ。不倫じゃないよ。ねぇ、お願い朝まで……ううん、ずっと一緒にいて」

毎度毎度懲りもせずにそのやり取りを繰り返す。

村主が未央の家に通うようになってから五カ月が過ぎ、石水の死刑確定の日まであと一カ月に迫っていた。雪乃たち一家四人が惨殺されてから約二年半。それを見計らって、村主は未央にプロポーズをした。

「来月には奴の死刑が確定する。そうなれば、もう奴は未央の元には二度と戻ってこないんだよ。それなのに未央はいいように利用されるだけ。俺とずっと一緒にいたいって何度も言っていたよね。俺は絶対にいなくなったりしないし、一生未央を、未央だけを愛して大切にしていくよ」

「でも、大翔が怒る、殺される。大翔が死刑執行されるまで同棲して、大翔が死んだら結婚するんじゃ駄目?」

この期に及んでもまだ未央は石水を恐れている。

「未央、奴が拘置所から出てくることはないんだよ。死ぬまで。それに、俺は未央を命懸けで守る。俺なら未央をあんな店で働かせなくても養っていける」

それでも結婚を渋っていたが、

「死刑執行なんて何年先になるかもわからない。俺もいい年だからね、結婚できない相手といつまでも付き合っているわけにもいかないんだ。わかって欲しい」

その言葉で、村主が自分の元を去っていってしまうのではないかという危機感を覚えた未央は、目に見えて激しく動揺した。

「私のこと守ってくれる？　幸せにしてくれる？」

村主は、笑顔で頷いた。もう一押しだ。

俺には両親はいない。以前村主がそう話したとき、未央はすごく嬉しそうな顔をした。なぜそんなに嬉しそうなのか尋ねると、

「大翔もそうだったの。私は旦那さんが私以外の人間を大事に思っていたり好意を持っていたりするのは嫌なの。それが親だったとしても。て言うか、親なんていらない。だから、できれば両親がいない人や私みたいに縁を切った人と結婚したいって思ってきたから」

と答えたのだった。未央の独占欲に底はない。


死刑判決を下されるその日を翌日に控えた石水に会うため、村主は未央と一緒に東京拘置所に来ていた。

『死刑が確定する前なら俺も一緒に奴に離婚届を渡しに行ける。仮にも未央の旦那で空の父親だ。離婚届を送りつけて終わりってわけにはいかないよ。それに、今関係を終わらせれば、もう裁判を傍聴する必要もない。奴が死刑を言い渡されるところなんて見たくないだろう？』

その言葉が決め手となり、未央は村主のプロポーズを受け入れた。そして、深く考えず村主に言われるがまま死刑確定の前日に離婚届を持ってここに来たのだ。

未央は、今までも月に一度現金を持って石水に会いに来ていた。現金は差し入れ可能で、金額の制限もない。石水はその金で、購入可能な店から食べ物や質のいい布団やタオル、暇潰しのための本を好きに買う。拘置所内は冷暖房完備だが、各房に設置されているわけではないため冬はかなり寒い。だから、石水は未央に暖かい洋服や下着なども差し入れさせていた。

数年前に建て替えられた東京拘置所は、日本の近代建築二十選にも選定された驚くほど未来的な建物だった。初めて訪れた村主は一瞬これが本当に拘置所か、と疑った。ただ、やはり周辺の人通りは少ない。拘置所内も一般人と思われる人の姿は疎《まば》らで、通された面会室は無人だった。

自分たちが席に着いてから刑務官と石水が入ってくるんだよと、初めて来た村主に未央が教える。

村主と未央が椅子に座って間もなく遮蔽板の向こうの扉が開いた。

「てめぇなんで先月金持ってこねぇんだよ」

面会室に入ってくるなり、石水は立ったまま未央に向かってそう怒鳴った。未央は右手の爪を噛みながら下を向く。村主が握った左手は震えていた。

「何？　誰、この男」

矢継ぎ早に言う石水に、刑務官が「座りなさい」と命令し、石水はようやく椅子に座る。

「初めまして石水さん。今日はあなたと未央さんの離婚届を持って来ました。後ほど渡してもらえるよう受付に預けてあります」

　面会の規則で、この場で現物を本人には見せられないから口頭で伝える。

「はぁ？　なんて？」

　石水は鳩が豆鉄砲を喰らったような顔で聞き返した。

「離婚届です。後で受け取ってサインを書いたら担当の国選弁護人に渡してください」

「何言ってんだ、てめぇ」

　ようやく用件が呑み込めたようで、石水の顔色が変わった。

「未央さんはあなたとの離婚を望んでいます。安心してください。これからは私が未央さんと空君を守っていきますから」

「てめぇふざけんな、ぶっ殺すぞ。俺の女に手ぇ出しやがってタダで済むと思うなよ」

　目を剥いて立ち上がった石水を刑務官が肩を押さえて座らせる。

「落ち着きなさい」

　刑務官に叱責され、石水は顔を引き攣らせて座り直すと貧乏揺すりを始めた。

「おい、未央、なんなんだよこれ」

　石水は未央を睨みつけてまた怒鳴った。

「もう……無理だから。別れてください」

　蚊の鳴くような声だった。

「あなたを担当している国選弁護人の方には既に彼女の意志をお伝えしてあります。彼女の意志は変わりませんよ」

石水は村主の顔を睨みつけ、さらに未央を怒鳴りつける。

「てめぇ、俺のいねぇ間に男作ってたのか。ああん？　いい度胸だな。なんとか言えよ、おい」

何も言わずに震えて爪を噛んでいる未央の目の前の遮蔽板に石水の唾が飛び散った。

「落ち着いて話ができないのなら面会時間終了にしますよ」

刑務官が警告をした。石水は鼻から息を吐き出し、未央の前に身を乗り出した。

「俺が事件を起こしたのは、てめぇのせいだろうが。あのオヤジにエロい目で見られたって嘘こいて俺に煽れっつったのはてめぇだろう」

「それは……」

未央は慌てて隣の村主の顔を見る。

「あのときは、大翔があの女を見て『やりてぇ』なんて言うから」

「おい、お前」

石水は村主のほうを向いて乱暴にそう呼んだ。

「この女はこういう女だ。嫉妬深くて嘘つきで。大事なのはてめぇだけなんだよ。男にだけじゃねぇ、だーい好きなフォロワーに対しても同じ。知ってるか？　こいつ、気に入らねぇフォロワーがいると別のフォロワーに成りすまして嫌がらせをし続けるんだぜ。何時間でも何日でも飽きもせずな。そうそう、別れようとした俺を引き留めるためにこいつ便所で血を吐いた振りしたこともあったんだけどよ、そんときの血、どうやったと思う？　生理の血だよ。てめぇのあそこから出た血を口に擦りつけて出てきたんだぜ。気持ち悪ぃだろ？　怖ぇだろ？　やべぇ女だろ？　やめとけやめとけ、あんたの身のためだ」

気持ち悪ぃし怖ぇな。でも、そんなこと村主はとっくに知っている。石水の得意気な顔を見て、村主は失笑した。お前ら本当にお似合いだ。

「てめぇ何笑ってんだよ」

横を見ると未央は村主には知られたくなかった石水の暴露話に今にも泣きそうな顔をしていた。村主は咳払いをして本心をごまかすために未央の手を強く握りしめた。

「失礼。いや、往生際が悪いなと思いましてね。未央さんと付き合いが長く、それほどまでに未央さんのことを熟知しているあなたが、あの事件のときだけ彼女の嘘に気づかないなんてこと、あるわけがない。彼女が言ったことが嘘だってわかっていた上でその嘘に乗ったんでしょ？　だとしたら、彼女のせいではありませんよ、何一つ」

村主のその言いように石水は思いっきり顔を顰めて未央のほうを向き、口調を変えた。

「明日死刑が決まっちまったら、お前以外面会できねぇんだぞ。金はどうすんだよ。離婚したら誰も面会できる奴いなくなっちまうだろ。なっ、この男と付き合っててもいいからよ、離婚すんのは勘弁だぜ。だいたい俺と結婚したがってたのはお前だろ？　今までどおり金、届けに来てくれよ。顔見せに来てくれよ」

　遮蔽板越しだが、石水に顔を近づけられた未央は一層激しく爪を、指を噛んだ。取ってつけたような『顔見せに来てくれよ』。

「それはできませんよ、石水さん」

　村主は静かに、しかしはっきりとそう言ってから「未央」と声をかける。未央はビクッとして一旦爪を噛むのをやめ軽く頷き、「本当に、もう無理だから」ともう一度言った。

「てめぇ」

　文句を言いかけた石水に「では、これで失礼します。一応筋は通したかったので。お元気で」と、村主はわざと大きな声で言い、刑務官を見て会釈をした。村主に手を引かれ未央も席を立つ。未央の手は氷のように冷たいのに酷く汗ばんでいた。そのまま面会室から出ていこうとする二人の後ろから「おい、待てよ、話終わってねぇんだよ」という叫び声と遮蔽板をバンバン叩く音が聞こえる。止める刑務官と言い争う声が続いた。

　村主は未央だけを先に面会室から出すと、

「彼にもう一つだけ最後に言いたいことがあるから出口で待ってて」

　と言って扉を閉めた。振り返ると、村主が戻ってきたことに驚いた石水は叫ぶのをやめ、村主の行動を訝しげに見ていた。村主がゆっくりと遮蔽板に近づく。刑務官は村主が戻ってきたので、石水を席に着かせると再び所定の椅子に座った。石水が何か言おうとして口を開けたが、「死刑が決まれば面会できる人間は限られてしまう。だから、未央さんに離婚されるのは困るんですよね？」という村主の言葉に遮られる。

「でも……いるじゃないですか、お母様が。未央さんには死んだと言っていたそうですが、ご健在ですよね」

椅子に座りながら続けてそう言うと、石水の顔がみるみる強張っていった。

「お母様に面会に来てもらえるように私からお願いしてあげますから」

「やめろ、それは……やめてくれ」

明らかに動揺している。目つきもさっきまでとはまるで違う、怯えた小動物のようだ。

「どうしてです？　あなたを産んでくれた人でしょう？　しかも……」

村主は遮蔽板にくっつくほどに顔を近づけ、

「筆下ろしまでしてくれた」

と囁くように言った。石水は生唾を飲み込むと、何かに突き飛ばされたように椅子から転げ落ちた。

「お前……なんで……それ」

顔面蒼白。元々大きな目がはち切れんばかりに見開かれ、口元が小刻みに震えている。村主は今までの穏やかな表情を一変させ、石水に憎しみの目を向けると、怒気を含んだ声で、

「相手が悪かったたっていうのは、こういうことを言うんだよ」

と言って席を立った。それから面会室を出るまで後ろは振り返らなかったが、石水は何も言ってはこなかった。

帰り道、未央は村主の腕に自分の腕を絡め強く掴んだ。石水の話を聞いた村主が自分を嫌いになってしまうのではないかと不安で堪らなかったのだ。

「そんなに掴んでなくても俺はいなくならないよ。俺は、どんな未央も好きだから」

泣いているのか、泣くのを堪えているのか、未央は村主の腕にしばらく顔を埋めながら歩いていた。駅が見えてくると少しだけ顔を覗かせ「きっと雅哉さんは、神様からのプレゼントなんだよ」と言った。小さな声だったが人通りがないので村主にはそれがよく聞き取れた。

怪物

＊

芝川は埼玉県東部を流れる一級河川であり、荒川の支流だ。川口市中央部で芝川と新芝川に分かれ、同市南端で再び合流し荒川へと注がれる。その新芝川に架かる花の枝橋の両側には奇妙なトーテムポールのような建造物が等間隔に六本ずつ建っていた。スタイリッシュというよりは、実に奇妙な建造物だ。橋の下には大量のゴミが不法投棄されていて、橋の上と下では全く景観が異なる。子どもの頃の大翔は、そんなトーテムポールのような建造物がゴミの間の川面にグニャリと歪んで映る姿が好きで、よく花の枝橋に行っていた。

大翔の母親は日本人だったが父親はフィリピン人で、赤羽の商店街の外れでフィリピンパブを営んでいた。父親は、母親と結婚し大翔が生まれてようやく日本国籍を取得。母親の石水姓を名乗り、フィリピン人の女の子を斡旋しつつ、母親にその女の子たちの面倒を見させていた。父親は母親と大翔をよく殴った。母親が泣き叫んでも、フィリピンでは男が女子どもを殴るのはごく普通のことだと言ってやめなかった。その度に母親は学生時代の友達の家へ一人で逃げた。母親は生まれ育った地元が近くで、その辺りに住んでいる小中学生時代の友人も多かったのだ。だが、フィリピン人との間にできた子どもを友人に会わせるのが嫌で、大翔はいつも置いてけぼりだった。母親は息子の大翔を毛嫌いしていた。置いていかれた大翔は一人で橋を越え、花の枝橋傍の祖父の家へと逃げた。

祖父の住む川口市は鋳物の街として知られている。芝川の良質な川砂と粘性の強い泥が川口を鋳物業発祥の地とした所以であるといわれていた。祖父はそんな鋳物工場で長年働く鋳物職人だった。父親から暴力を受けていることを知っていた祖父は、大翔が小学六年生のときに鋳物でメリケンサックを作り、お守りだと言ってプレゼントしてくれた。大翔にとって自慢の祖父であり、もらったメリケンサックは宝物だった。しかし、川口駅前にドーンと構えていた川口鋳物工業協同組合会館が商業ビルへと変わり、鋳物工場が次々と移転や廃業に追い込まれ、やがて祖父の働いていた工場も廃業した。食い扶持を失った祖父は同じ工場で働いていた数人の仲間と共にホームレスとなり芝川橋の下に住むようになった。

ホームレスなんて恥ずかしいからやめて。大翔は必死に頼んだが、祖父は自分は職人だから鋳物工場以外で働くくらいならホームレスでいるほうがマシなのだと言って取り合わなかった。母親に祖父を引き取って欲しいと懇願したが、「あんな頑固ジジイ、乞食になってくたばりゃいいんだよ。あいつのせいで母さんや私がどれだけ苦労したか。母さんが早死にしたのだってあいつのせいなんだ。あいつが野垂れ死にしようが知ったこっちゃないんだよ」と言って拒絶された。それからも、大翔は度々祖父の住処を訪れていたが、ホームレスとなって一年もしないうちに急性心筋梗塞で亡くなった。例年にないほど寒く雪の降る日が多い冬だった。祖父は路上生活で初めて迎えたそんな冬を越すことができなかったのだ。祖父を失い、大翔は父親の暴力からの逃げ場も失った。

学区の中学校へは二つの小学校の生徒が入学する。大翔の通っていた小学校は商店街の店の子どもたちが多かったから大翔の粗暴さがさほど目立たなかったのだが、もう一校は住宅街にある小学校で比較的教育熱心な家庭で育った子どもたちが多かったため、大翔の悪評は瞬く間に広がった。父親譲りの彫りの深い顔立ちと中学一年生にして百七十センチという高身長も教師や保護者から目をつけられる恰好の材料となり、大翔は学校でどんどん孤立していった。日本語も会話は普通にできるが、国語は大の苦手。文章から作者の意図や登場人物の気持ちを読み取ることができない。他の教科も学年が上がるにつれ問題を読み解くことが難しくなり、塾通いの子どもが多い中、成績も落ちに落ち、勉強に対する拒絶反応が強くなっていった。

大翔が通う中学校には生徒の父親数十人で形成されたおやじの会という有志のＰＴＡ活動を行うグループがあった。店の景気が低迷していた大翔の父親は、そのおやじの会に目をつけて自分も活動に加わり、集まりがある度に会のメンバーを店に誘った。最初は料金はいらないからと言って店に連れてきて、露出の多い格好をさせた若いフィリピン人のホステスを宛てがい酒を勧める。顔が小さく体形も小柄で褐色の肌をした笑顔の可愛い二十代の女に手を繋がれたら悪い気はしない。そのうち誘ってもいないのにやって来るようになる父親も少なくなかった。少しおまけをすると言って値引きをするのだが、そもそもぼったくっている上に、父親たちに値引いてやった分はホステスの給料から差し引くのだから店側に損はない。そうやって店は少しずつ売り上げを伸ばしていったが、それと反比例して大翔の学校での立場は悪化の一途を辿った。

　亭主のパブ通いを知り激怒した母親たちは、自分の亭主に文句を言うだけでは飽き足らず、その怒りの矛先を大翔の両親に向けた。偽装結婚、フィリピンマフィア、あらぬ噂をばら撒いた。フィリピンでは国民の半数が覚せい剤をやっているという内容の週刊誌が出回ると、大翔の父親もシャブ中だという噂まで広めた。その結果、中学二年生に進級する頃には、小学校の頃は仲良かった奴らでさえ大翔を避けるようになっていた。祖父からもらったメリケンサックを嵌めてみたところで、身体が大きいだけで喧嘩はからっきしだった大翔には使いどころもない。学校をさぼりゲームセンターに行っても屯《たむろ》しているような奴らには相手にもされない。それどころか金を巻き上げられそうになったりして逃げ帰ることもあった。いよいよどこにも居場所を失ってしまったのだ。

　中学を卒業すると定時制の高校へ進学したが、丁度その頃店でホステスとして働いていたフィリピン人女性の一人が自転車を窃盗して捕まったのをきっかけに、店で働いているホステスたちに不法就労している者はいないか調査が入り、父親が姿を消した。母親の話では、父親はフィリピン人の女性と日本人の男性の偽装結婚の斡旋もしていたようで、そのことが露見して刑務所に入れられることを避けるため、フィリピンへ帰ったのだという。

『いいか大翔、日本の救いは死刑制度がまだ残ってることだ。刑務所なんて強制収容所みたいなところにぶち込まれたら、むさ苦しい奴らと鮨詰めにされて、やれ訓練だ作業だと扱《こ》き使われる。それが何年、何十年もだぞ。その点死刑になれば刑が執行されるまで拘置所で、しかも個室で生活できるんだ。死刑囚にとっちゃ死ぬことが唯一の罪滅ぼしだからよ、訓練や作業を強制されることもねぇ。刑の執行だってあっさりぽっくりよ。だからな、この国じゃとことんやって死刑になるか、死刑にならねぇくらいのことじゃ絶対に捕まるな。意地でも逃げろ』

そんな父の唯一の教えを思い出していた。偽装結婚の斡旋じゃ死刑になるわけがない。だから母国へ逃げたのだろう、そう思った。

「ほとぼりが冷めたら帰ってくるなんて言ってたけど、わかるもんか。少しは纏まった額になってた貯金全部持って行きやがって。どうせ向こうに若い女でもつくって戻ってきやしないんだよ」

母親はそう言って、客と度々開店前の店でセックスをしては金をもらうようになった。

「お前を育てるためだろ」

子持ちのババアなんて大した金にもならないだろうが、自分の性欲を満たすこともできる。要は一石二鳥なのだ。うっかり母親と男の情事を見かけてしまった大翔に、母親は怒鳴って手元にあった灰皿を投げつけた。

「この、エロガキが。見てんじゃねぇよ」

大翔は額に傷を負い、そのときの傷痕が消えることはなかった。店の二階が自宅になっているから店の中を通らないと帰れない。今までは店がやっている時間だと酔っ払いに絡まれるから開店前に帰るようにしていたのだが、それからは逆に開店前には帰らないよう、学校帰りに時間を潰してから帰るようになった。そんなある日、大翔は母親から開店前の店に呼び出された。店に入ると突然母親の売春相手の男たち三人に羽交い締めにされ、おしぼりを口の中に突っ込まれて、身動きがとれない状態で母親に犯されたのだ。動けなくなった大翔の様子を男たちはスマホで撮影しながら笑っていた。

「中坊にもなってまだズル剥けじゃないのかよ」

「私が剥いてやるから、少しはお前も役に立て」

母親が鼻息を荒らげて言う。役にって何のだよ……大翔は目で訴えた。

「近親相姦もののAVはよく観るんだけどさ、どれもこれもやらせでしょ。ガチでやるところ観てみたかったんだよね」

男の一人が興奮気味に言った言葉で理解する。あぁ近親相姦の鑑賞料か、そういやそんなジャンルのAVもあったっけな。兄妹ならまだしも母息子設定があると知ったとき、悪趣味としか思わなかったけど、こうやって需要があるんだな。されるがままになりながら意識だけが身体とは別の場所でそんなことを考えていた。

「フィリピンじゃ浮気は姦通罪っていう犯罪なんだよ。あの人は自分は浮気しても私の浮気は絶対に許さない。バレたら殺されて埋められちまう。だから万が一あの人が帰ってきても私が他の男とやってたなんて口が裂けても言うんじゃないよ。言ったらこの動画バラ撒いてやるからね」

母親にとっちゃ口止めのためでもあるわけか。

「開店までに片付けときな」

事が済むと、母親は男たち一人一人から金を受け取り、大翔に捨てゼリフを残して男たちと店を出ていった。誰一人として大翔の心を、身体を、気遣う者はいない。大翔はしばらく身体を起こすこともできず、一人冷たい床の上で放心していた。

「痛ぇ」

身体を団子虫のように丸めて無理やり剥かれたペニスを見ると、血が滲んでいた。なかなかに鮮やかな色だ。

「おえぇ」

大翔は急に込み上げてきた吐き気を抑えられず、その場で吐いた。何度も何度も嘔吐し、胃が痙攣してズキズキと痛んだ。嘔吐に刺激されて涙が出ているのか、別の理由で出ているのかわからなかったが、吐瀉物の上に涙と鼻水がぽたぽたと流れ落ちていた。

「じいちゃぁん」

か細い声で唾液交じりに死んだ祖父を呼ぶ。ふと、自分の吐瀉物の中に動くものがあることに気がついて、凝視すると小さな虫の幼虫だった。店や自宅で見慣れたカツオブシムシの幼虫。たまたま運悪くそこに居合わせてしまったのだろう。カツオブシムシの幼虫はやがて力尽きて動かなくなった。

「ゲロの中で死んでくなんて可哀相に」

大翔は高校へ登校しなくなり、母親の元から姿を消した。

未央が男と面会に訪れた翌日、大翔に死刑判決が言い渡された。男が最後に言い放った言葉に数日は苛まれていたものの、どうせハッタリだったと思いかけていた。でも二週間後、母親は本当にやって来た。あれから変わったことと言えば、部屋を移ったこと。東京拘置所には確定死刑囚たちの部屋だけが並ぶフロアーがある。拘置所内の冬は寒い。だが、この階の寒さは尋常じゃなかった。皆がそうなのか、大翔だけがそうなのかはわからない。ともかく大翔は寒くて寒くて仕方なかった。拘置所内でもこのフロアーは特に人の気配がないせいかもしれない。このフロアーをうろつくのは刑務官か教誨室に定期的に来る坊さんか神父くらいなもの。面会者が来たと言われ、余りの寒さに母親かもなどと考える余地もなく大翔は何枚も重ね着をしたまま面会室へと向かった。

「何だよお前、もう春だっていうのにその恰好は。着膨れしてるじゃないの」

面会を断れば良かった、そう思ったときにはもう後の祭り。十年振りくらいに見た母親は、昔と変わらず品のない化粧と服とアクセサリーで着飾っていた。三回りくらい太った姿からはだらしのなさが滲み出ている。

「お前、何してくれてんだよ」

目も合わせず、ひと言も言葉を発しない大翔に母親は身を乗り出して言った。遮蔽板の前の台に豊満な胸が乗っかって、腹はつっかえて苦しそうだ。

「おい、こら、これを見ろ、ちゃんと見ろよ」

母親は手に持っていた一枚の紙を遮蔽板に突きつけた。

「スマホも写真も持ち込み禁止だって言うからさ、わざわざコンビニで紙にプリントアウトしてきたんだよ」

それは赤羽のフィリピンパブの写真で、店の入り口に何枚もの紙が貼りつけられていた。大翔が面倒臭そうに目を細めて見ると、その紙には『人間のクズ』『人殺し』『一家心中しろ』『フィリピンに帰れ』『死刑　死刑　死刑』と書き殴られていた。

「営業妨害。お前のせいで商売上がったりなんだよ。わかるか？　お前が誰を殺そうがどんな殺し方しようが知ったこっちゃないけどさ、親に迷惑かけるんじゃないよ」

「親？」

大翔はここで初めて声を発した。

「ああ、親だよ、親。お前、自分の親も忘れたのかよ。あのフィリピン野郎に孕まされてお前を産んで、私の人生めちゃめちゃだ。フィリピン野郎は、あれっきし戻ってきやしないし、お前は人殺しだし。どうせならお前もあの男と一緒にフィリピンに帰ればよかったんだよ」

「帰ればって、俺はフィリピンに住んだことねぇし。つうか、行ったことすらねぇよ」

大翔が鼻で笑うと、母親は盛大な舌打ちをした。

「相変わらずムカつくな、お前。あの男そっくりなそのツラと態度見てるだけで虫唾が走るわ。嫌いなんだよ、お前のそのツラ」

「フィリピン野郎に腰振ってこんなツラのガキ作ったのはてめぇだろ。外人好きのビッチが」

大翔は目の前の壁を蹴って叫んだ。

「落ち着きなさい」

刑務官に注意を受けるが、おっぱじまった親子喧嘩は収まらない。

「親に向かって何だよその口の利き方は。あぁあ、やっぱり米軍の男にしとくんだった。アレもデカかったしね。したらお前みたいな汚ねぇツラのガキ、産まれなかったよなぁ」

「だったら産まなきゃ良かったろうが」

「言われなくても、お前を産んだことが私の唯一の汚点だよ」

「面会時間を終了しますよ」

刑務官が二人にそう警告すると、母親は仰け反るように椅子に深く座り直し、大翔は母親を睨んだまま口を噤《つぐ》んだ。

「待った待った、面会時間終了しちゃ困るんだ。大事なビジネスの話をしに来たんだからねぇ」

母親のその言葉に大翔はまだ睨んでいる目を引き攣らせた。母親はポケットから取り出した一冊のメモ帳と短い鉛筆を大翔に見せる。

「自叙伝を書くんだよ」

「は？」

「煽り運転で警察に捕まった腹癒せに、その一家を皆殺しにするような猟奇的な人間がどうやったら育つのか、世間はえらく興味あるらしいんだよ。だから、犯人の母親として自叙伝を書かないかって声をかけてくれた人がいてね。百万だよ、受けるって言ったらその場で取材費用として百万くれて、書き終えたらもう百万くれる約束なんだ」

大翔は母親の不気味な笑顔に激しい嫌悪感を抱き、胸をざわつかせた。

「お前の筆下ろしをしてやったことも話したら、そのことも書けば原稿料もっと弾んでくれるって言ってさ、凄いだろ。印税だって入るんだよ」

「ふざけんな、そんなこと書いたら殺すぞ」

それを聞いて母親は腹を抱えて笑った。

「死ぬのはお前。死刑囚がどうやってシャバの人間を殺すんだ？　殺れるもんなら殺ってみろよ、ほら」

「てめぇだって息子とやったことなんぞ書いたら世間のいい笑いもんだろうが」

母親は鼻で笑った。

「てめぇのせいで、もうとっくに笑いもんなんだよ。だったら少しでも金になるほうがいいに決まってんだろ」

「やめろ……やめてくれ……それだけは、本当に……頼むから」

大翔は頭を膝に擦りつけるようにして遮蔽板越しに縋った。

「舐めたこと言ってんじゃねぇよ。お前のせいで商売上がったりだっつったろ。本来ならお前に賠償請求したいくらいなんだよ。私はね、お前と違ってこれからも生活があるんだ。生きていく金が要るんだよ、金が。けどお前、どうせ金持ってないだろ。だったら死ぬ前にお前も少しは役に立て。どうせ店も開けらんねぇし、毎日来てやるから、家から出てった後のことと事件のこととか、裁判のこととか、独房のこととか、全部聞かせな。お前が死刑執行されるその日まで、ぜーんぶしゃぶり尽くしてやるからな。それネタにして自叙伝出して将来は印税で暮らしていくんだよ私は。わかったな」

母親は捲し立てるように言ったので、ふぅふぅと脂肪を揺らし息を切らしていた。『ぜーんぶしゃぶり尽くしてやる』という言葉と、あの日も言われた『お前も少しは役に立てよ』という言葉。母親に無理やり犯されたときの情景が鮮明に蘇り、大翔は吐き気が込み上げてその場で噴水のように嘔吐した。

「うわっ汚《きった》ね。今日はもう面会時間終わりだから帰るよ。また明日来るからな」

そう言って、大翔自身が汚物でもあるかのような目で見ながら面会室を出ていった。

「大丈夫か？」

担当刑務官が大翔の背中を擦り、他の刑務官を呼ぶ。大翔の目から鼻から垂れ流れるものが吐瀉物と混ざり、あの日の自分とシンクロする。家を出てから母親が生きているか死んでいるかも知らずに生活を送ってきた。それでも、否が応にもその存在を思い出したときは、どうか死んでてくれと願った。あのババア、なんでほんとに死んでてくれなかったかな。生きていても死んでいても自分を苦しめる存在であることには変わりないが、それでも新たな火種を作らないだけ、二度とツラを見ないで済むだけ、死んでいたほうがだいぶマシだった。

数時間後、冷静になった大翔は刑務官に「紙と鉛筆を貸してもらえませんか？」と頼んだ。「何に使う」と聞かれ、「母親が本を書くって言ってて、俺のことも書きたいって……だから、俺が殺しちまった人たちへの謝罪も兼ねて事件のこと、思い出しながらメモしておこうかと思って」と答えた。手紙は送る相手が制限されるが、死刑囚が己の犯した罪を反省し、手記を残すことはよくある。刑務官は、すぐに鉛筆とノートを用意して大翔に渡した。

その翌朝、布団の中で鉛筆を喉に突き刺し死んでいる大翔が発見された。先の丸い鉛筆で喉を刺す想像を絶する苦痛は、死んだ大翔の凄まじい形相が物語っていた。それでも声ひとつ上げず死んでいったため発見が遅れ、既に死後四時間以上が経過していたという。大翔の死は、その日のうちにニュースで大々的に報道され、世間は死刑囚の、懺悔の意図がまるで感じられない身勝手な自殺に憤り、罵った。残されたノートの最初のページには得体の知れない虫が何匹か描かれていたが、それがカツオブシムシの幼虫だったとは誰にも知られることなく廃棄された。

＊

『大翔が死んだって今ネットのニュースで流れてきた』
『不安でたまらないから今すぐ来て
お願い』
未央からＬＩＮＥが届いたのは正午前だった。思っていたより早い反応だ。
『仕事は？』
『生理で休むって連絡した』
『カンさんが日本語習いに来るの何時だっけ？』
『いつもと一緒。五時から一時間だけだよ。
でも今日は断るつもり。
だからずっと一緒にいて』
『もう断ったの？』

『カンさん仕事で連絡取れないから五時に来たら言うつもり』

『わかった。後で行く』

『必ず来てね』

『今日は寒いけど灯油残ってる？

なかったら行きに買っていく』

『ありがとう。残ってるから大丈夫』

村主はＯＫのスタンプを送り、スマホの電源を切ってテーブルの上に伏せて置く。昼食に食べようと作っていたオムライスを仕上げにかかる。いつにも増して上出来だった。鼻歌を口遊《くちずさ》みながらゆっくりとオムライスを味わう。

「旨いな」

チキンライスにはピーマンを入れることでほんの少しの苦みが加わり大人の味になる。ミックスチーズを加えたふんわり卵に、蟹缶を使ったトマトソースをかける。陸自だった頃の寮生活でも、辞めてからの一人暮らしでも、自炊をしてきたから料理は結構得意だ。

腹を満たし、村主は久々にさいたま新都心の映画館へ向かった。話題になっていたＳＦ映画を観る。シリーズもののスピンオフ作品だが、大元のシリーズ三作は雪乃と観に行った思い出の映画だ。この時期にスピンオフ作品が公開されるのも何かの縁かもしれない。

結局、未央の家へ着いたのは午後四時を回っていた。切っていたスマホの電源を入れると未央からの着信が何十件も残っている。

「遅いよ、雅哉さん」

玄関を開けるなり未央が抱きついてきた。

「ごめん、どうしても外せない仕事があったから」

部屋に入ってからも抱きついて離れない。石水の死に余程ショックを受けているようだ。今日は平年よりも気温が低く、雪が散らつくかもと天気予報で言っていた。しかし、LINEで灯油の話をしたにもかかわらず、この家の暖房はつけられていない。部屋の中の空気も未央の身体も冷えきっていた。暖房をつけることも考えられないほど、未央の思考は停止しているのだ。

「雅哉さん、ずっとずっと一緒だよね。未央のこと好きだよね」

村主は黙って未央の頭を撫でていた。時計を見る。まだ早い。

「何か温かい飲み物が欲しいな」

「コーヒー？　紅茶？　日本茶？」

抱きつきながら聞いてくる。

「日本茶がいいかな」

「わかった」

そう返事をしたもののなかなか離れようとしない。「頼むよ」村主がもう一度言うと渋々離れてお湯を沸かし、日本茶のティーバッグをコップに準備した。未央が淹れた緑茶を飲もうとしてコップに血がついていることに気がついた。見ると未央の指先がいつにも増して血塗れで、しかも絆創膏すら貼っていない。石水が死んだとニュースで見てから村主が来るまでの間、ずっと爪や指を噛んでいたのだろうと想像した。爪が縦に半分剥がれている箇所もある。緑茶を飲んでいる間、二人は一言も喋らなかった。静まり返っていると、閉まっているドアの向こうからほんの少しだけ子どものか細い声が聞こえた。いることすら忘れていたが、あの子は間違いなくそこに存在し、生きている。

四時半を回り、コップが空になるといい頃合いだと村主は改めて未央の顔を見た。

「もう一杯飲む?」

目が合ってそう聞いた未央に、村主は首を横に振る。

「別れよう」

未央は何を言われたのか理解できない様子で、しばらくコップを手にしたまま微動だにしなかった。

「別れよう」

もう一度言う。

「な……何?　何……言ってるの?」

「俺もニュース見て、色々考えた。俺、やっぱり未央とは結婚できない」

ここぞとばかりに神妙な顔をする。未央はコップをテーブルに置いて立ち上がった。

「なんで、なんでそんなこと言うの？　私のこと好きだって、ずっと一緒にいたいって言ったじゃない。再婚禁止期間が明けたらすぐに結婚しようって、結婚してずっと守ってくれるって、雅哉さんが言ったんでしょ」

「ごめん」

村主は深々と頭を下げた。

「ごめんて……謝られても意味わかんない。なんで？　ねぇ、なんでよ」

未央はかなり狼狽え、声が震えていた。

「あんな風に旦那さんが亡くなって、後味悪いじゃない」

「は？　大翔が死んだから？　っていうか、大翔とはもう離婚したんだから旦那じゃないよ。それに死刑囚なんだから、どうせいつかは死ぬってわかってたことじゃない。それが少し早まっただけで、そんなの別れる理由にはならないでしょ」

未央は無理やり村主の膝の上に座り、キスをしようとする。

「もう無理なんだ。ごめん」

顔を背けながら村主は口調を強めた。

「イヤ、イヤ、イヤ。絶対にイヤー!!」

耳元で叫ばれて耳がキーンとして顔を顰める。

「未央が好きなのは石水なんだと思うんだ。だからそんなにショックを受けているんだろ」

村主は未央を膝から力ずくで下ろしながら言った。抵抗したが村主の力の強さに未央は更に取り乱す。

「何それ。何言ってんの。私が好きなのは雅哉さんだよ。わかってるでしょ?」

村主は大袈裟に頭を横に振った。

「ねぇ、大翔と別れさせたのは雅哉さんだよ。責任取ってよ」

大声で怒鳴る未央に、

「奴と別れたのは君自身でしょ。俺に責任はないよ」

と、しれっと言い退けると、未央は今度は縋るように腕を掴んだ。

「大翔が死んで、雅哉さんまでいなくなっちゃったら私、独りぼっちになっちゃうんだよ。もう、雅哉さんしか私にはいないんだよ。お願いだからいなくならないでよ」

未央はボロボロと涙を流して子どものように肩を震わせ泣き出した。独りぼっち。やっぱりお前の頭の中には隣の部屋で寝ている子どものことは微塵もないんだな。村主は溜息をついた。

「じゃあ、本当に俺のことが好きだって証明できる?」

「証明って……何をすれば……」

床にへたりと座り込む。

「何ができる?」

逆に問うと未央は涙を流しながら考えた。

「なんでもできるよ……私、雅哉さんがいなきゃ生きていけない……」

力なくそう言うと、何かを思いついたように立ち上がる。ふらふらとキッチンに向かい、洗い場に置いてあった包丁を手に取った。

「死ぬ。どうしても別れるって言うなら、私死ぬから」

はいはい。想定内の行動で、村主はすかさず未央の手から包丁を落とした。

「包丁は良くないな。うっかり刺したり切ったりしたら大変だ。そんな物持ちながら話なんてできないよ」

包丁で楽にあっさりなんて逝かせない。

「じゃあどうすればいいの？　私は雅哉さんと別れるくらいなら死ぬ。それくらい好きなの」

叫ぶように言う未央を憐れむような目で見てから、村主はわざとらしくキッチンのごみ箱の横に置かれている赤いポリタンクをじっと見た。敏感になっている未央はすぐにその目線に気づき、ポリタンクを持って蓋を開ける。春になり、ストーブを使う日も減ってきてはいたが、ＬＩＮＥで確認しておいたとおり、中身はまだ残っているようだった。未央は躊躇なく灯油を自分の頭上に振りかけた。たいした量ではなかったので洋服まではさほど濡れなかったが、髪の毛から灯油が滴っている。

キンコン、キンコン。

午後四時五十六分、丁度良いタイミングで安っぽい玄関チャイムが鳴った。立ち尽くしている未央をそのままにして、村主が玄関を開ける。約束には少し早いが絶妙、未央から日本語を教わるために訪れたカンさん夫妻だ。

「ケンカしてるの？　うちまでキこえてたよ。どしたの？」

奥さんがイントネーションのおかしな日本語で心配そうに言う。

「中に入って下さい。未央が大変なんです」

急かすように二人を部屋に上がらせた。

「どしたのミオ」

灯油を髪の毛から滴らせている未央の姿に驚き、奥さんが声を上げた。未央は二人の言葉が聞こえているのかいないのか、一切二人のほうを見ようともしない。

「カンさんは空君の父親を、空君のお父さんを知っていますか？」

二人が理解しやすいようにできるだけゆっくり話すと、どこまで知っているのかはわからないが、二人は黙って頷いた。

「彼が今日死にました」

二人は目を見開いた。

「シんだ？　シんだの？　だからミオ、こんなコトを？」

その質問には敢えて答えなかった。肯定して未央が反論してきたら面倒だ。

「灯油を……って、灯油ってわかります？」

「トゥンユ、ワかるよ。これでしょ」

奥さんが石油ストーブを指して言う。灯油でわかったというよりも臭いで察したのかもしれない。

「はい、そうです。最初包丁を持ち出したのは止めたんですけど、目を離した隙に灯油を被りました。念のため病院へ連れていきたいので、奥さんは救急車を呼んでもらえませんか。旦那さんは万が一引火した場合に備えて下の飲食店から消火器を借りてきてください。救急車、消火器、わかりますか？」

一階の韓国料理店に消火器が設置されているのは確認済みだ。村主はジェスチャーを加えながら懸命に話す振りをする。

「キュウキュウシャ……あぁ、ググプチャだね、キュウキュウシャ」

「ソファギ、わかるよ。モってクるね」

動揺し慌てている二人は、何の疑問も持たずに村主の指示に従い部屋から飛び出していった。

二人が出ていったのを確認すると、村主は溜息をついて未央の元へ近づいた。

「哀れだな」

そう言いながら目の前の椅子に座り、未央の顔を覗き込む。唇は真っ青になっていた。

「寒いだろ」

村主の優しい声に未央が反応して顔を上げた。

「お願い……私を独りぼっちにしないで。どこにも行かないで」

今にも消え入りそうな声で訴えかける。村主は片頬に笑みを浮かべ、上着のポケットからブック型マッチを取り出した。箱の表には大翔の親が経営するフィリピンパブの店名が印刷されている。出版社の人間だと偽って大翔の母親を訪ねたときにもらってきた物だった。

「雅哉……さん？」

未央はこの期に及んでもまだ状況が把握できないという顔で名前を呼んだ。村主は黙ったままマッチに火を点けると、灯油を被った未央の頭部目がけて投げつけた。

ブワッ。

一気に頭が燃え上がる。余りの苦痛に激しく暴れることすらできない。何か叫んでいるようだが、燃える炎の音で何を言っているのかわからない。火は上半身にまで燃え移り、橙色にゆらゆらと揺らめいていた。村主はマッチを箱ごとその火に投げ込んで玄関に向かい扉を開けた。そこへ走ってやって来たカンさんのご主人から消火器を受け取ると、急いで中に戻り燃えている未央に向かって噴射した。

「火を、未央が自分で火を点けたんです」

奥さんも入ってきて、唖然としている二人に、村主は取り乱したように言った。

「未央、未央、しっかりしろ、未央」

火の消えた未央に駆け寄って声をかける。肉の焼ける臭いが漂い、未央の顔は見る影もない。

目や鼻の位置が辛うじてわかるものの、灯油がかかっていた頭部の損傷は激しく、髪の毛がなくなっているどころか、真っ黒に炭化していた。

「ソラは？　ソラはどこ？」

カンさんの奥さんが思い出したように叫び、部屋の中に入っていく。旦那さんは気分が悪くなったようで部屋を出た。未央はまだ辛うじて息があり、唇が金魚のように開いたり閉じたりしている。顔面が真っ黒なので異様に赤く見える口の中からは、開く度に薄い煙が吐き出された。

火傷は見た目は酷くても、案外死に至らない。今回のように灯油を被った上での火傷は深部にまで達するため助からないだろうが、それでも即死はしない。助けたタイミングが絶妙だった。絶妙絶妙、今日は何もかも頗《すこぶ》る絶妙だ。村主は満足げにほくそ笑みながら未央の耳だった場所に顔を近づけると、

「お前らだけは簡単には逝かせない。早く死なせてくれと願うほどの苦痛をじっくり味わいながら死んでいけ」

と囁いた。一瞬、未央が自分のほうを見た気がした。何も見えやしない、何も聞こえやしない。それでも、村主の心からの叫びだ。もし、未央が聞き取ったのなら、最高の手向けの言葉だと思った。

「ググプチャ来たよ」

外に出ていたカンさんの旦那さんが救急隊員たちを誘導してきた。余りの惨状に救急隊員たち

ですら顔を強張らせる。

「付き添いをお願いします」

そう言われ、村主は未央と一緒に救急車に乗り込んだ。そのとき、カンさんの奥さんに抱かれた、痩せ細った男児を見た。空だ。空は確かに村主のことをじっと見ていた。今まで何度もこの部屋を訪れていながら彼に会ったことはほとんどなく、目が合ったのも初めてだった。

恐らく……お前もこの世に生きるに値しない人間だろう。

村主は心の中で空に向かってそう言った。

結局未央は八時間後に死亡した。息を引き取る直前に処置室に呼ばれた村主の目の前で、全裸に近い状態の未央は焼けた部分に溜まった血液や水分で皮膚が破裂しないよう両腕の内側に縦にパックリと切り込みを入れられていた。煤けた黒い皮膚とその皮膚の裂け目から見える赤い肉の対比が何ともグロテスクだった。それが正しい処置だということを承知している元自衛官であっても直視に耐えない、が、村主にとって実に小気味良い無様な恰好で死んでいってくれた。

当然、村主は警察から事情聴取を受けた。しかし、未央がつい先日まで横浜一家四人殺害事件の犯人である石水の妻だったとわかると、風向きが変わった。空の父親が石水であると確認が取れ、石水の後追い自殺である可能性が濃厚視された途端、捜査員たちに焦りの色が見え始めたのだ。石水の獄中での自殺は警察の失態として正に世間で騒がれている最中であり、それが原因で元妻が幼子を残して焼身自殺を図ったという情報がどこから漏れたのかネットで広まり始め、警察は早急に事態を沈静化させようと躍起になった。灯油のポリタンクから未央の指紋しか検出されなかったことと、カンさん夫妻が未央の死が自殺だと裏づける証言をしたこともあり、村主への事情聴取は二回で終了。未央は自殺として早々に処理された。

誤算

石水大翔と未央が死んでから、三度目の春を迎えた。

村主は、陸自時代の友人である海老沢彰《えびさわあきら》が除隊後に桶川で経営している無認可のファミリーホーム『べにばなほーむ』で調理担当として働いていた。ファミリーホームとは、一般の住宅で開設できる児童養護施設のこと。里親制度と並ぶ新しい児童養護のかたちとして二〇〇九年に制度化された小規模住居型児童養育事業であり、事業主である養育者一人ないし夫婦二人に補助者を含め必ず三人以上の人間で運営することが条件となっている。事業といってもあくまで養育者の家庭の中で定員五から六人の子どもたちを育成するもので、法定化される以前は里親型のグループホームとして存在していた。ただ、法定化されたことで、里親を職業として運営できるようになり、人件費などの金銭面で行政が援助してくれるようになった。

海老沢も里親に育てられた一人だった。そもそもその里親夫婦が海老沢の自立後に自宅で始めたグループホームを手伝うために、イラクから帰還後陸自を辞めたのだ。里親夫婦が亡くなってからは海老沢が事業主となって後を継いだ。ここ桶川は『べに花の郷』というキャッチフレーズがあるように、べに花の産地としても有名な地域だった。キク科の植物だが菊の花のような大輪ではなく、半径二・五センチから四センチの可愛らしい花。色は名前の通り紅掛かった黄色をしている。海老沢の母親がそんなべに花が好きで『べにばなほーむ』と名づけたのだと聞いていた。全てを平仮名表記にしたのは、小さな子どもでも読めるように。ホームの入り口にある看板には母親がデザインしたべに花の絵があしらわれている。初めて目にしたとき、村主はとても温かく穏やかな色彩の絵だと思った。

海老沢は幼い頃両親が離婚し実の母親に引き取られた。実の母親は肝炎を患っていたにもかかわらず、離婚後生活の不安や育児のストレスをアルコールで紛らわせるようになっていった。日増しにアルコールの摂取量が増え、体調が悪化しても病院へは行かず、結局彼が小学生のときに肝性脳症で亡くなった。その頃既に再婚して新しい家庭を築いていた実の父親は海老沢を引き取ることを拒否。里親に引き取られるまでの間、彼は施設にいたのだった。実は自衛隊、特に陸自には彼のような境遇の人間がとても多く所属している。なぜなら、自衛隊には十八歳以上であれば中卒でも入隊可能なコースがあり、幹部候補生とは一線を画してはいるが、それでも数少ない中卒でもなることができる国家公務員だからだ。しかも中卒の採用を行っている国家公務員としては最も受け皿が大きく最もハードルが低い。そして陸・空・海の中でも、陸は他の二軍と比較して三倍以上も定員数が多いため群を抜いて入隊試験が簡単だといわれていた。一概にはいえないが、不遇な環境で育った子どもの多くは充分な教育が受けられず学がない人間が多い。そして彼らの多くは『自分は生まれてきて良かったのだろうか』という疑念を長年抱え苦しんでいて、『誰かのためになりたい』『誰かに認められたい』という自身の承認欲求を満たすために自衛隊を目指すことが往々にしてあった。生育環境から元々生への執着がない者も多く、国や国民のために命を懸けるという状況に酔いしれる者も多かった。更に歪んで人間の死が身近にあることに興奮を覚える者やそういう環境に身を置くことでしか生を感じられない者もいた。そういう意味では海老沢は実にまともな男だった。

彼の経営するグループホームの間取りは4LDK。二階建ての一軒家だ。一階にLDKと浴室と一部屋、二階に三部屋があり、トイレと洗面所はそれぞれの階に設置されている。一階の一部屋を海老沢が事務所兼自室として使用していて、二階の一部屋に補助者として雇っている女性スタッフ二人が、もう一部屋には小学生の男子二人、もう一部屋には小学生の女子一人と中学生の女子二人、全部で八人が生活していた。狭く思うかもしれないが、各々の部屋は十畳あって、女性スタッフの部屋は間仕切りボードで完全に二部屋に分けられている。スタッフからも子どもたちからもスペースについての苦情は特に出たことがなかった。何せその二人の女性スタッフもグループホームで育った、云わば経験者。グループホームでの生活を充分心得ているのだ。

村主がここで働くようになってからは、海老沢の部屋を女性スタッフの部屋同様間仕切りボードで分けて使っていた。この間仕切りがかなりの優れもので、天井にビスで必要な分の樹脂製鴨居を取りつけ、敷居も両面テープでつけられるようになっている。突っ張り式と違って間仕切りの上下に隙間もできず、まるで最初から二部屋だったと思えるような仕上がりだった。職人による工事も必要なく、男手が二、三人あれば装着可能で費用も安く済む。初めてこの間仕切り装着に携わったとき、村主はしばらく感嘆していた。

二人で使っている部屋には写真が一枚飾られていた。海老沢が飾ったもので、二人でタイのルンピニー・ボクシングスタジアムに行ったときの写真だ。村主がイラクから帰国後事務系の仕事に就いていたとき、除隊した海老沢に誘われて、身体がなまらないようにしばらくムエタイのジムに通っていたことがあった。元プロ選手だったタイ人が数人で日本に開いたジムで、トレーナーも皆タイ人の元プロ選手。場所柄か、首から下はタトゥーだらけの外国人ビジネスマンや、近くのホストも通ってきていて人間観察も面白かった。結局お互いに忙しくなって二年も続かなかったが、その間に本場のムエタイの試合を観戦したくて二泊三日で一度だけタイへ行った。写真には二人とも笑顔で写っているが、実のところ海老沢はこの直前タイの警察官にこっぴどく怒られて罰金を支払い、よく見ると涙目になっている。

今はドンムアン空港近くに移設されたが、当時はその名の通りルンピニー公園の近くにスタジアムがあった。スタジアムへ行く道中その公園内で休憩をしていて、海老沢がタバコを吸おうとしたときに、パトロール中の警察官が二人、凄い勢いで駆け寄ってきたのだ。警察官といっても日本とは違い、軍隊のような制服に身を包んだゴツイ二人組がタイ語で明らかに怒っている。冷房の効いた屋内がバーやナイトクラブでさえ禁煙なのはタイへ来る前に調べて知っていたが、公園内も禁煙だとは知らなかった。警察官たちからしてみれば、村主と海老沢こそゴツイ外国人。舐められてはいけないと、かなり威圧的に迫ってくるので、わけがわからないうちは海老沢が逮捕されるんじゃないかとハラハラした。結局罰金で済んだのだが、そういう経緯があって海老沢は涙目になっているというわけだ。村主は、その写真を見るとそのときのことを思い出して、つい笑ってしまう。

雪乃が殺されて二カ月後に陸自を除隊した村主は、先に除隊していた海老沢にグループホームで一緒に働こうと誘われた。雪乃とのことを知っていて心配してくれたのだ。だが、村主はある目的を持って除隊したため、その誘いを断った。目的は他でもない、雪乃や雪乃の家族を惨殺した犯人について徹底的に調べ上げて復讐をすること。村主はすぐに元自衛官や元警察官を多く雇っていた総合探偵事務所に再就職した。そして一年近くかけて犯人について必要な情報を得ると探偵事務所を辞め、生活のために私立の小学校の警備員に転職。探偵事務所には元自衛官や元警察官が多くいて、万が一にも迷惑をかけたくなかったのと、犯罪に対して鼻の利く人たちに囲まれてリスクを冒したくなかったから。そうやって上手いこと未央に近づき目的を果たした後も小学校の警備員を続けていたところに、もう一度海老沢から声がかかった。今度は村主を心配してではなく、海老沢自身が助けを求めていた。女性スタッフの一人が関節リウマチを発症し、治療をしながらの勤務となったため人手が足りなくて困っていたのだ。

そうして、村主はこの施設へやって来た。料理は好きだったし、小学校で警備員をしていたから子どもにも慣れている。ただ、子ども向けに柔らかい話し方をすることが苦手で、相手が小学生であっても自分と同等に扱うような話し方をしてしまうのが玉に瑕だった。それでも、意外と子どもウケが悪くなかったのは、施設に来るような、しないでもいい経験をしてきた子どもたちの多くは、子ども扱いをされると腫れもの扱いされているように感じ、かえって嫌がるからだろう。ここで働きながら通信教育で調理師免許の試験勉強をし、受験に必要な二年の実務経験を積んで無事調理師の資格も取得した。実務経験といってもそれほど厳密なものではなく、二年間仕事で調理に携わっていたという飲食店や施設の責任者の証明があればいい。村主にとってはその責任者が海老沢で、そういう意味でも海老沢には世話になっていた。

海老沢は未央が働いていた箱ヘルへも同行してくれた男だ。勿論事情は話していないから、未央があの箱ヘルで働いていたことも、村主と未央のその後の関係も何も知らない。知らないほうがいい。石水大翔と未央が自殺したという報道があったときも、自殺じゃ償ったことにはならないと、自分のことのように憤慨していた。決して頭は良くないが、そういう奴だった。

「なぁ村主、これ見てみぃ」

子どもたちが学校へ行っている間に買い出しを済ませ、リビングで一人遅い昼食を摂っていると、海老沢が目の前の席に座った。顔を上げると、ごつい体と厳つい顔には全くもって似合わないパンダのアップリケのついた水色のエプロンが目に入る。海老沢はかなりのパンダ好きだ。上野動物園で誕生したジャイアントパンダの赤ちゃんの名前が一般に募集されたときは、自分が名づけ親になるのだと張り切って応募していた。しかも不採用だったにもかかわらず、ニュースでそのパンダの赤ちゃんを見かける度にその名前で呼んでいた。

海老沢が差し出したスマホの画面には、オンライン週刊誌の記事が載っていた。

「あいつらの子どもだってさ。まだ生きてたんだな」

『横浜一家殺害事件から三年―犯人の子どもは今―』というタイトルを見て、村主は海老沢のスマホを引っ手繰るように奪った。獄中で自殺をした石水大翔死刑囚と奴を追って焼身自殺をした妻Mさんの一人息子S君と書かれている。掲載された写真の顔にはモザイクがかけられているが、近しい人が見ればこの子があの平成最悪の鬼畜事件の犯人の息子だとすぐにわかるだろう。その程度のモザイクだ。内容は、両親の死後保護されたS君は低栄養状態から関節炎を患い歩行困難な状態が続いたが、症状が回復した後も精神性の身体症状により現在に至るまで車椅子生活を余儀なくされているというものだった。確かに彼に同情的な文面ではあるが、加害者遺族を晒し者にする悪意が感じ取れる記事だった。情報をリークしたのはS君が通っている幼稚園の関係者とある。調べてみると、ネットではその幼稚園の名前も、場所も、幼稚園の行事で撮影したものと思われるS君のスナップ写真まで素人にモザイク処理を施された状態で晒され炎上していた。

それも狙い通りなのだろう。

「なんで……」

なんで生きているんだよ。かつてナチスは復讐心を起こさせないために敵は家族皆殺しにすることを鉄則としていた。その精神は今も戦渦にいる者には受け継がれていて、イラクで出会った米兵もそんな内容のことを口走っていた。雪乃の復讐をすると決めたとき、村主もその鉄則を意識しなかったわけではない。でも、結果として息子は殺さなかった。それは温情などではなく、あの栄養状態であれば自分が手を下さなくてもすぐに命を落とすと思ったからだ。それが大きな間違いだった。致命的な判断ミス。誤算。事実あの子は生きている。

あのとき、俺が死なせてさえいれば、こんな晒し者にされることもなかった。

そう考えるといても立ってもいられなくなり、村主は今も探偵事務所に勤めている友人に頼んで空の現況を調べ始めた。

プロの手にかかれば、記事に載っていた幼稚園名と所在地、情報をリークした人物のフルネームはすぐに調べがついた。更にはモザイクを取り去った写真は勿論、今現在空を育てている人物など、記事に書かれていなかった情報も簡単に手に入った。

橘《たちばな》奈《な》々《な》。

それが未央が亡くなった後、空を引き取り養子にして育てている人物の名前だ。未央の実の妹だった。

「ナナ……か」

最初は妹を妬み、恨み、風俗でそう名乗ることで妹を穢し、自分の憂さを晴らしていたのかと思った。でもすぐに、未央は妹になりたかったのかもしれないな、とも考えた。あいつは、未央は、そういう憐れな、愚かな女だった。

べにばなほーむは子どもたちの家であり、職員は親代わり。当然休みの日など存在しない。それでも村主に用事があるときは配慮してくれ、近所の手作り弁当を宅配してくれる店に注文して夕食を済ませてくれたりもする。子どもたちは、案外そういう日を楽しみにしていたりするもので、日頃手間をかけ栄養を考えた食事を作っても喜ばないのに、外食を頗る喜ばれる母親の心情を慮る。だが今日は、子どもたちの思いどおりにはさせない。午前中にカレーとマカロニサラダを作って置いてきたのだ。村主はしてやったりとにやつきながら、ご飯の炊飯タイマーは入れてきたよな？　と、自分の行動を思い出しつつ蕨《わらび》駅を降りる。

写真に写っていた幼稚園は未央が住んでいた西川口の隣の駅の蕨にあった。乗り入れている路線が一つなのでこぢんまりとした駅だ。電車を降りるとホームから一棟のタワーマンションが見えた。周辺には駅ビルのような高い建物もないのでそのマンションだけが目立っている。タワーマンションのある西口を出てロータリーから周囲を見回すと、やはりどこか垢抜けない。これほど東京から近いのになぜ再開発をしないのか。駅前の通りを進み、商店街を歩いていてもシャッターが閉まっている店が多く目につく。

その商店街を半分ほど行って右に曲がると写真に出ていた幼稚園が見えてきた。低い塀の上から園庭で遊ぶ園児たちの姿が見える。かといって防犯カメラや厳重な施錠で簡単に入れそうもない。さて、真っ向から入っていくしかないかな。そう考えていたときだった。

「こんにちは」

後ろから挨拶をされ、驚いて振り返ると二十代らしき女性が二人、訝しげな表情をして立っていた。村主は無意識に通用門の出入り口を塞いでしまっていたのだ。聞けば二人は園児のお迎えに来た母親たちなのだという。べにばなほーむに現在幼稚園児はいないから、幼稚園児の帰り時間の早さに若干驚いた。同時に、立場上軽々しく他人に園の内情を話せない先生よりも、お喋り好きな母親たちのほうがいい情報源になると考えた。村主は、最近この近所に越してきた者で子どもの幼稚園をどこにしようか迷っているから少し話が聞きたいのだと切り出した。

「ここが一番距離的には近いんですけど……あの、ネットで見てしまって……」

わざと歯切れが悪い言い方をする。母親たちは顔を見合わせた。

「あぁ……」

幼稚園から口止めされているのか話しづらそうだ。

「やっぱりこの幼稚園ですよね、あれ。いや、子どもには何の罪もないことはよくわかっています。でも、事件が事件でしたから、あの犯人の子どもが自分の子どもと同じ幼稚園に通っていると思うと、正直あまり気分良くないかなって。すみません、お子さんを通わせていらっしゃる方に失礼なことを言ってしまいましたね」

それ以上深く聞き出そうとせずわざとそのまま帰る素振りで会釈をすると、母親たちは

「ちょっとこっちで」と言って村主を近くの公園へと誘導した。

「幼稚園の前でする話じゃないので」と前置きし、「空君ならもう転園しましたよ」と言った。

「えっ？　どうしてです？」

村主は惚けた顔をして尋ねた。

「どうしてって、あんな風に写真がネットで出回っちゃって、取材の人は来るし、問い合わせや苦情みたいな電話もかかってきて幼稚園側も大変だったんです。爆発物を仕掛けてやるなんて脅迫をネットに書き込まれて三日間休園したりもして。園が再開しても他の園児もいるのに暴言を吐く人や空君に向かって石を投げ込む人もいて、園庭で遊べないどころかバスでの送迎も危険だからってしばらく中止になって、親が送り迎えしなきゃならなくなったんですよ。もう、いいとばっちりでしたよ。私たちもそんなに暇じゃないんです。パートがあったり下の子の世話があったり、忙しいのに。そもそもあれリークしたのは空君のクラスの副担だったんですから、園側にも責任はあります。でも、他の子どもたちや保護者にはなんの責任も、関係もないでしょ」

喋りたくて喋りたくてうずうずしていたのだろう、堰を切ったように話し出す。

「元々皆さんはその、空君でしたっけ？　その子があの犯人の子どもだって知っていらしたんですか？」

「まさか」

二人は声を揃えて言った。

「て言うかさ、そもそも同じ保育料払ってるのに空君に手がかかっていつも一人の先生がつきっきりになってたのよね。すごい不公平だった。今思えば園側は空君の境遇を知っていて贔屓していたのかもって話もあるんですよ」

「知っていて贔屓？　殺人犯の子どもにですか？」

「市会議員をやっている前園長が人権啓発活動推進員で、その一環で加害者家族支援に力を入れているみたいなんです。今の園長は前園長の息子だから言いなりで受け入れたんじゃないかってみんな言ってます」

「加害者家族の支援をして、なんの関係もない他の子どもたちを危険に晒して、保護者に迷惑かけてりゃ元も子もないですけどね」

二人の憤慨している様子を見ると、他の保護者たちも多かれ少なかれ同じような心境なのだろうと察した。

「園は最初から知っていたと認めているんですか？」

「認めるわけないじゃないですか。認めたら責任問題になるでしょ。それこそ賠償責任でも問われたりしたら破産しちゃう。そうなる前にリークした先生も空君も追い出したんですよ」

「早かったもんね、あの記事が出てから二人がいなくなるまで」

二人は顔を見合わせて軽く笑った。

「まぁ、うちらも正直園がなくなったら困るわけだし。あの二人がいなくなって子どもたちが平穏に園生活を送れるなら、もうそれで良しとするかなって」

「あ、だから今はもう大丈夫ですよ。お子さんをうちの園に入れても」

村主は笑顔で頷いた。

「あの、もう一つだけ伺っていいですか？　その、空君に一人の先生がつきっきりだったと仰いましたが、そんなに手がかかるお子さんだったんですか？」

一番聞きたかったことだ。

「乱暴とか、口が悪いとか、そういう意味の手がかかるじゃないんです。どちらかと言うと大人しい子だったし。車椅子なので、空君がいるクラスはずっと一階だったり、一人の先生がつきっきりでトイレとか移動のお世話をして。それが例の副担だったんですけど、まだ若い男性教諭で、自分に押しつけられて不満だったんじゃないんですか」

「空君ママに振られたって噂もあったよね」

「あったあった。空君ママめちゃくちゃ若かったもんね。実の母親じゃなかったって聞いて納得したけど」

お喋り好きな母親たちは噂話も好きなようで話し出したら止まらない。

「でも、何はともあれ空君がいなくなって良かったですよ。空君がいるから遠足で行く場所も限られてしまっていましたし、教室も二階のほうが広くて陽当たりもいいのに、子どもたちも二階のクラスの子はいいなって羨ましがっていました。ほんと、さっきも言いましたけど、同じ保育料払っているのにって不満の声は今までもずっとありましたから」

同じ保育料を払っているのに……村主は母親たちが口々に言うその言葉に不快感を持った。気持ち悪い。村主が小学生の頃だった。遠足の日に弁当を持たせてもらえなかった村主に担任の先生がコンビニでおにぎりを買ってくれた。結局村主の母親はそのお金を先生に返さず、それをどこからか知った他の児童の母親が不公平だと校長にまで詰め寄った。不公平ということは、俺が羨ましいのか？　惨めな思いをした俺が羨ましいのか？　そんな大人、気持ち悪い。大人ってなんだ？　公平ってなんだ？　村主は子どもながらにそう思って、次の年の遠足には家にあるものを自分で詰めて持っていった。

「お忙しいところ、色々とお話を聞かせていただきありがとうございました。とても助かりました。妻と相談してみます」

「お待ちしていますよ。うちの幼稚園は中国人はほとんどいないのでいいですよ」

そう言って母親たちは満面の笑みで幼稚園へと歩いていった。

中国人？

なんのことを言っているのかわからなかったので帰りの電車でスマホを使って調べると、なるほどあの幼稚園の近くにはリトルチャイナと呼ばれている大規模団地があるらしい。スマホから顔を上げた先にその団地らしき建物が目に入る。西川口と同様東京にほど近い埼玉の、西川口とはまた違った異質なにおいを嗅いだ気がした。

再会

空の転園先は、べにばなほーむがある桶川駅から僅か三つしか離れていない宮原駅にあった。こんなにも近くにいたことに、村主の全身に鳥肌が立った。住所はさいたま市だが、初めて降りた宮原駅はこれといった店やビルが何もなく、桶川よりも田舎に感じるほどだった。そこから十五分ほど歩くと車の行き交う音が聞こえてくる。案の定目の前に県道が現れ、そこからすぐの場所に広い駐車場を有する目的のパチンコ店があった。現在空が通っているのはこの二階にある託児所だ。そもそもパチンコ店を含む風俗営業と保育施設を同じ建物内に設けることは法律で禁止されているのだが、それはあくまで保育施設が先にあった場合の話であり、既存のパチンコ店に託児所を設けることは許容されている。とはいえ、託児所に預けてまでパチンコをやる、そんな親を持つ子どもたちの巣窟だ。どうせ碌なもんじゃないだろう。村主はそう思いながらパチンコ店の横の所々錆びた鉄骨製外階段を上っていった。

真ん中まで上った辺りで物音がして階段下を振り返ると、大きなリュックを背負った若い女性が子どもを乗せた車椅子を押して駐車場を突っ切り、こちらへ向かってきていた。ベビーカーではなく車椅子だ。そのまま様子を見ていると、階段の真下まで来た女性は車椅子から子どもを抱き上げ、肩で車椅子を端に寄せて階段を上ろうとした。

「車椅子は下に置いておくんですか?」

一度上った階段を下りながら村主が声をかけると、その女性は上を向き会釈した。

「この子を上に連れていってからまた取りにきます」

「それなら僕がお持ちしますよ」

決して広くはない階段ですれ違いながら下に下り、村主は車椅子を持ち上げて再び階段を上り始めた。ベビーカーと違って車椅子は想像以上に重い。

「そんな、申し訳ないです。大丈夫ですよ、私が後で取りにきますから」

「どうせ上へ行くついでです」

村主は恐縮している彼女に微笑んでみせた。

「ありがとうございます。託児所にお子さんのお迎えですか?」

彼女は階段を上りながら聞いた。

「いえ、求人情報を見て」

「あぁバイトの応募の方ですか。今日面接のお約束があるって店長言っていたかしら」

「まだアポも取ってないんです。ただ近くを通りかかったのでなんとなくどんな感じかなって」

「そうですか」

特に怪しまれている様子はない。

「あなたはこれからお子さんを託児所に預けるんですか?」

ボロが出る前に今度は村主が質問をする。

「あ、いえ、預けるというか、私、ここの託児所の職員なので」

そう……だよな。見上げると、彼女の肩越しにこちらを見ている子どもと目が合った。身体も彼女の太腿辺りにぶら下がっている両足も大きくなり、頬もふっくらしているが、あのときと同じ目をしている。

お前だよな、空。

二階の外扉を開けると細長い廊下があり、一番奥には撤去されたパチンコ台が置かれていた。下から聞こえてくるパチンコの玉の音を掻き消すくらい大音量で乳児の泣き声が響いている。

「ありがとうございました。本当に助かりました」

彼女は子どもを抱きかかえたまま頭を下げ、また肩で車椅子をパチンコ台の傍へと押した。小柄で華奢な体つきのどこにそんな力があるのかと思えるほど、慣れた動きだ。

「バイトのご希望は託児所ですか?　それともホールですか?」

村主は一瞬返答に困った。空との再会で頭に入れてきた求人情報が吹き飛んでしまったのだ。するど彼女は、今求人募集を出しているのは託児所とホールスタッフだと教えてくれた。パチンコ店のホールスタッフの仕事は大方想像がつくだろうと前置きをした上で、ここは以前パチンコ店の従業員の寮だったのだが、余りに騒音が酷いため住む人がいなくなり、一番奥の部屋は事務所として使い、それ以外の部屋をぶち抜いて託児所にしたのだと言った。設備や保育する人員体制の関係上受け入れる子どもは乳幼児から未就学児まで。受け入れ人数は最大十人まで、うちゼロ歳児は四人までとしているのだとも説明し、「どちらがご希望ですか？」ともう一度聞いた。

「託児所での勤務も資格はなくてもいいって書いてありましたよね？」

ようやくネットで店舗について検索していたときに出ていた求人募集の欄を思い出し、咄嗟に言う。

「はい、大丈夫ですよ。託児所がご希望ですか？　託児所には男性の職員さんがいないので男手があると心強いです。来てくださったら嬉しいなぁ」

そう言って託児所の扉を開けた。

「こんにちは」

促され村主も中へ入る。

「ばななしぇんしぇー」

部屋に入るなり恰幅の良い女の子がのしのし……いや、走って彼女のほうへ向かってきた。入り口に取りつけられたベビーゲート越しに手を伸ばしてジャンプをする。その度にベビーゲートが揺れて外れるんじゃないかとハラハラした。

「モエちゃん、先生今お着替えしてくるからちょっとだけ待っててね」

腰を屈めベビーゲートすれすれに顔を覗かせ優しい口調で言った。

「空君、こんにちは」

中にいたエプロン姿の女性が、入り口のベビーゲートの上から空を受け取ろうと笑顔で両手を差し出す。

「空、ほら愛美《まなみ》先生のところへ行って」

差し出された手に見向きもせず自分の胸に顔を埋めている空に彼女が言うと、渋々顔で両手を愛美先生と呼ばれた女性に差し出した。乳幼児ではないから決して軽くはないその身体を抱え、よいしょと声が漏れる。

「こんにちは」

「こんにちは」

もう一度挨拶をされ、空は小さな声で返した。

「こちらは……」

愛美先生が村主と彼女の顔を交互に見ながら言った。

「あっ、求人を見て見学に来てくださった……あれ？　お名前伺っていませんでしたね」

「村主雅哉です」

「村主さん。こちらは早番の愛美先生で、私は遅番の橘です。ここでは下の名前で奈々先生と呼ばれています」

愛美先生を紹介がてら、ようやくここで自己紹介を交わした。未央とは似ていない。父親似母親似の違いだろうか。何より姉の未央はくっきりした二重の目をしていたが奈々は奥二重のせいかやや目が小さく見える。服装もメイクも地味で、恐らく未央と一緒に歩いていても誰一人として姉妹だとは気づかないだろう。村主は、資料で写真を見ていたし、車椅子に乗せた子どもを連れていたから彼女が橘奈々だとわかったが、正直それがなければ未央の妹だとは百パーセント気づかなかったと自信をもって言える。だとしても、この目の前にいる女があの未央の実の妹であり、石水の義理の妹であることに変わりはない。橘奈々……知り合った頃、未央をナナという源氏名で呼んでいたこともあり、村主の中では迷わず彼女を奈々と呼び捨てにしていた。どこかでよく知りもしない彼女に素性だけで嫌悪感を抱いていたのかもしれない。

奈々は空を愛美先生に預けると、車椅子を置いた場所の斜《はす》向かいの事務所に村主を案内した。上着を脱いでロッカーへ掛けると代わりに取り出したエプロンを着ける。チェック地でお腹のポケットの部分にバナナのアップリケがついていた。児童養護施設も託児所も子どもに接するときの格好は大差ない。胸に『なsせんせい』と平仮名で書かれた黄色いゾウの名札をつけて髪の毛をシュシュで手早く後ろに纏めた。流し台で手を洗い消毒をしてハンカチで手を拭きながら「お待たせしました」と振り向いた。

「あの、村主さんも手を洗って消毒していただいてもよろしいですか?」

鼻に掛かった声がほんの少しだけ未央と重なる。

「そうですよね。では失礼して」

肘まで腕捲りをすると、前腕筋に浮き出た血管を凝視している奈々を見て村主はふき出した。

姉妹揃って筋肉フェチか？

「お好きですか、マッチョ？」

「ひぇ」

奈々はおかしな声を出し大袈裟なほど慌てて首を横に振る。

「すみません。違うんです、あの、リアルに『キンダガートン・コップ』みたいだなって。失礼しました」

奈々は大真面目に頭を下げた。

「そんな謝らないでください。以前自衛官だったんですよ。でも、『キンダガートン・コップ』ってなんですか？」

「アーノルド・シュワルツェネッガーの古い映画で、姉が好きで子どもの頃何度か一緒に観たことがありまして」

アーノルド・シュワルツェネッガーなら知っている。

「幼稚園に保育士として潜入捜査をするムキムキ刑事の話です」とつけ加えられ、村主は「はぁ」と頷いたものの想像すらできない。なんだ、その無茶苦茶な設定は。

「そう言えば、さっき女の子に『ばなな先生』って呼ばれていらっしゃいましたよね。この託児所では皆さん先生方は何かしらのニックネームをお持ちなんですか？」

　意味不明な映画設定に愛想笑いを浮かべながら、奈々のエプロンに付いたバナナのアップリケを指して聞いた。もしそうだとしたら、自分はシュワちゃん先生とか、マッチョ先生にされるのかと想像する。

「いえ、そういうわけでは……私のフルネーム『たちばなななな』を平仮名で書くと真ん中に『ばなな』があるって息子が見つけて。それで息子が私をばななって呼ぶものですから託児所に来た子たちも真似してそう呼ぶようになったんです」

「ああ確かに」

　村主は少しほっとした。正直、シュワちゃん先生もマッチョ先生も勘弁だ。

「村主さんはホールではなく、託児所での勤務をご希望ということでいいんですよね？」

　奈々が念を押す。

「はい」

「店長はホールに来て欲しいって言いそうですけどね」

「どうしてですか？」

「だって、シュワちゃんですよ。業種柄マナーの良くないお客様も多いですから」

「なるほど」

　やっぱりシュワちゃんかよ。村主は頷いて、実は今、児童養護施設でも働いているので託児所のほうが働き慣れているのだと話した。

「Wワークされるんですか？」

「そう……ですね。掛け持ちする形になると思います」

業種柄、客だけでなく店員もまた様々な人間が集まるのだろう。奈々はそれ以上深く聞いてはこなかった。汚れるといけないので、と言って貸してくれたエプロンを着け託児所に戻る。女性用なのでXLサイズでもパツンパツンだ。

「奈々先生早く、早く。ベッドのタクちゃん、ミルクもあげたしオムツも替えたばっかりなんだけど、全然泣き止まないのよ」

さっきとは別の年配の女性職員が乳児に哺乳瓶でミルクをあげながら叫んだ。先生の間では流石にばなな先生とは呼ばれてはいないようだ。

「はい。タクちゃんですね」

ベビーゲートを開けると村主にも入るように促し、村主が入ったことを確認して再びゲートを閉める。

「ばななしぇんしぇー」

さっきの女の子がすかさず奈々の腰にしがみついてきた。

「おう、モエちゃんお待たせ。ちょっと泣いてる赤ちゃん抱っこさせてね」

そう言っても容赦なく腰にしがみついて離れないモエちゃんを奈々は引き摺るようにベビー

ベッドに向かうと、泣いている乳児を抱き上げた。一目でわかる大きな乳児で、今にも落ちそうなほど垂れた頬を真っ赤にして泣いている。べにばなほーむに乳児はいないから、村主は布団やベビー服から立ち上る初めて嗅ぐ甘い匂いに咽《む》せそうになった。

「こちら求人を見て見学に来てくださった村主さんです。こちらは託児所のチーフの悦子《えつこ》先生です」

赤ん坊の背中を優しくポンポンと叩きながら奈々が紹介する。村主は悦子先生と会釈をし合った。そのとき、奈々に抱かれた赤ん坊が一瞬泣き止んだかと思うと口を一文字にし、赤い顔を一層赤くした。ブビブビッ。湿った不穏な音が鳴り響く。村主には何が起こったのかわからなかったが、奈々が少し困った顔で笑い出した。

「うんちしたかったけど出なくて泣いていたのかぁ」

えっ……今の音は脱糞の音？　そんなことで泣くのか、赤ん坊ってやつは。悦子先生も豪快に笑い出した。

「村主さん、オムツ替えますけど大丈夫ですか？」

奈々が気遣って声をかけたが、意味がよくわからずに大丈夫だと答える。そして、数秒後それを後悔することになった。赤ん坊のでも、うんこは臭い。村主は思わず鼻と口を手で覆った。

「今いらっしゃる施設には赤ちゃんはいませんか？」

手際良くオムツを替え、使用後のオムツをくるくると丸めながら聞く。

「そうですね、一番下が小学校低学年です」

「そうなんですね。うちはちっさいのしか来ませんからいつもこんな感じです」

うんこをしてすっかり機嫌が良くなったタクちゃんをガラであやしながら、この託児所の一日の流れの説明を受ける。今日は二十四日。つまり一般的な給料日の前日で客入りも少なく、今預かっているのは乳児二人と三歳のモエちゃんと空の合計四人。

ミルクをあげ終えた悦子先生は使用した哺乳瓶を部屋の隅の台所で洗浄と煮沸消毒をしている愛美先生に渡しがてら、奈々に預かっている三人についての申し送りをした。

「基本的には先生が二人体制でやっています。お手洗いに行ったりもあるので、子どもが少ない日でも一人で見ることはありません。パチンコ店の営業時間は十時から二十三時までですが、託児所は十時から二十二時までのご利用となっています。その中で九時半から十七時が愛美先生、九時半から十八時が悦子先生、十八時から二十二時までが大学生の世利《せり》先生、私が十七時からラスト二十二時半までという感じでやっています。前後の三十分は準備や清掃の時間です。ただ、世利先生が就職活動で忙しくなって退職を希望してからずっと求人を出していたのですが、なかなか応募がなくて弱っていたんです。そもそも悦子先生も愛美先生と同じ主婦なので本当は十七時であがりたかったんですけど、世利先生が十八時からしか入れなかったので仕方なく十八時まで入ってくださっていたんですよ。なので、できれば十七時からラストまで入れる方に来ていただけたらと思っています」

「それ、お休みはできない感じですか？」

村主が尋ねると奈々は、皆ローテーションで週に一回は休みを取っていて、その空いたシフトにはホールの女性店員が入ってくれるのだと答えた。自分や家族が体調を崩したときなどの急な休みにもホールの女性店員が対応してくれ、年間の労働時間が労基法に違反しないように夏季休暇で調整をする。それにしても基本週一しか休めないのは相当なブラックだな、と考えたが、休みすら存在していないべにばなほーむの労働環境を思えば職業柄そんなものかとも思う。

「お先に失礼します」と声をかけ、愛美先生が帰っていった。見たところ三十代くらいか。

パチンコ店に来た客以外の子どもの受け入れはしていない。でも、これほど空いているのは珍しく、だいたいは定員いっぱいになるという。初めて利用する客には身分証明書と母子手帳の提示を義務づけていて、最初に利用時間を指定し料金は前払い。何かあった場合に呼び出しをかけられるように、当パチンコ店の利用客で、尚且つ店内にいる間のみ預かることが原則。その分料金は三時間千円と格安だ。但し、最初に決めた時間を一秒でも過ぎると一時間につき千円の追加料金がかかる。ここはパチンコという性質上、夢中になって迎えに来ないなんてことがないように厳しめに設定されている。最初から三時間以上で設定しておけば三時間を超えた分は一時間五百円で利用できるので、利用時間を長めに設定する客も多い。開店から閉店まで預けるなんて親もいるそうで、それも決して少なくないというのだから驚きだ。食事の提供はしていないが、各々持参すれば昼食や夕食、おやつを与えることも可能。粉ミルクはスティックの物と煮沸消毒可能な哺乳瓶を持参すればこちらで作って与えている。月極ではないが、場所柄利用する顔ぶれはそこそこ決まっているという。

建物は古く、お世辞にも綺麗だとは言えない。だが、託児所の中は掃除も行き届いているし可愛らしい季節感のある装飾が施されていて清潔さが感じられた。村主は、これなら預ける親も安心だろうなと考えて苦笑した。子どもを預けてパチンコをするような親が、子どもが過ごす環境を心配するだろうか。

丁度そこへ、先ほどのうんこが出なくて泣いていた……らしい赤ん坊の両親がお迎えに来た。両親でパチンコかよ、と思ったが、預けていたのはタクちゃんだけでなく、もう一人の乳児もその夫婦の子どもで双子だった。全然似ても似つかないのは二卵性双生児だからだろう。

「いやぁお陰様で久しぶりに目一杯遊びました」

そう言いながら赤ん坊を愛おしそうに受け取る。

「今日は儲かったから美味しいもの食べに行こうな」

「リョウちゃんは全然出なかったでしょ。出たの私だから」

仲の良さそうな夫婦だった。

「双子ちゃんだと毎日目が回る忙しさですよね」

悦子先生が母親のほうに声をかけた。

「ですね。元気なときはまだいいんですけど、どっちかが風邪引くと絶対もうかたっぽにうつるし」

「そうなんですよね。うちは年子だったんですけど、子どもたちが小さいうちはストレスが溜まっていることに気づく余裕もなくて、倒れて初めて気づくっていうね」

「うわっ、わかりみしかない」

母親と悦子先生との会話から、双子の子育ての大変さをほんの少し垣間見る。パチンコはストレス解消ということか。

モエちゃんが相変わらずしがみついている奈々は腰が重そうだった。二人がお迎えの対応をしている間に、村主は空を捜した。ここへ来てから村主は空の声をほとんど聞いていない。

空は部屋の隅で一人椅子に座って本を読んでいた。

「何を読んでいるの？」

村主は隣に座りながら聞いた。何も答えないので本を覗き込む。空が読んでいるのは、『ぐりとぐら』というシリーズの絵本で、小さなネズミがパンケーキを作っている絵が描かれていた。

「パンケーキ好きなの？」

空は黙って頷いた。

「どんなパンケーキが好き？」

空はやはり喋らず小首を傾げる。

「クルミとかアーモンドを砕いて入れると美味しいんだよ。生クリームも合うよね」

敢えて村主から自分の好きなパンケーキを言ってみた。

「人参」

空が小さな声で答えた。

「人参？　人参のパンケーキ？」

「茹でた人参を擂り下ろしてケーキミックスと混ぜて焼くんです」

そう答えたのは戻ってきた奈々だった。

「あっ空、また……」

慌てた奈々の視線の先を辿ると水溜まりができていた。空が座っている椅子の下。村主は全く気がつかなかった。

「またお漏らししちゃったの？」

悦子先生が雑巾を持ってきながら聞くと、空はただ黙って俯いていた。

「空、着替えなきゃ」

奈々に抱き上げられ空は事務所へと連れていかれた。着替えが終わり二人が戻ってくると、世利先生という女子大生がやって来て悦子先生が帰ると言うので、村主も一緒に帰ることにする。一応用意しておいた履歴書を奈々に渡し、礼を言って外に出た。

悦子先生は隣の上尾市に住んでいて、自転車だった。この託児所の職員の中で唯一保育士の資格を持っているのだという。愛美先生は元々は託児所の利用客だったそうで、今でも休みの日はパチンコを打っていて、そのために働いているようなものなのよ、と言って悦子先生は笑った。

「奈々先生は、お子さんの障がいもあって大変ですね」

村主は奈々と空のことを聞きたくて話を振った。

「障がい？　ああ、そうね、空君ね、ほんとは歩けるらしいのよ、あの子。おしっこだってちゃんとできる。ただ……」

「ただ？」

「ちょっと色々あってね。あれが精いっぱいの奈々先生への甘えたいアピールなんだと思うの。奈々先生がそれを一番わかってるから受け入れてる」

「歩けるのに歩かないのとお漏らしをするのが精いっぱいの甘え、ですか？」

村主は思わず言葉に詰まった。

「二カ月くらい前まで空君は普通の幼稚園に通っていたのよ。十九時まで預かり保育もやっているところでね。だから奈々先生も朝九時半から十七時までのシフトで、早番を三人で回してて遅番は世利先生とホールスタッフで回してたの。でも事情があって幼稚園を退園してうちに連れてくることになって、それなら無料で空君を置く代わりに遅番に入ってくれって店長から言われてね」

「そんなの他の幼稚園へ入れずに最初から自分が働いているこの託児所に連れてくれば良かったんじゃないですか？」

「それは……男にはわからないかなぁ」

悦子先生は村主の顔を意味ありげに見上げた。

「自分の傍に我が子がいても他の子の手前贔屓するわけにいかないし、我が子の目の前で他の子を抱っこしたり遊んであげたりしなきゃならないのよ。それどころか、意識するあまり自分の子は突き放しちゃったりして。そうすると、子どものほうは甘えたいのに甘えられない、ここではママじゃなくて先生なわけで、かなりの我慢を強いることになる。そんなのまだ五歳の子どもには酷だし、母親の真意が理解できるわけもない。お互いにストレスでしかないでしょ」

村主はまた言葉に詰まる。

「まぁでも、お漏らしをするようになったのはうちに来てからだけど、歩かなくなってからは長いみたいよ」

悦子先生は自転車のペダルに足をかけ、「それじゃ、うちで働いてくれるならまた会いましょう。今日はお疲れさま」と言って手を振りながら大通りに去っていった。


将来の反社会的行動や凶悪犯罪を予見する幼児期の兆候として、夜尿症・放火・動物虐待の三つが挙げられる。いわゆるマクドナルド三要素だ。今の悦子先生の話から察するに、お漏らしがそれに当て嵌まるとすれば、空はやはり悪果となり得る可能性を充分に持っている。村主は、そう判断した。未央と同じ両親を持つ奈々も悪果である可能性が高いだろう。悪果とは、悪い果報や悪い報いを言うが、村主は腐った人間をそう呼んでいた。悪果は放ってはおけない。

接触

石水の子どもに会いに行ったのだと打ち明けると、海老沢は驚き、どうしてそんなことを、と悲痛な表情を浮かべた。

「俺が余計なもんを見せちまったから」

ネットの記事を村主に見せたことを悔やんでいるようだった。

石水の子どもを引き取って育てているのはどんな人だったんだと聞かれ、パチンコ店の託児所で働いている橘奈々という若い女性だったとだけ答えた。海老沢の中で橘という苗字と石水夫妻とは全く結びついておらず、彼女の職業から自分のような里親なのだと捉えているようだった。それはそれで都合がいい。村主は空に対する自分の気持ちをある程度正直に語った上で、その託児所で働きながら暫く空を観察したいのだと伝えた。海老沢を巻き込みたくはないが、掛け持ちで働くとなればどうしてもべにばなほーむの仕事に差し支えるから話さないわけにもいかない。辞めようかとも思ったが、今のべにばなほーむにはそのほうが痛手だろう。

海老沢は村主の話を俯いたまま黙って聞いていた。途中で口を挟んだりもしなかった。そして最後まで聞くと、ただ「そうか」とひとことだけ言って席を立った。

「これ、書き直して」

差し出したのは事務所から取ってきた雇用契約書だった。

「時間とか、お前がいいように変更していいから」

海老沢は終始目を逸らしていたが、彼なりの思いやりが痛いほど伝わってきて、村主は頭を下げた。

翌月から村主はべにばなほーむとパチンコ店の託児所の両方で働き始めた。べにばなほーむに住んでいることに変わりはない。朝食の支度から始まって夕食の支度を整えて十五時にあがる。それから宮原に電車で行き十七時から二十二時半まで託児所で働く。元々体力はあるほうだ。やってみるとそれほど負担はなかった。

村主はその後も空のお漏らしを何度か見かけた。べにばなほーむで生活している子どもたちも来て間もない頃はお漏らしやおねしょをするケースが多い。子どもの尿失禁は、情緒や精神面に抱えている不安要素が原因となっている場合がほとんどだ。奈々はそのことを知っているのだろうかと案じる。

そんなとき、託児所に預けられた二歳の女児に痣を見つけ、その痣の位置から村主は虐待を疑った。記録を見ると初めて利用する客だ。怒りが込み上げすぐにでも警察に連絡しようとした村主を止めたのは奈々だった。

「子どもはびっくりするくらいすぐに転んで青痣をつくります。空も掴まり立ちをし始めた頃なんて年中手を滑らせてテーブルにおでこや目の周りや頬をぶつけて青痣をつくって、その度に私が虐待したんじゃないかって目で見られて。だから、ちゃんと見極めましょ。そして、もし親御さんによる殴打が原因だったとして、それは……絶対にやってはならないことです。それは大前提です。でも、咄嗟に手が出てしまうこともあると思うんです。それがお父さんだったとしたら力が入り過ぎてしまったということもあり得ると思うし。だから、その殴打の意図も考えましょ。警察への連絡はそれからです。でないと、子どもから親御さんを奪ってしまうことになる。私たちは通報すればそれで終わりですが、その子にはその後の人生があります。その子の人生に本当に不必要な親御さんでなければ、私たちが取り上げるきっかけになっては絶対に駄目です」

　承認欲求の塊で自己愛の強い姉に偽善者の妹か。あの姉にこの妹あり。そんな悠長なことを言っていて手遅れになったらどうする？　実際児童相談所で対応する相談件数は年間十万件を超えているし、病院や施設で把握しておきながら通報を躊躇したがために救えなかった命だってどれほどあるか。だいたい毎日預かっている幼稚園や保育園でもあるまいし、たまに預かるくらいでどう見極められると言うのだ。

　村主はそう思いながらも、心に振り上げた拳を下ろし奈々の方針を受け入れた。納得したわけじゃない。お手並み拝見といこうじゃないかという意地の悪い考えが頭を擡《もた》げたからだ。見極めている間に命取りになる子どもでも出たらこの女はどんな顔をするのだろうか。誰か犠牲が出なけりゃわからない、犠牲が出てからじゃないと動かない、それがこの国の人間の大半なのだ。村主は奈々の言ったことを責任回避の逃げだと感じた。確かに通報することは子どもから親を奪うことになり得る。それが良い結果に繋がるとも限らないのが現実だということもよくわかっている。だからって何もしなければ見て見ぬ振りをするのと同じ、関わりたくないだけだろう。

その女児の痣は太腿に複数あり、時間が経って黄色く変色している箇所もあった。たまたま昼寝をした女児にタオルケットを掛けてやろうとしてスカートが捲れていて見えたのだ。洋服で隠れる場所を殴るのは感情的ではなく冷静に殴っている証拠。

村主からしてみれば子どもを預けてパチンコをする時点で碌な親じゃないと思っていたし、この託児所の存在がそういう親を助長しているとも思っていた。でも、その点に関しても奈々は、駅前の店舗とは異なりこのパチンコ店のように駐車場がある店舗では車に子どもを置いたまま何時間もパチンコをする親も少なくなく、そういうときにこの託児所を使ってもらえれば子どもが熱中症になったり寂しい思いをしたりすることを防げて良いのだと言った。それに、利用客のほとんどが、パチンコでストレスを解消した後は優しいお父さんお母さんをやっている親ばかりだから、パチンコ店に託児所を設置することは有意義なのだと断言した。村主は奈々の偽善発言に心底反吐が出そうだった。笑顔を取り繕っていても頬が引き攣っているのがバレるのではないかと思うほどに。

ところが、その痣のある女児の保護者が迎えに来たときに彼女に対する見方が少しだけ変わった。

「どうも、お世話になりました」

そう言って迎えに来たのは親ではなくお婆さんだった。

「いつもはね違うパチンコ屋さんに行くんだけど、孫を預かったから託児所があるここに初めて来てみたのよね。そしたら大当たり」

皺々の顔を更にくちゃくちゃにして手を叩いて喜んでいた。聞けば、今日は二カ月に一度の年金デーなのだという。十年くらい前に旦那さんを亡くし、それからは年金が入ると、その日のうちに銀行から下ろした五万円を持ってパチンコに行くお楽しみデー。ところが、孫が普段通っている公立の保育園で結核が流行してしまったのだそうだ。働いている親しか預けられないという保育園の性質上、インフルエンザの蔓延ぐらいでは学級閉鎖にはならないのだが、保育士数人が結核に罹りそれが子どもたちの間でも蔓延の兆しが見受けられたため園自体が閉鎖。仕事を休めない母親に代わって、急遽お婆さんが面倒を見ることになった。だけど、今日は待ちに待った年金デー。パチンコに行かないという選択肢はなく、託児所のあるここへ来たというわけだ。孫よりパチンコ優先か。村主は融通が利かないギャンブル狂の最たる特徴だとしか思えず、事情を話すお婆さんを冷めた目で見ていた。

奈々が女児の支度を整えて連れてくるまでの間、村主はお婆さんの相手をしていて、預かっていた間の様子を報告しがてら何気なく痣のことも聞いてみることにした。痣の状態から見て、普段一緒に生活をしていないこのお婆さんがやったとは考えにくい。だとすればやっているのは親。皮肉に聞こえたらそれでもいい。もしかしたらお婆さんは何も知らないとして、それならそれで身近な大人の耳に入れておくのも女児を救う一つの手だ。偽善や綺麗事で子どもは救えない。

「あれね、あの子が自分でやっちゃうの。去年あの子の父親が癌で亡くなってね、パパっ子だったからショックが大きくて。癌ってわかったときはもう末期。男の人ってだいたい腸が弱いじゃない。だから痔にもよくなってて血便が出ても気にしなかったみたいでね、あっという間よ。先生もちゃんと健康診断だけじゃなくて何かおかしいと思ったら精密検査受けなきゃ駄目よ、若いと進行が早いから。私なんておかしくなくても病院行っちゃうもん、なかなか死なないわけだわ」

先生とは村主のことだ。村主は思いもよらない話に面食らった。お婆さん故に話がすぐに脱線するが、非常識な人間ではなさそうだった。

「そうですね、気をつけます。それで、お父さんが亡くなったことがショックで自分であんなことを?」

「んー娘はね、あっ私の娘、あの子の母親ね。娘は旦那が癌だってわかって、働きながら看病して。そうなると、あの子のことかまってあげられなくなってね。そしたら突然夜中に起き出してわけのわからないことを叫びながら寝室中をグルグルと走り回るようになったんだって。夜驚症っていったかしら。それがほぼ毎晩。娘も必死に止めようとして抱きしめて、でも暴れるんで年中痣作ってたわ。あっ娘がね。昼間は仕事に看病、夜はあの子の面倒で、碌な睡眠もとれなくて精神的に参ってメンタルクリニックにも通って。そのうち夜中に走り回らなくなって良かったって言ってたら旦那が亡くなって、母子家庭になっちゃって。今度はあれ。自分の傍に誰もいなくなると自分の太腿を拳骨で殴ったり棒みたいな物をぐりぐり押しつけたりしてね。子どもの皮膚は柔らかいから痕も残っちゃってさ、女の子だから娘も凄く気にして自分が通っているメンタルクリニックに連れて行ったのよ。そしたら、発達障がいがあってそういうことをしている可能性もあるって。でも、あの子の場合は父親の死やそのことに伴う環境の変化がストレスになってやっている可能性のほうが高いから、もう少し様子を見て就学直前になっても治まらなかったら検査をしてみましょうって。

でも、流石プロだねぇ、初めて預かった子どものことなのに気づいてくれたんだ。ありがとね、先生」

このお婆さんの話が真実かどうかはわからない。でも嘘だというには話の内容がリアルで用意周到過ぎる。ありがとね、と言う声も表情も、こちらの胸がチクリと痛むほど温かかった。

「リンちゃん、今日も一回そんなようなことをしていました。私が声をかけるとすぐにやめましたけど。でも、誰かが見たらやめるということはリンちゃんなりに良くないことだとわかっているんだと思います。わかっていてもやめられない、それを注意をして無理にやめさせるのは難しいです。一番いいのは好きなことで気を逸らしてあげる方法じゃないでしょうか」

後ろから会話に加わってきたのは奈々だった。

「リンちゃん紙芝居が好きみたいで、紙芝居を始めたら笑顔を見せてくれたんですよ」

余程孫のことが心配なのだろう、お婆さんは奈々の助言を熱心に聞いていた。

「紙芝居かぁ。そう、そうなのね。今時本屋さんに売ってるのかしら?」

「大きい書店であれば児童絵本コーナーにあると思います」

「よし、帰りに当たったお金で紙芝居いっぱい買って、娘に寝る前にリンナに読んでやれって持たせてやろう」

大きな書店が入っているショッピングモールに今から孫と行くのだと、お婆さんはまた嬉しそうに顔をくちゃくちゃにして笑った。村主は、自分の感情の中にある深い井戸の水がどす黒く濁っていくのを感じた。その正体はわかっている。自分に対する嫌悪感だ。石水や未央を死に追いやったときはなかったが、子どもの頃はよく感じた感覚。村主は咄嗟に左耳を手で押さえた。右耳は聞こえないので、音を遮断したのだ。そうすることで脳を巡る血液の流れる音が聞こえてくる。勿論、本当にその音なのかはわからないが、村主はそう思っていた。村主の中の井戸の水はみるみるうちに血で満たされ、黒くなっていた色が大量の赤に飲み込まれる。黒よりは赤のほうがいい。黒はしんどい。

「さようなら」

リンちゃんはお婆さんに手を繋がれ、もう片方の手を振って帰っていった。

「子どもって人生経験も語彙力も乏しいじゃないですか。だから自傷行為が自分の気持ちを訴える一つの手段だったりするんです」

　奈々はお婆さんに痣のことを聞いた村主を責めるでもなくそう言った。

「私の姉も……」と言いかけて慌てたように村主の顔を見て「いえ、なんでもないです。ごめんなさい」と謝った。

「大人も……そうなんですかね」

　奈々の姉についてはどうでもいい。ただ、ある女性の遠い面影を想って尋ねた村主の顔を、奈々は驚いたような表情で見上げた。

「なんらかの事情があって心が大人になりきれていないのかもしれませんね、大人になってもそういう行為をしてしまう方は。必死に、必死に堪えている気持ちを、苦しみを、そうやって訴えているのかも」

「誰に？」

　そう聞かれ、奈々は目を伏せた。

「誰かにわかってもらった経験がないから、誰に訴えたらいいのか自分でもわからないんじゃないんでしょうか。わからないから半永久的にやり続けてしまう。やめどきもわからない」

　奈々の穏やかな声が村主の中の井戸に反響して沈んでいった。ガタッ。村主は入り口のベビーゲートに置いていた手を滑らせ身体のバランスを崩し、奈々はそんな村主の肘を掴んで支えようとした。村主は咄嗟にその手を振り払った。「失礼」と早口で言ってトイレへと向かう。トイレの扉を閉めると自分の頬を伝っている涙に気づき、村主は両手で顔を覆い歯を食いしばった。急いで顔を洗い託児室へ戻ると奈々が心配そうにこちらを見ていたが、気づかない振りをして子どもたちの元へと逃げた。

空は村主のことを覚えてはいないようだった。まだ一歳だったのだから、当たり前といえば当たり前だ。空はいつも部屋の隅に座って絵本を読んでいた。カレーライスの絵本、サンドウィッチの絵本、オムライスの絵本、コロッケの絵本、読んでいるのは毎回食べ物の絵本ばかり。声はほとんど発しない。

「何サンドが好きなの?」と聞いても空は何も答えなかったが、

「俺が作るローストビーフのトーストサンド、死ぬほど旨いよ」

と言うと、絵本を読んでいた顔を村主に向けた。

「トーストサンドって何?」

今にも消え入りそうな声だったが喰いついてきた。

「焼いた食パンを使ったサンドウィッチだよ」

「焼くの? サンドウィッチって、焼いてない耳のない食パンに卵とかツナとか挟んだものじゃないの?」

「それは日本流。焼こうが焼くまいが、パンに具を挟んだらそれはもう立派なサンドウィッチだ」

空は膝の上の絵本を閉じた。

「僕ね、トーストは好きだけどサンドウィッチは……あの焼いてない柔らかいパンを使ったサンドウィッチはあんまり好きじゃない。焼いた食パンで作るサンドウィッチって美味しいの？」

村主はにやりとして頷いた。

「むちゃくちゃ旨い。ローストビーフも今は牛肉の塊に市販のシーズニングっていう調味料を使えば簡単に安く作れるんだ。それとレタスとそのまま食べられるミックスチーズでも挟んだらもう最高。そこにアボカドフィリングも入れたら悶絶するね」

「アボカドフィリングは知らないけど、アボカドは好きだよ」

空は目を輝かせ、周りを見回した。時間は十八時を回ったところで、午前中から子どもを預けてパチンコに勤しんでいた母親たちは夕食の買い物をして帰宅するために迎えに来る時間だ。夜は夜で仕事を終え一日のストレス解消に来る客も多く、託児所の利用客もそれなりに多い。夕食を家で済ませてくる客、コンビニで買ったものを子どもに持たせる客、様々だが日中の客から夜の客に入れ替わるこの時間はいっとき、ほんのいっときだが一旦子どもたちが捌ける時間でもある。それがうまい具合に重なって、今日は空以外誰もいなかった。奈々は誰もいない間に、と掃除機をかけ、その掃除機を片づけるのとごみ捨てに外に出ていた。

空は自分と村主しか部屋にいないことを確認すると、椅子から降りて膝をつき四つん這いになって本棚へと向かった。悦子先生から聞いて空が歩けるのは知っていたが、今まで一度も自分で移動するところすら見たことがなかったので、村主は鼓動が速まるのを感じた。四つん這いだったからか、まるで化けの皮を剥いだ蛇の妖怪の本性を見たかのような気分になった。

空が本棚から持ってきたのはハンバーガーを作るおままごと絵本。

「僕ハンバーガーは大好きなんだよ。前にレストランみたいなハンバーガー屋さんでローストビーフのハンバーガー食べたことあるよ。めちゃくちゃ美味しかった。ねぇ、まさや先生、これ使って作り方教えてよ」

そう言って空はその本の中に入っている色画用紙で作られたキットを取り出した。もう消え入りそうな声じゃない。村主は、空が完全に話に興味を示したという手ごたえを感じた。そんなことをしている間に戻ってきた奈々は、驚いて二人の様子を眺めていた。四つん這いとはいえ自分自身で移動したなんて思ってもいない。村主は先生用のデスクに置いてある折り紙も持ってきてトーストとアボカドを作った。付属のキットには劣るがなかなかの出来映えだ。

「ビーフパテはローストビーフの代わりになるけど、バンズじゃサンドウィッチじゃないからな」

「じゃあローストビーフの作り方から教えて」

三年前、極度の栄養不足で、ぎょろぎょろとしているように見えた大きな目は死んだように覇気がなかった。三年後、再会しても彼の目は虚ろだった。だから、今のようにきらきらと輝かせた目をしている空を見たのは初めてだ。

これなら入り込める。村主はそう思った。ずっと閉ざしている心よりも揺らぎがあるほうが隙ができて入り込みやすいのはいうまでもない。未央がその典型だった。散々傷ついてきて、もうこれ以上傷つきたくないから人を信用しない、受け入れないという気持ちと、寂しさに耐えられなくて誰かに傍にいて欲しい、誰かと繋がっていたいという気持ち。この揺らぎは暴力的な人間であれば狂気と化し、依存的な人間であれば支配を受け入れ、どちらにせよ犯罪や事件に関わる可能性の高い人間であることに変わりはない。そういう意味では石水もそうだった。そういう人間を死に追い込むのは、充分な情報と時間さえあれば容易い。

四つん這いで本を取りに行ったことを他言しなかったからか、空はみるみる村主に懐いていった。毎日のように子どものお遊びを超えた料理教室さながらのおままごとを一緒にやるようになった。そもそも料理に興味があったのだろうが、村主の私物である料理本を持っていくと食い入るように読み漁り、色々な質問をしてきた。もはや村主がいる間は村主の傍から離れず、その懐き様には奈々も目を見張った。

「いつも空がくっついていってすみません」

奈々は空に聞こえないように村主の耳元でそう言った。

「いえ、俺も楽しいですよ。料理の弟子ができたみたいです」

「そう言っていただけるとありがたいです。ここに来ると、どうしても空には寂しい思いをさせてしまうので」

奈々は嬉しそうに言う。村主も思い通りに事が運べていて嬉しいという思いで微笑んだ。

村主がパチンコ店の託児所で働き始めて二カ月が過ぎた頃だった。セイジ君という五歳の男の子が預けられた。連れてきたのは母親で、引き継ぎノートには保育開始時間は十三時と書かれている。お迎えの時間は十九時の予定で六時間分の料金二千五百円を支払ったと記録されていた。村主は初めて見る子どもだが、この託児所の利用歴は何度もあるようだった。母親が時間にルーズなためお迎えに遅れることが多く、毎回延長料金を支払っていると注意書きされている。案の定、その日も十九時を十分過ぎても母親はお迎えに現れなかった。十九時半にはパチンコ店の放送で呼び出しもかけたが店内にもいない。違反ではあるが決して珍しくはないのが現実で、中には子どもを預けている間に買い物に出てしまう人や、酷いときは美容院や病院へ行ってしまう人もいる。

二十時になり、奈々は母親のスマホへ電話をかけ、出なかったので規定通り緊急連絡先になっている父親へ連絡した。ところが、連絡が取れたには取れたが、父親は現在出張で海外に行っている最中だと言うのだ。その後も母親とは連絡が取れず、仕方なく父親が海外から実家へ連絡し、二十一時を回り、ようやくセイジ君の祖父が迎えに来ることが決まった。しかし、その祖父の家は茨城県で、どんなに急いで向かってもこちらへ到着するのは二十四時を過ぎるという。営業時間外は預かれないと言ったところで、まだ五歳の子どもを一人店の前に置いて帰るわけにもいかない。

奈々は、自分の家は歩いて帰れる距離で二十二時半以降は自分だけで大丈夫だから村主はいつも通り帰ってくれと言った。でも、そんな時間に奈々と空だけで帰すのも心配だと話し合っているときだった。

「出ちゃった」

と空が言ってきた。見ると空の足元に水溜まりができている。自分から伝えてくるのは珍しいと思った瞬間、部屋中に異臭が立ち込めていることに気がついた。

「くさーい」

「くしゃいくしゃい」

なんともいえぬ悪臭に子どもたちが騒ぎ出す。

「うんちくさーい」

そう、便の臭い。しかも強烈なやつだ。奈々はベビーベッドに寝ている赤ん坊のお尻の臭いをオムツの上から嗅ぎ、村主は片っ端から託児所にいる子どもたちの傍で臭いを嗅ぐ。当然オムツを穿いている低年齢の子どもから。

「ウンチ出た？」

「うんこしたか？」

子どもたちは皆笑いながら首を横に振るばかり。確かにこの臭いは子どものものとは思えないほど強烈で、その正体を想像しただけで頬が引き攣る。どれほどデカいブツなのか。

「うんちっちうんちっち」

ベビーベッドに寝ている乳児一人を除く、幼児六人。中でも最年長の空とセイジ君を除いた四人は大はしゃぎ。幼児はウンコとかチンコとかいったワードが大好物なのだ。二十一時を過ぎれば眠くなる時間だが、その眠さも吹き飛んだように騒ぎ出す。

「空じゃ……ないわよね？」

奈々が念のために聞くと空も首を横に振った。残るは……あと一人。セイジ君だ。五歳という年齢と、百二十センチ近くある身長で、託児所内ではお兄さんとして子どもたちの面倒を見てくれたりする存在だと聞いていたから全く想定していなかったが、もう彼しかいない。十分近く奈々と村主が犯人捜しをしている間、彼は黙って立っていた。

「セイジ君……なの？」

唇を噛んで黙っている。村主は彼の後ろに回りズボンとパンツのウエスト部分を引っ張って中を覗いた。

「うっ」

ゴルフボール大のコロコロしたやつが何個も見えた。身体も大きい分出る量も大きさも大人と遜色ない。そりゃ臭いわけだ。

「気持ち悪かったろ、トイレ行こうぜ」

村主が言うとセイジ君は俯いて一緒にトイレへ向かった。ウンコ連れだからか歩幅が小さい。

なんとか全部トイレに流し、おしり拭きで尻を拭いてやり着替えをさせた。なぜトイレに行かなかったのか、なぜ漏らしてしまったことを黙っていたのか、そう聞きかけてやめた。お漏らしをすることが精いっぱいの甘えたいアピールでもあると言っていた悦子先生の言葉を思い出していた。母親が約束の時間に現れず、村主や奈々が色々なところへ連絡を取っていたり、これからどうするか話し合っているのが狭い託児所では丸わかりで、彼を不安にさせてしまったのかもしれない。奈々の話では、普段からお漏らしをするような子ではないようだし、なんでも一人でできる分、先生を独占したり抱っこを強請《ねだ》ったりできる年齢でもない。

村主がセイジ君を抱き上げると、「自分で歩けるよ」と照れながらも嫌がらず頬を真っ赤にして笑った。そのまま部屋へ連れて戻りセイジ君を奈々に託し、次は空を抱えて事務室へ。

「なぁ、セイジ君のこと、俺らに知らせようとしてわざと漏らしただろ？」

村主が聞くと、空は驚くでも焦るでもなくにこにこっと笑った。

「バレた？　だって、早く気づいてあげないと気持ち悪いでしょ」

「なるほど、経験者はわかってるからな」

「ウンチは漏らさないもん」

「でもおしっこだって気持ち悪いだろ？」

空のパンツを取り替えながら顔を覗き込むと、空も村主の顔を見ながら頷いた。

「おしっこ漏らすのやめようぜ」

空は黙っていた。

「チンコ腐るよ」

「えっ？　嘘、チンコって腐るの？」

「おしっこで湿気るとカビるな」

「カビって、あの壁とかにできる黒い点々したやつ？」

「そうだよ」

「やだ。絶対やだ。もう漏らさない」

空は村主の肩に掴まっていた手を首に回し抱きついた。

「まさや先生がトイレ連れていってくれる？」

「ああ。女と一緒に連れションは嫌だよな」

空は抱きついたままこくこくと頷いた。

二十二時までに空とセイジ君以外の子どもは一人また一人と帰っていった。眠そうにしている二人を、事務室にある布団を託児所に運んで敷いて寝かせた。夕食は、空用に毎日奈々が作ってこっそり事務室で食べさせているお弁当を父親の了承を得てセイジ君にも分けて食べさせた。

食事やおやつを託児所で与えることを希望する場合は、必ずその保護者が持参するというのがルールだ。村主の勤務時間帯には早めに夕食を食べさせてから子どもを連れてくる親が多いが、夕食を食べさせてくれと言う親も勿論いた。そういう親が子どもに持たせるのは市販の弁当やパン、下手をすればスナック菓子で、手作りの弁当を持たせる親はまずいない。確実にお腹を空かせていても何も持たせない親もいる。だからといって勝手に何かを食べさせることはできないし、親のやり方に口を出すこともできない。そんな中で空だけ手作りのお弁当を部屋で食べさせれば、他の子どもたちにどんな思いを抱かせることになるかもわからない。だからいつも事務室でこっそり食べさせていたのだった。

セイジ君の祖父が来たのは言っていた通り二十四時過ぎだった。大宮駅からタクシーで来て延長料金を支払うと、そのまま寝ているセイジ君を乗せて帰っていった。今日は茨城県へは帰らず、セイジ君の家へ泊まるそうだ。母親の行方はまだわからないらしい。

「セイジ君のお母さん、どうしたんでしょうね」

奈々は心配そうだったが、村主にはどうでもいいことだった。故意に託児所に置き去りにしたのだとして、べにばなほーむにいる子どもたちのほとんどが親に捨てられた子どもたちだ。親だから子どもを捨てないなんて、そんなのは迷信かお伽話。虐待を加えたり家に放置したまま消えたりするような親よりはまだマシだろう。母親の身に何かあったのだとして、それこそ託児所にはなんの関係もない。村主は、いつも仕事帰りに寄っているラーメン屋はまだ開いてるかなと考えていた。

託児所の片づけをして鍵を閉める。寝ている空を村主が抱き、奈々は車椅子を持ち階段を下りたところで広げた車椅子に空をそっと乗せ、タオルケットをかけた。

「それじゃ、お疲れさま」

そう言って帰ろうとした村主の腕を奈々が掴んだ。

「もう終電終わってますよ。どうやって帰られるんですか？」

「ネカフェでも探します」

「宮原駅にはネットカフェなかったと思います。うちに……うちに来ませんか？」

村主は暫く奈々の言った意味がわからず立ち尽くしていた。

「私、明日は仕事お休みですし、今日はうちに泊まってください」

「あっ、でも、俺、明日始発で帰って施設の奴らに朝飯作ってやらないといけなくて」

「それなら尚更少しでも睡眠をとってください」

二人のことをもっと知るためにはもってこいの誘いではないか。真面目な表情で言っている奈々の顔を見ながら思考を巡らす。

「じゃあ、お言葉に甘えて」

村主は奈々に代わって空の車椅子を押しながら冷静にこのチャンスをどう生かすか、自分のやるべきことを考えていた。

潜　入

奈々に言った通り始発で帰れば朝食を作る時間には間に合う。大の大人が外泊するからといって連絡する必要もないだろう。でも、念のため心配性の海老沢にＬＩＮＥを送る。すると、明日の食事の用意は自分らでやるからべにばなほーむの仕事は久々に丸一日休んでいいと速攻で返信が来た。どうぞしっぽりごゆっくり、という余計な文句までついている。ごゆっくりはまだしも、しっぽりって。何を豪快に勘違いしているのか。村主はスマホの画面を中指で弾いてから、明日慌てて帰らなくても良くなったと奈々に伝えた。

奈々と空が住んでいるのはアパートだと勝手に思い込んでいたのだが、想像以上に立派な外観のマンションだった。

宮原駅から歩いて三分。託児所からは歩いて七、八分といったところか。七階建ての二階、一階はエントランスと駐車場になっている。戸数は少なめでエレベーターは一台。部屋は１ＬＤＫにウォークインクローゼットという決して広くはないが、それぞれの空間にゆとりがあり内装もしっかりしている。単身者や夫婦二人世帯向けだろうか。バリアフリーのフローリング床や大きな窓も魅力的だ。マンションのエントランスにはオートロックシステムが使われていて、防犯カメラもついている。

中でも村主が驚いたのは、子どもとの二人暮らしにはそぐわないリビングに置かれた無垢材の豪華な家具だった。

「凄い家具ですね」

空を寝室に寝かせてきた奈々に言う。

「亡くなった両親が結婚したときに買ったものですから、かなり古いものですよ」

両親……奈々の両親ということは未央の両親でもある。亡くなったのか。詳しく聞きたいと思ったが、急いては事を仕損じる。時刻は午前一時を回っていた。奈々も疲れているだろう。村主は勧められたシャワーも明朝に入らせてもらうことにして、帰りにコンビニで買ってきた軽食だけ口にし、掛け布団を借りてソファーで横になった。

余程疲れていたのか、ソファーが良質で寝心地が良かったからか、翌日村主が物音で目を覚ますと午前十時近くになっていた。物音の正体は奈々がキッチンで冷蔵庫を開けて何やら取り出している音だった。

「おはようございます」

ソファーから声をかけると、奈々は肩をビクッとさせて振り返った。

「そっと動いていたつもりだったんですが起こしちゃいましたね、ごめんなさい。私もついさっき起きたばかりで、今、朝ご飯……ブランチかな……作りますから、シャワーを浴びてらしてください」

そう言うと「空、雅哉先生にお風呂場の場所教えてあげて」と叫んだ。空をはじめ託児所の子どもたちが〝まさや先生〟と呼ぶので、自然と奈々もそう呼ぶようになっていた。陸自になる前から村主はほんの小さな物音でも目を覚ます。眠りが浅いのか、過敏なのか。だから朝すっきり目覚めたことは記憶がある限り一度もない。

ソファーから起き上がると寝室から車椅子で空が向かってくるのが見えた。車椅子は室内用の物らしく、外で使っている物よりかなりスリムだ。バリアフリーなので移動しやすいのは当然だが、慣れたものでスピードも結構出している。村主を風呂場に案内しバスタオルを手渡すと、狭い廊下でも軽々と方向転換をしてリビングへ戻っていった。

シャワーから出ると醤油の香ばしい匂いがして、腹の虫が刺激された。ブランチは奈々の数少ない得意料理だという焼きうどん風パスタ。豚肉とキャベツともやしに玉葱と人参といった焼きうどんの具材をたっぷりのバターとニンニクで炒め、茹でたパスタと絡めて塩、胡椒、醤油で味つけをしたものだった。

「斬新ですね」

村主は最初、出されたパスタを好奇の目で眺めていた。麺と具材のバランスがどう見てもおかしい。奈々も料理が不得意だと自覚しているようで、手際良く短時間で何品も作れないから一品で栄養が摂れるものを作るようにしているのだとバツが悪そうに話した。肉ばかりでなく魚も空に食べさせたくて、いつしかこのパスタにはかりかりのちりめんじゃこものせるようになったと言い、目の前でふりかけていく。

「お口に合うかわかりませんが……」

他人に料理を振る舞うのが初めてのようで、奈々が自信なげに言った。

「旨い、旨いですよ、これ」

麺をうどんにすればまるで焼きうどんなのだが、匂いもさることながら、味も結構イケる。具材を考えてもまずいわけがない。ただ、炭水化物よりも肉や色々な種類の野菜を空に食べさせたくてバランスがおかしなことになっているのだと理解した。村主の豪快な食べっぷりに安心し、奈々も食べ始める。

「ばななー、キャベツ多い、減らして」

むくれた空が奈々に皿を差し出した。託児所のときとは違ってかなり甘えている感じで幼い。奈々をばななと名づけたのは空だと言っていたが、本人がそう呼んでいるのを村主は初めて聞いた。

「お客さんがいるから減らしてもらえると思ったら大間違いよ。じゃあ、キャベツをどうして空に食べて欲しいか話すわね。キャベツにはね、いろんなビタミン類が含まれているんだけど、特に風邪を予防するビタミンCがずばぬけて豊富なの。前に風邪引いて熱を出したとき、しんどいからもう風邪引くの嫌だって、空、言ってたわよね。それに血液凝固作用のあるビタミンKも多く含まれているから、傷口を早く塞ぐのにも役立つし、ビタミンUは胃や十二指腸のただれた粘膜を修復して保護してくれるから胃腸薬にも使われるんだから。それにね」

「もういい、食べるから」

奈々の熱弁を遮り、面倒臭そうな表情で皿を自分の所に戻し食べ始めた空を見て、奈々は不敵な笑みを浮かべた。

「さっきの、あのキャベツの栄養についての話ですが、空君理解できるんですか?」

村主は後片づけを手伝いながら空に聞こえないように小声で奈々に聞いた。

「理解できるわけないじゃないですか」

奈々は声を殺して笑った。好き嫌いの多い空になんとか食べさせるため、よく使う手なのだという。

「いいんですよ、まだ理解できなくて。子どもに食の大切さをいくら語ったところで、嫌なものは嫌。自分の身体の健康を気遣える子どもなんているわけありませんしね。だから、そのために親がいるんです。子どもの健康を気遣うのは親の役目です。でも、嫌がるものを理由も言わずただ強制的に食べさせるのはかえって良くないと思うんですよ。じゃあどうしたらいいかと考え続けて、行き着いたのがあの方法なんです。あなたのため、のように恩着せがましく聞こえてしまっては逆効果ですからね。だから、難しいことはわかってくれなくていいんです。ただ、私が愛してることさえ伝われば。だって、空に元気でいて欲しいのは他でもない私なんですから」

村主は、サプリや栄養剤ばかり摂っていた未央を思い出す。空は料理に興味はあるようだから、好き嫌いというよりは食事という行為自体に抵抗があるのかもしれない。

「いいなぁ、空君はいつもあんなに旨いもの食えて」

食後に淹れてくれたコーヒーを飲みながら話していた。

「確かにあのスパゲッティーは美味しいけど、ばななは料理上手くなんかないよ。レパートリーも超少ないし」

空は不満そうに言った。

「レパートリーなんて言葉よく知ってるな」

笑いながら村主が感心していると、奈々が、

「しょうがないじゃないの、料理なんて学校の調理実習以外でやったことなかったんだから」

と、大人気なくムッとして言い返した。

「僕が好きなハンバーグとかコロッケとか、ばななが作るとめっちゃくちゃまずいんだよ。なんであんなまずくなるんだよ」

「いくらなんでもそういう言い方はないでしょう」

村主のことはお構いなしで親子喧嘩が始まった。しばらくその様子を微笑ましく眺めていた村主だったが、

「空君はハンバーグとかコロッケが好きなの？」

と尋ねた。

「うん。前の幼稚園の給食で出たんだけど、超美味しかった。唐揚げも美味しかったよ」

空はにこにこしながら答えたが、奈々は黙ってそっぽを向いている。

「前の幼稚園？」

村主はわざと突っ込んでみた。

「うん、蕨の幼稚園。前は蕨に住んでいたんだよ」

「そうなんだ。なんで引っ越したの？」

「私の勤め先はずっとあの託児所なので、蕨からでは遠いから引っ越してきたんです」

奈々が空の口を止めるように言った。

「よし、じゃあ、お昼をご馳走になったお礼に夕食にハンバーグを作ってあげるよ。俺、料理得意なんだ。調理師免許も持ってるんだぞ」

幼稚園のことは聞かれたくないのだと察し、村主は話題を逸らした。思いもよらぬ村主の提案に、奈々は目を見開いている。

「ほんと？　やったぁ」

「ち、ちょっと待ってよ、なんでそうなるのよ」

勝手に喜ぶ空に、奈々は明らかに焦っている。しかし、

「奈々先生はハンバーグお嫌いですか？」

と聞かれると「いえ、大好きです」と答えた。

「そんな申し訳ないですし」

小さな声でぶつぶつと言っている奈々の声など二人の耳には入らない様子で、

「そうと決まったら買い物行くか」

「うん、行く」

と、さっさと身支度を始める空に奈々も為す術がない。

「買い物って、危ないですし、空は車椅子ですし」

「大丈夫ですよ。来る途中にあったスーパーに行くだけですから。私は元自衛官です。自分で言うのもなんですが、これ以上頼りになる人間はいないでしょう。安心して任せてください」

折角の機会を逃したくはない。村主は、奈々の戸惑いや不安を他所に、空をその気にさせてこの二人のことをもっと探ろうと画策した。空を取り込めばこっちのもので、すっかり村主のペースに呑まれている奈々も、結局「じゃ、気をつけて。行ってらっしゃい」と二人に手を振って送り出した。オートロックが外門と内門で設置されているため、面倒だろうからと鍵まで渡した。

警戒心の強い空が、奈々以外の人にあれほどまでに心を許し、買い物に一緒に行くなんてことは初めてで、奈々は嬉しいような寂しいような気分だった。それに、村主に生活のペースを乱されることが心地良いとすら思えている自分にも戸惑っていた。まだそれほどよく知りもしない村

郵便はがき

料金受取人払郵便

新宿局承認

3971

差出有効期間
2022年7月
31日まで
(切手不要)

1 6 0-8 7 9 1

1 4 1

東京都新宿区新宿1－10－1

(株)文芸社

愛読者カード係 行

ふりがな お名前			明治 大正 昭和 平成 年生 歳	
ふりがな ご住所	□□□-□□□□			性別 男・女
お電話 番 号	(書籍ご注文の際に必要です)	ご職業		
E-mail				
ご購読雑誌(複数可)			ご購読新聞 新聞	

最近読んでおもしろかった本や今後、とりあげてほしいテーマをお教えください。

ご自分の研究成果や経験、お考え等を出版してみたいというお気持ちはありますか。

ある　ない　内容・テーマ(　　　　　　　　　　　　)

現在完成した作品をお持ちですか。

ある　ない　ジャンル・原稿量(　　　　　　　　　　　　)

書　名				
お買上 書　店	都道 府県	市区 郡	書店名 ご購入日	書店 年　　月　　日

本書をどこでお知りになりましたか?

1.書店店頭　2.知人にすすめられて　3.インターネット(サイト名　　　　　)

4.DMハガキ　5.広告、記事を見て(新聞、雑誌名　　　　　)

上の質問に関連して、ご購入の決め手となったのは?

1.タイトル　2.著者　3.内容　4.カバーデザイン　5.帯

その他ご自由にお書きください。

(　　　　　　　　　　)

本書についてのご意見、ご感想をお聞かせください。

①内容について

②カバー、タイトル、帯について

弊社Webサイトからもご意見、ご感想をお寄せいただけます。

ご協力ありがとうございました。

※お寄せいただいたご意見、ご感想は新聞広告等で匿名にて使わせていただくことがあります。

※お客様の個人情報は、小社からの連絡のみに使用します。社外に提供することは一切ありません。

■書籍のご注文は、お近くの書店または、ブックサービス(0120-29-9625)、セブンネットショッピング(http://7net.omni7.jp/)にお申し込み下さい。

主を家に泊め、食事を振る舞い、最愛の息子まで預けてしまっている。空を引き取ってから三年、そんなことは一度もなかった。事情を知らない人からは過剰だと言われるほど頭の中は空のことばかりだった。それなのにどうして。奈々は自分でも不思議でならなかった。

「男の人がいる安心感って、こういうことなのかな」

奈々は村主が寝ていたソファーに座り一人で呟いた。パパといたときもこんな感じだったっけ。亡くなった父親を思い出す。実家ではこのソファーは三点セットで使っていた。でも、空が車椅子で移動するのに邪魔になるから、この二人掛けのものだけ持ってきて残りは処分した。フレームは無垢材。温かみのあるデザインで、他の家具同様奈々の両親が結婚したときから愛用していた物だった。両親が健在の頃は定期的に家具店の職人がやって来て無垢材の手入れを施し、座クッション部分を作り替えていた。両親が亡くなってからは一度も手入れをしていない。それでも肘掛けに腕を預ければ、自分の肘の形に撓《しな》るような柔らかな手触りで、そこに座ると万年寝不足の奈々は気持ちが良くてつい転寝《うたたね》をしてしまう。特にこの位置は奈々が子どもの頃からの定位置で、その証拠に肘掛けの裏側には奈々が爪で穿《ほじく》った跡があった。

成長するにつれ、その癖もすっかり治まっていたが、両親が亡くなり、また再発してしまった。だけど、奈々が穿った無垢材の屑を、何でも口に入れる時期だった空が知らないうちに食べてしまったことがあり、奈々は二度とやらないと決めた。大したことではないように思えるかもしれないが、癖というのは無意識にやってしまうものなので、気がつくと手がそこへ行ってしまう。

その度に空が食べてしまったことを思い出し自己嫌悪に陥るのだった。爪もボロボロになるのだが穿った箇所も同様で、棘で空が危なくないように爪もソファーのフレームも自分で鑢《やすり》をかけた。今でも穿った木屑が爪に食い込むあの何とも言えない快感は、はっきりと覚えている。姉は爪を噛む癖、自分は無垢材を爪で穿る癖。姉妹で爪が汚いのがコンプレックスだった。

いつの間にか眠ってしまい、目が覚めて微睡《まどろ》んでいるとキッチンから村主と空の楽しそうな声が漏れ聞こえてきた。

「ばなな、まだ起きないかな」

「ママは疲れているんだよ、もう少し寝かせておいてあげよう」

「ばななはママじゃないよ」

「空君は奈々先生が好きじゃないの?」

「好きだよ、大好きに決まってんじゃん。でも、ママじゃないって、ばななが言ったんだよ」

(そう、私はママじゃない。ママにはなれない、絶対に)

二人の会話が耳に入り、奈々の薄ら閉じた瞳からは涙が零れ、少しの間目を開けることができなかった。

「あっ、ばなな起きたかも」

奈々が鼻を啜ったのを耳聡《みみざと》い空が聞きつけてやって来ると、奈々は急いで涙を拭った。もとは涙もろい性格だ。でも、空には涙を見せたくなかった。

「まさや先生、やっぱりばなな起きたよ」

村主にすっかり懐いている空に奈々は苦笑しながら起き上がった。

「ごめんごめん、眠っちゃった」

「よく眠っていらしたので勝手に上がらせていただいて、キッチンまでお借りしていました」

「こちらこそ眠ってしまって……」

「さ、ハンバーグ作りますよ」

寝ていたことを謝りかけた奈々に村主が笑顔で言う。

「えっ？　私も？」

奈々は絶句した。

「そうですよ。三人で作るんです。教えてあげますから、二人ともちゃんと覚えてね。そしたら今度から自分で作れるでしょう？　それに、奈々先生が忙しければ、もう少し大きくなったら空君が奈々先生に作ってあげたっていいんだ。料理ができる男はモテるぞ」

空が困り顔の奈々にエプロンを渡すと、奈々は渋々エプロンを着けた。

「じゃあ、まさや先生モテる？」

「いや、全然」

「言ってること違うじゃん」

空は楽しそうにゲラゲラと声を上げて笑っていた。キッチンに揃えられた材料を見て、奈々は

「空に料理はまだ早くないですか？」と不安そうに聞いた。

「子どもの持っている力を侮《あなど》ってはいけませんよ。生きる力は勿論、子どもは自分の能力を伸ばそうとする力も大人の数倍、数十倍も持っているんです。私たち大人は、その成長の手助けをするのが役目。本人がやりたいと思っているのであれば、手はかかるかもしれないが、教えるのに早過ぎるということは決してないです」

「はあ。あの、雅哉先生、もしかしてお子さんいらっしゃるんですか？」

奈々は恐る恐る聞いた。

「いえ、いません。ご縁がなくて結婚もしていません。って、そんな私が子どもについて言っても説得力ありませんよね」

村主が肩を窄《すぼ》めて笑うと、奈々はほっとしたようだった。その表情に、村主は自分の存在が奈々の心の隙に入り始めていると確信する。

「そんなこと……仰ることはごもっともです。子どもの力を侮ってはいけませんよね」

奈々も心から笑っていた。村主は、キッチンの調味料入れの端に置いてあった、病院から処方された薬の袋がいつの間にかなくなっていることに気がついた。奈々が起きてきてからこっそり仕舞ったのだろう。中身は既に確認済み。よく見かける抗不安剤。処方されたのは三年以上前の日づけだったが、まだ一シート丸々残っていて、そのまま取ってある状態だった。今も不定期で飲んでいるのかもしれない。

「いいですか、ハンバーグを旨くするコツは、この牛肉の塊です。合挽きミンチに粗微塵にしたこいつを少し加えてやるだけで驚くほど食感が良くなるんです。まるでステーキハウスのハンバーグみたいになるんですよ」

村主は説明をしながら手際よく牛肉の塊を切っていく。全ての材料を切り終えると、空が率先して小さな手で必死に生地を捏ね、それを三人で成形していった。

「奈々先生、もっと力強く丁寧に叩かないと。しっかり愛情を込めてください」

「はい」

料理は結構な力仕事だ。

「焼き方にも重要なコツがあるんです。合挽き肉は火が入るとかなり脂が出るので、テフロン加工のフライパンであれば油はほとんど引かずに焼きます。そして、出てきた肉汁で揚げ焼きにすると外側がかりっと香ばしく中は柔らかく仕上がるんです。ただ、そのときに肉汁が逃げ過ぎないように手早くやらなければいけません」

ハンバーグを焼き始めると、キッチンに充満した肉汁の匂いに、奈々と空のお腹が同時に鳴った。

「空ったら」

二人のお腹が鳴る音が重なったので、奈々は自分が鳴ったのはごまかそうとして空に擦りつける。

「ばななもお腹鳴ったでしょ」

負けじと言い返してきた空に奈々は聞こえない振りをした。そんな二人のやり取りを見ながら村主は堪えきれずにふき出していた。

「まさや先生、ばななの彼氏になればいいのに」

ハンバーグを頬張りながら空が言う。奈々は一日休みだが村主は託児所で十七時から勤務なので、早めに夕食を始めていた。空の突拍子もない発言に奈々が咽せて咳き込んだ。

「ちょっと空、彼氏って、どこでそんな言葉覚えてきたのよ」

「どこって、前の幼稚園で僕も美紅ちゃんの彼氏だったよ」

「なんで？」

奈々は明らかに動揺している。

「なんでって、美紅ちゃんに彼氏になってって言われたから。美紅ちゃん色々お世話してくれて優しかったからいいよって言ったの」

あっけらかんと答える空に言葉を失っている奈々。

「そうだね、これからそうなるかもしれないね」

村主が追い打ちを掛ける。面白半分、奈々の反応見たさ半分。

「雅哉先生、軽過ぎます」

恐ろしい形相で奈々に怒られ、村主は肩を窄めて軽く頭を下げたが、満更でもないと感じた。

空は、この家に引っ越してきてから初めての来客に興奮し、お昼寝をしなかったので、夕食を食べている傍からこっくりこっくりと船を漕ぎ始めた。奈々はソファーに横にならせた空に、寝室から持ってきたフリースケットをかける。壁には高級家具とはやや不釣合いなほど空の写真や空が描いたのであろう児童画が沢山飾られていた。未央の家にはなかった光景だ。

「さっき買い物に行っているとき、空君からここへ引っ越してきた理由を少しですが聞きました」

村主はそう話し始め、奈々の目を見て「大変でしたね」と優しく言う。奈々は寝ている空をちらっと見てから頷いて「そうですか。お聞きになったんですね」と小さな声で答えた。

「なんでも雅哉先生に喋っちゃうんだから……。さっきお料理をしているときに私が実の母親ではないということもお聞きになりましたよね。空の実の母親は、私の姉なんです。三年前にその姉が亡くなって私が引き取りました。それまで大阪の大学の幼児教育学部に通っていたんですけど、空を引き取るために中退してこちらに来ました。大学在学中に、子どもが環境の変化によって受けるストレスについて学んだことがあって、あの子の環境を突然何もかも変えてしまうのは酷な気がしましたし、私自身大阪を離れたかったんです。中退なので保育士の資格は取得できていなくて、それでも雇ってくれたあの託児所でずっと働いているんですけど、家は空が姉と過ごした場所と少しでも近くがいいかと思い、蕨のアパートを借りてそこから近い幼稚園へ通わせていました。

でも、空の実の父親がある事件に関わっていたことで、もう何年も前のことなのに空自身がネットで晒されて危険を感じ、やむを得ずここへ引っ越してきたんです。車椅子生活なのでバリアフリーであるのは勿論ですが、空の安全を考えるとセキュリティーがしっかりしているところが良くて、賃貸ではなく貯蓄していた両親の遺産を叩いてこのマンションを買いました。でも、空にとってそれがベストだったのかどうか」

奈々の睫毛が寂しそうに震えていた。その姿にキッチンに置かれていた抗不安剤を思い出す。

「ご自分で産んでいないお子さんを育てるなんて、たとえ血縁者であっても並大抵の覚悟でできることじゃありません。ましてやその若さで、恋愛も遊びもまだまだやり足りなかったでしょうに、お気の毒です」

村主の言葉に奈々の目がカッと見開かれ、口に持っていこうとしていたコーヒーカップを受け皿に乱暴に置くと声を荒らげた。

「気の毒？　そんなこと口が裂けても言わないでください。私よりも母親を、両親を失ったこの子のほうがどれだけ気の毒か。私はこの子がいたから笑顔になれた、食事も摂れた、生きてこられたんです。空がいたから一人じゃなかった。空に感謝こそすれ、この子がいることで自分が気の毒だなんて思ったことは一度もありません」

村主は興奮している奈々をただじっと見つめていた。

「取り乱してしまってすみません」

「こちらこそ、失礼なことを言いました。この通り、許してください」

息を深く吸い呼吸を整えている奈々に村主は頭を下げた。そして、メモ帳を一枚もらい、借りたペンで自分の携帯の番号とＬＩＮＥのＩＤを書いた。

「もし危険を感じたらすぐに連絡をください」

そう言ってメモを渡し、奈々の手を握る。

「頼ってください。俺が、奈々先生と空君を守りますから」

その言葉を残し、マンションを後にして村主は託児所の仕事へと向かった。


奈々から最初のＬＩＮＥが来たのはその日の夜。夕食を作ったことへの礼だった。それからは頻繁にＬＩＮＥのやり取りをするようになり、村主は月に一度くらいのペースで料理を教えにマンションへ行くようにもなった。だからといって男女関係に進展はなく、あの日以来、奈々が両親や姉について村主に話してくることもなかった。ただ毎回料理を一緒に作って食べる、それだけだった。コロッケを作るときに茹でたジャガイモを使うと水っぽくなるので必ず蒸したジャガイモを使うとか、豆腐料理を作るときの豆腐の水切りの方法とか、みそ汁や煮物で使う出汁の取り方から大根の面取りやこんにゃくを手で千切るやり方とか。本来であれば母親が娘に教えるような基本的なことを、三人で横並びになって村主が奈々と空に丁寧に優しく教える。どんなに手がかかろうと必ず空にも笑顔で教える。その姿に好感を抱かせ、空を懐かせることで、奈々に来ないでくれとは益々言い出しにくくさせる作戦だった。

村主の思惑通り、すっかり料理好きになった空が、十一月に託児所のクリスマスツリーに飾った願いごとの紙に書いた将来の夢はコックさん。いつの間にか、料理をするときもそれ以外も村主の左側が空の定位置になっていた。右耳が聞こえないことをわかっていて、必ず左側に回るのだ。あの日以来おしっこも漏らしていない。

託児所の仕事の日は、十六時半にマンションへ迎えに行き一緒に通勤する。空の車椅子を村主が押し、託児所の階段の下まで来ると村主が空を抱き上げ奈々が車椅子を上まで運ぶ。そんな生活が続いた。

「まさや先生、見て見て」

十二月に入ってすぐだった。その日は奈々と空のマンションへクリスマスツリーを飾りつけに来ていた。空が、お気に入りの三十センチ大のショベルカーを思いきりフローリングの床に走らせる。宝物を見せるのはすっかり心を開いた証拠。

「格好いいなぁ。でも、床大丈夫？」

心配そうに言うと、空ではなく奈々が答える。

「車椅子のこともあるので下がエントランスの部屋を選んだので大丈夫ですよ」

「いや、音もそうですが、床、傷ついちゃいますよ」

村主が言うと奈々は「あぁ」と小さな声で頷き、

「いいんですよ。もしこの家を手放すときにはリフォームするでしょうし。お友達を傷つけたり危険なことや悪いことをしたときは叱りますが、遊ぶのは子どもの権利です。ましてやこの子は家でくらいしか思いきり遊べません。汚したら一緒に掃除をすればいいし、傷つけたら一緒に直せばいいんです」

子どもがまだ小さいうちは、汚されたくない物や傷つけて欲しくない物は子どもの手の届くところに置いておかなければいい。子どもの手の届くところに置いておいて、子どもに汚されたり傷つけられたりして叱るのは大人のエゴだ。海老沢がよく言っている言葉だった。べにばなほーむは海老沢の家であると同時に、そこに暮らしている里子たちの家でもある。だから、里子たちにとっても居心地のいい家であって欲しいのだと常日頃から言っていた。奈々にとって空は血の繋がりはあるにせよ、やはり自分が産んでいない子どもを育てるという部分で、海老沢と同様、傍の人間には計り知れない強い思いがあるのかもしれない。何度かマンションを訪れてそう感じていた。

ただ海老沢と違い、奈々といると、村主は度々自分の感情の中にある深い井戸の水がどす黒く濁っていくのを感じた。その度に左耳を押さえて己の血で井戸の水の黒さをごまかした。この作業がどんなに苦痛であっても目的を果たすまでこの二人から離れるわけにはいかない。

好意

十二月二十三日。クリスマスイヴでもクリスマス当日でもないが、たまたま奈々と村主の休みが重なってクリスマスパーティーをやろうということになった。奈々と空は毎年二人でクリスマスパーティーを開いていたが、今年は空がどうしても村主を呼ぶと言って聞かなかったのだ。奈々は空と準備を進めながら村主を待っている間、胸が締めつけられるような感覚に襲われた。この数カ月一緒に過ごしている中で村主が自分に好意を持ってくれているのではないかと感じる場面が何度もあった。奈々も村主に好意を抱いていたので、当然悪い気はしなかった。悪い気どころか、むしろ三人で過ごす時間が楽しくて、穏やかで、幸せで、このまま時間が止まればいいいのにと思ったりもした。毎回、このままの関係が続くように祈りながら過ごしていた。そして、村主が帰ると、今日も告白されずに済んだと胸を撫で下ろした。

（このままじゃいけない）

村主のことは好きだ。奈々自身は人として村主を好きなのだと自分に半ば言い聞かせるように思っているが、男性として好意を持ち始めていることは我ながら明白だった。でも、もし彼もそう思ってくれているとして、自分はその思いに応えられない。空を育てていくと決めたとき、自分は誰とも結婚はしないと決心した。実の母親ではないからこそ、奈々の愛情は空に独占させてあげたいと思ったから。それなのに今のような関係を続けているのは、彼に対して失礼だ。そう苦悩していた。村主を傷つけたくはない。

（もうお会いできませんって、ちゃんと言わなきゃ）

村主から思いを告げられる前に自分からそう言おうと心に決めた。どちらにせよ彼を傷つけてしまうかもしれないが、告白をさせてしまってからでは、彼のプライドも傷つける。万が一、村主の奈々への好意が妹に向けるようなものであったとしたら恥をかくことになるのは自分だが、それならそれでいいと思っていた。この数カ月、楽しく、穏やかで、幸せな時間を与えてくれた村主に心から感謝していた。村主が遊びに来なくなった後の空からの非難は甘んじて受け入れようと覚悟もした。

「眠いよね？」

「眠くない」

「すごーく眠そうだよ」

「全然眠くないよ」

クリスマスツリーを飾り、骨付き鶏もも肉を使ったローストチキンを下味から調理した。つけ合わせのマッシュポテトはほとんど空が一人で作った。お気に入りのパティスリーで買ってきたケーキも食べて大はしゃぎだった空は、二十時を回ると座りながらこっくりこっくり船を漕ぎ出した。子どもというのはどうしてこうも眠ることに抵抗するのだろう。村主がその疑問を口にすると、奈々が、

「一説では幼児は眠るのが怖いんじゃないかって言われています。眠っても必ず目が覚めるものだと理解できていないから、無意識に眠ることを拒絶するんだって」

と言った。眠るのが怖い……か。村主は、イラクで隊員たちの多くが眠るのが怖いと言っていたことを思い出しながら「へぇ」と返事をする。

空はベッドに連れていこうとすると必死に目を開け、絶対に行かないと鼻の穴を膨らませて怒り出す。村主が帰ろうとしても、いつになく愚図って帰そうとしなかった。

「いつも二人だけのクリスマスパーティーだったから、今年は三人で余程楽しかったのね」

奈々は船を漕ぐ空を愛おしそうに眺めながら言った。

「でも、毎年パーティーをしてあげていたんでしょう？　クリスマスツリーも大きいし」

高身長の村主ですら見上げる二メートル近い高さのクリスマスツリーは今にも天井に届きそうだった。仕舞うのも出すのも一苦労だろうに、奈々が上のほうの飾りつけを、空が下のほうの飾りつけを手分けしてやるのが毎年の楽しみだったのだという。年々空の飾りつけの範囲が増えることに成長の喜びを感じていた。今年は村主も一緒だったのであっという間にできあがったが、村主に抱き上げられ、いつもはできなかった上のほうの飾りつけをする空は大喜びだった。

「うちは子どもの頃から両親が必ずクリスマスパーティーを開いてくれていましたし、このツリーも実家で飾っていたもので思い出が沢山あるんです。私、自分は子どもを産んで母親になったことがないのでそんな風に、私の母はどうしていたっけとか考えながらこの子を育ててきました」

「奈々先生だけじゃない、みんなそうですよ。たとえ自分で子どもを産んだ母親であっても、初めては同じです。自分の母親はどうしていたか、周りの先輩ママはどうしているか、同じ歳の子どもがいるママはどうしているか、みんなそうやって子育てをしているんです。奈々先生は空君を一生懸命育てている。ご自分で産んでいなくても、空君のれっきとした母親ですよ」

伏せていた目を上げた奈々と目が合った。村主は優しく、それでいて真剣な眼差しを向ける。

自分は味方だよという思いを込めて。

「奈々先生のご両親はどんな方たちだったんですか？」

村主は、そろそろ聞いてもいい頃合いだと思った。でも、

「優しい父と、厳しい……母でした。でも……弱い人だったんだと思います」

奈々はそこまで答えたが、すぐに「ごめんなさい。それ以上はお話ししたくありません。本当にごめんなさい」と謝った。

「いえ、こちらこそ立ち入ったことを聞いてすみませんでした。空君、寝室に運びましょうか」

村主が空を抱き上げる。

「可愛い寝顔だな」

ベッドに横にならせた空の寝顔を見ながら村主は無意識に呟いた。

「村主さんて、子どももお好きなんですね」

「ええ、好きですよ。……好きです」

子ども好き……そんなこと考えたこともなかった。奈々はいつもそうやって返答に困ることばかり聞いてくる。村主の返答に、なぜか奈々が居心地が悪そうに先に寝室を出た。

「どうしました？」

奈々を追いかけて聞く。

「あの、ずっと親切にしていただいておいて申し訳ないのですが、私、この先男性とお付き合いをしたり、まして結婚をしたりはできないのでもうここへは来ないでください」

突然のことで驚いたが、奈々の意図を、本心を探ろうと村主は奈々の様子を窺った。奈々は胸を押さえながら苦しそうに顔を顰め背中まで震えている。村主は思いきって奈々を抱き寄せた。奈々は困惑した表情を浮かべながらも抵抗せず腕の中から村主の顔を見上げた。大きな村主がより大きく見える。

「奈々先生が何を抱えているのか俺にはわからないけど、そんなに自分を縛りつけなくてもいいんじゃないですか？　この先一生男性と付き合わないつもりですか？」

「そうです。一生お付き合いも結婚もするつもりはありません」

奈々は村主の腕を振り払って言い切った。

「どうしてですか？　空君のため？」

村主も真剣な顔で聞いた。

「自分のためです。私が空に私自身を独占させてあげたいんです。空のためだけに生きていきたいんです」

「だから、真面目に考え過ぎなんですよ。抱えているものを話してくれれば必ず力になります。でも無理に聞こうとはしません。いつか、あなたが話せるようになるまで、今の関係を続けませんか？」

「今の関係を？」

奈々の脳裏にはこの数カ月の楽しかった日々が甦る。そうしたい、そうしたいけれど、付き合いが長くなれば長くなるほど別れが辛くなる。自分も空も。

「そんなの無理です」

奈々は子どものように頭を激しく左右に振った。

「なんで？　あなたが我慢できなくなるから？」

「我慢……？」

「俺と一緒にいると決心が鈍って付き合いたくなる？」

奈々は顔を紅潮させ、村主に殴り掛かった。

「なりませんよ。なるわけないじゃないですか」

殴り掛かった両手を村主にがっちり受け止められ、奈々は力が抜けて座り込んだ。

「そうですよね。それなら何も問題はないじゃないですか」

しゃがんで奈々の目線に自分の目線を合わせる。奈々の頬には涙が伝っていた。

「大丈夫。あなたが警戒するようなことは何も求めるつもりはありません」

村主は手でその涙を拭った。奈々の表情から苦悩がすーっと抜けていくようだった。恐らくこれ以上深入りする前に関係を早く断ち切らなければならないと自分に言い聞かせていたのだろうと、村主は奈々の言動を理解した。

「空君のことをネットで晒されて怖い思いをしたんでしょう？　俺は警備員代わりになるから仲良くしてて損はないと思うんだけどな」

村主は警戒心を完全に取り払うため、悪戯っ子のような表情で言う。

「警備員代わりだなんて……」

「そういうことなんで、今まで通りでいいですよね？」

村主に念を押され、奈々は唇を震わせながら頷いた。

「それじゃ、今日は帰ります」

すっくと立ち上がり、「じゃあ、また」と手を振って家を出ていく村主の背中を見送り、閉まった玄関扉を奈々はしばらく眺めていた。

確かにいつでも連絡をくれと言って連絡先を教えてくれ、仕事の度に毎回マンションまで迎えに来てくれるのは心強かった。空が成長し身体が大きくなってきたから、空を抱っこしてくれることで肉体的にも助かっていた。勿論、料理も教えてもらい大分上達した。何より、空が楽しそうだった。お漏らしをしなくなったのも恐らく村主のお陰だ。村主と過ごす中で空も精神的に落ち着いた気がする。

あの人は今のままでも傍にいてくれるんだ。

奈々は、空を引き取ってから肩肘を張って生きてきた自分に、力を抜くことを村主が暗に教えてくれた気がした。

掌握

大晦日の午前十一時二十分。奈々と空は雪国にいた。パチンコ店は大晦日も正月も休みなし。ただ閉店時間の繰り上げと回収営業により子連れの客は少なく、毎年託児所はここだけ唯一四連休になる。その貴重な連休を使って大宮から上越新幹線に乗り、一時間ほどで一面雪景色の越後湯沢駅へと到着した。十一月後半から雪が降り出し、今年は例年になく降雪が多いとニュースでやっていた。ホテルまでの送迎バスが通る道路の両側には奈々の背丈以上の雪が積み上げられていた。空を連れての遠出は色々不安もあり、引き取ってから初めての旅行だった。

「すっごい、真っ白だね。雪合戦しようね」

大興奮の空に奈々は右手の親指をびしっと立ててみせる。託児所で読んだ絵本の影響で、空がどうしても雪を見てみたいと言ったのだ。

(どれくらいぶりだろう)

奈々は子どもの頃からスキーが好きだった。姉と違って決して上手くはなかったが、滑り降りるときのジェットコースターのようなスリルがたまらなくて、よく無茶をしては父親に叱られた。

顔面から転び派手に鼻血を出して、真っ白な雪を真っ赤に染めたこともあった。柔らかい雪山に突っ込んだときは、足が抜けなくなってべそをかき『板を外せばいいでしょ』と姉に笑われた。母親は、ペースが同じ者同士のほうが楽だからと言っていつも姉と一緒に滑っていたので、奈々の面倒はいつも父親が見てくれていた。

(一度でいいからお母さんとも滑ってみたかったな)

お揃いのスキーウェアを着て、母と姉が並んで斜面を滑り降りてくる姿は、まるで双子の姉妹のようだった。本当の姉妹である自分と姉とは四歳も歳が離れているのだから仕方ないと言えばそうなのだが、心のどこかで疎外感を感じていた。

懐かしい景色を見ていたら、折角空との旅行だというのに暗い表情をしそうになった。奈々は慌てて邪念を振り払うように目を強く瞑ると、次に目を開けたときにはとびっきりの笑顔を作った。

「ばなな、雪って美味しい？　ふわふわのかき氷みたい？」

「空気中の埃とか含んでるから食べちゃ駄目」

「えー」

当然のことのように言ったのだが、思わぬ空のブーイングに奈々は焦って言葉をつけ足した。

「あっ、でもでも、もし食べるなら一人で勝手に食べないでよね」

「なんで？」

「だってずるいじゃん。仲間に入れてよ」

奈々は空に抱きついた。

「ばななも食べたいの？」

「そりゃ空が食べるなら私も食べたい。約束だよ、一人で食べないでよ」

「おっけー」

奈々は空の右手の小指に自分の左手の小指を絡ませて指切り拳万をした。子どもはいつだって好奇心が旺盛で、大人の想像を遥かに超えた行動をするものだ。大人に駄目と言われて素直にやめるとは到底思えない。だとしたら自分が毒味？　をしてからと奈々は考えたのだ。

巷で売られている子育て本には、よく子どもが行動する前に先回りをして手助けをしようとする親の批判が書かれているが、とてもとても先回りなどできるものではない。子どもの好奇心に先回りできる大人がいたら、それは超能力者だ……と奈々は常々思っていた。

ホテルに到着し、運転手に手伝ってもらいバスを降りて空を車椅子に乗せる。途端に空がきょろきょろと周りを見回した。

「どうしたの？」

奈々が尋ねても何も答えない。落ち着きのない様子でしきりに周りを見回している。ロビーに入っても、まだきょろきょろしている。

「ねぇ、チェックインするからね」

そう声をかけたが、空は心此処に在らず。やがて捜していたモノを見つけたようで、両手を上げて左右に大きく振り出した。

「ちょっと空、何やってるの」

チェックインの列を離れ、荷物を置いたまま空に駆け寄る奈々の前に大きな身体が立ちはだかった。

「待ってたぞー」

そう言ったのは、にっこりと笑う村主だった。

「え？　なんで、ここに？」

「僕が誘ったの」

空の言葉に奈々は余りに驚いて言葉を失った。

「チェックインするんですよね？」

村主は空の車椅子を押しながらフロントへと向かう。奈々は頭の中が真っ白で、その場を動けなかった。

「ばなな、早くー」

空の声でようやく我に返り、急いで二人の後を追いかける。

「あの、予約したのは私と空の二人だけで、二人部屋なので雅哉先生を同じ部屋にお泊めするわけには……」

困惑している奈々の肩にそっと手を置いて村主はまた笑った。

「誰が一緒の部屋に泊めて欲しいと言いましたか？　クリスマスパーティーのときに約束したでしょう？　奈々先生が警戒するようなことはしないって。俺は一人で予約してあるので安心してください。ただ、二人と一緒に遊びたかっただけですから。ボディーガードにもなるでしょ？」

（二人と一緒に遊びたかっただけだって言ってたけど、やっぱり私に気があるのかな？　同じホテルに泊まるなんて、どうしよう。下着、勝負下着じゃないし。てか私、そもそも勝負下着なんて持ってないし。何考えてんだ私。雅哉先生に下着を見せる機会なんてあるわけないじゃない。ないない。毅然とした態度でいればいいのよ、そしたらそんなことにはならない。なるわけがない。部屋は別なんだし。

でもな、ホテルの廊下でお風呂上がりとかに浴衣姿を見られちゃうよな。え？　それって、ノーメイクの顔も見られちゃうってことじゃん。お風呂上がりも化粧しなきゃか……。はぁ、なんで空は雅哉先生誘ったかなぁ……やっぱり父親を求めているのかな……）

「ばななー具合でも悪いの？」

「なんで？」

「だって、さっきから顔変だよ」

奈々は、ホテルの部屋に入るなり荷物から持ってきた下着を引っ張り出して確認しつつ色々な思いを巡り巡らせていた。入っていたのは色気のイの字もない上下別々の下着ばかり。

（こりゃ駄目だ……）

　奈々は苦笑いをした。

「やっぱり顔変だよ」

　空にそう指摘され、奈々は慌てて下着を鞄に押し込んだ。玄関チャイムが鳴ると「まさや先生だ」と目を輝かせて空が車椅子を動かして扉へと向かった。

「先にフロントで板と靴をレンタルしておくので、奈々先生の身長と足のサイズ教えてください」

　スキーウェアに着替えてきた村主が玄関から叫んだ。

「板と靴って、空がいるからスキーはしませんよ」

「じゃあ新潟まで何しに来たんです？」

「キッズパークで雪遊びでもしようと思ってましたけど」

　下着を鞄に突っ込み終えて玄関まで出てきた奈々が答えた。

「奈々先生、もしかして滑れない？」

「いえ、一応それなりには滑れます」

「それなら、折角雪もやんで青空が出ているのに勿体ない。こんな天気の下で滑るスキーは一番気持ちいいんだけどな。空君も滑りたいだろ？」

「うん、滑りたい……けど、僕……」

「俺が抱っこして滑ってやるから安心しろ」

「ほんと？」

またしても、空をその気にさせてしまった。

「でも、私久しぶりなので面倒見きれません。抱っこして滑るなんて危ないですよ」

眉間に皺を寄せて言う奈々の顔を見て村主は溜息をつく。

「あのね、いつも忘れちゃうみたいですけど、俺は元陸上自衛隊の三等陸曹だったんです。山岳救助は航空救難団の役目だけど、陸上自衛隊も雪中戦の訓練を受けていますし、スキーはそんじょそこらの奴より上手いので、空君を抱っこして滑るのくらいなんてことないんです。奈々先生までは抱っこできませんけど」

村主はふざけたように言ってにっと笑った。

「私は自分で滑れます」

奈々は口を尖らせて言うと、自分の身長と足のサイズを教えた。村主が板と靴をレンタルしに行っている間にスキーウェアに着替える。

ホテルの目の前がゲレンデになっていて、ホテルの宿泊客だけが利用できる。決して広くはないし、コースも少なく初級と中級しかない。でもだからこそ安全面では誰でも利用できる広大なゲレンデよりも優れていよう。

「先にレストランで昼食を摂りましょうか」

村主が時計を見て言った。

「あの、お昼は新幹線の時間がゆっくりだったのでお弁当作ってきたんです。ロビーの椅子に座って食べませんか」

奈々はおずおずとナプキンに包んだ使い捨ての容器に入ったお弁当を差し出した。

「新幹線の中でも食べるかなと思って多めに作ってきたんですけど、結局寝ちゃって食べていないので、良かったら雅哉先生もどうぞ」

「お弁当……ですか」

村主は手渡された容器を戸惑いの表情で見つめていた。いつもと様子が異なり、奈々は少し不安を覚えた。

「どうかしましたか？」

「いえ、ありがとうございます。いただきます」

村主はすぐに笑顔を見せ、近くの椅子に座り手を合わせた。

「ねぇねぇまさや先生、ばなな、このお弁当作るのに何時間かかったと思う？」

一足先におにぎりを頬張りながら空が言う。お弁当の中身はおにぎりと唐揚げ、焼き鮭、卵焼きに、茹でたブロッコリーのマヨネーズ添えとプチトマトだった。ごくありきたりなおかずに、おにぎりの中身もおかかと焼きたらこと、これまた定番中の定番だ。

「そうだなあ、三十分くらいかな」

村主がそう答えると空はゲラゲラと笑い出した。

「ブッブー。なんと一時間半もかかったんだよ」

「そりゃ凄いな」

村主は大真面目な顔をして唐揚げを一個口に入れた。

「確かに美味しいや」

「嫌味ですか？　時間をかけたからって美味しくなるわけないじゃないですか。しょうがないでしょ。不器用だから同時に何品も作れなくて順番に作っていたら時間かかっちゃうのよ」

奈々は頬を膨らませ二人を睨みつけた。しかし、村主の目には薄らと涙が溜まっていて大真面目に唐揚げを噛み締めている。

「ちょっちょっと、どうしたんですか？　味が濃かった？　浸け過ぎた？」

慌てふためいている奈々の隣で、空も驚いて尋ねた。

「そんなに唐揚げが美味しいの？」

村主は唐揚げを飲み込むと、普段通りの表情に戻って空に答えた。

「うん美味しい。俺、誰かにお弁当作ってもらったことないから感動しちゃってさ」

そしておにぎりを手に取りながら話を続ける。

「凄いって言ったのは、一時間半も空君のことを考えていたんだなって思ってね」

「へ？」

　奈々と空は呆気に取られた。

「だってさ、料理って作っているとき、食べさせる相手のことを考えながら作るでしょ？　美味しいって言ってくれる顔を思い浮かべたりしてさ。だから俺は料理を誰かに作ることが好きなんだよね。それが、我が子のお弁当となると尚更だと思うんだ。遠足や運動会のときは、お友達と楽しく食べるんだろうなとか、めちゃめちゃお腹空かせて食べるんだろうなとかさ、子どもが食べる顔を思い浮かべながら作って、楽しんでねとか頑張ってねとか、そんな思いをぎゅっとお弁当箱に詰めるんだ。ぱぱっと簡単に短時間で作ったお弁当だったとしてもその時間だけはその子どものことを考えているもんだろう？　それをさ、長い時間をかけて作ってくれるのは、それだけ中身が豪華になるとかじゃなくて、それだけの時間そのお弁当を食べる相手のことを考えてくれているってことだと思うんだよね。ずっとじゃなくても作りつつ考えちゃうもんなんだよ」

「まさや先生には遠足や運動会のとき、お弁当を作ってくれる人いなかったの？」

　何も言えないでいる奈々の代わりに空が聞く。

「うん、いなかった」

「わ、私も、いつも姉のついでに作ってもらっている感じだったんですよ」

　空が更に突っ込んだことを聞きそうだったので、奈々は寂しそうに答える村主を気遣って急いで言った。

「そんなことはないでしょう。奈々先生だけがお弁当の日もあったでしょ？」

そう言い返されて奈々は自分の記憶を辿ってみると、確かにそんな日もあった。姉が大学受験直前に家出をしたとき奈々はまだ中学生だった。高校に進学すると、毎日お弁当だったから自分だけのために母がお弁当を作ってくれた日は何度もあったのだ。思えば奈々が好きな丼ものが多かった。ソースカツ丼や豚丼、焼き鳥丼に一番好きだった三色丼。

（手抜きをするために簡単な丼ものにしているんだと思っていたけど、なんだかんだいって美味しかったし、彩りもいつも綺麗だった。それに、ご飯には毎回ゴマが混ぜ込んであって、冷え性にはゴマが効くんだって言ってくれていた。うちで冷え性だったのは私だけだ。お母さんは、私のお弁当を作っているときはお姉ちゃんではなく私のことを考えてくれていたのか）

「親は自分の作ったお弁当箱が空になって戻ってくると嬉しいものでしょう？　だからつい子どもの好きなものばかり入れてしまったりして。でも、それでいいと思うんです。会話のない親子でも、お弁当を通して意思の疎通ができるような、お弁当ってそんな親子のツールのようなものだと思うから」

また奈々の考えを見透かしたように村主が言った。子どもの頃からずっと、姉を特別視している母は自分のことなどどうでも良いのだと思っていたが、奈々のお弁当を作るとき、好物を拵《こしら》えながら、きっと奈々への愛情を母なりに伝えようとしていたのかもしれない。そして、空になったお弁当箱を見て奈々と思いが通じ合ったようなそんな気がしていたのかもしれない。奈々は、自分が朝起きてリビングへ行ったとき、キッチンでお弁当を作ってくれていた母の後ろ姿を思い出していた。

村主を気遣って言ったつもりの言葉で図らずも母の自分への愛を知る形となってしまい、奈々は胸が熱くなるのを感じた。


村主のスキーの腕前は想像以上で、彼の逞しい腕に抱かれゲレンデを滑り降りる空はとても楽しそうだった。久々に滑る奈々のペースに自然と合わせてくれる村主の優しさが嬉しかった。奈々が転ぶと、空を片手で抱きながら、もう片方の手を差し伸べてくれる。その手の大きいこと。

「夕食の前に一緒に風呂に入ろうか。スキーの後に入る風呂は冷え切った身体が溶けていくみたいで最高に気持ちいいぞ」

存分に遊び、ホテルの部屋に戻りながら村主が言った。

「雪だるまみたいに?」

空は嬉しそうにそう言ったが、奈々は身体を硬直させて立ち止まった。

「あの、だから、そういうことは無理だって言ったじゃないですか」

「そういうこと?」

「一緒にお風呂に入るなんて、いくら空が一緒でも無理です」

顔を強張らせて言う奈々を面食らった表情で見ていた村主がふき出した。

「ここの大浴場、混浴じゃないけど」

「えっ？」

「俺は空君を誘ったんだけどな」

奈々は自分の顔や耳が火照るのがわかった。

「空は私と女湯に入りますから」

「女湯なんてやだよなぁ。男は広い男湯だろ。ちんちんついてるだろ？」

「うん、ついてる。僕、まさや先生と一緒に男湯に入る」

恥ずかしさで顔を上げられずにいる奈々にも、はしゃぐ空の笑顔が目に入った。

「ということで、奈々先生はどうぞゆっくり女湯に入っててらしてください」

「はあ」

意識しているのは村主じゃなくて自分だ。奈々は村主の顔を見られないままそそくさと部屋に入った。


「じゃあなー」

奈々の気も知らず、空は能天気に村主と一緒に男湯へと入っていった。

（私は雅哉先生にからかわれているのか？　いや、私が勝手に勘違いして変な方向にいっているんだ。……でも、やっぱり、私のことからかって面白がってるよね、絶対）

奈々は女湯の湯船に浸かりながら少し不貞腐れていた。

「そういえば一人で湯船に浸かるのってどれくらいぶりだろう」

他の入浴客に聞こえないようにそう小さな声で呟いた。手足をめいっぱい伸ばし、深呼吸をすると、別の考えが頭に浮かんでくる。

もしかしたら、村主は奈々が一人でゆっくり入浴できるように空を連れて男湯へ行ってくれたのではないか……と。村主は、自分がボディーガードになるだろうと言っていた。確かに、空との初めての旅行は楽しみだったが、反面かなり不安でもあった。勿論、何かあれば自分の身を挺して空を守る覚悟で連れてはきたが、村主がいることでかなり気持ちが軽くなったのは事実だ。村主には全てお見通しだったりして。

「まさかね」

奈々はそれ以上深く考えずに今の現状を楽しむことにし、空が一緒だと絶対に入れないサウナへと入っていった。


夕食を大広間で済ませると、部屋に戻ってきたのに空は抱っこされていた村主から離れようとしない。奈々が抱こうとしても抵抗して来ない。

「ご飯の後一緒にトランプやるってお風呂で約束したじゃん」

「約束したよ。だから空君が俺の部屋においで」

「なんで？　二人でやっても面白くないよ。ばななも一緒にやるんだからこっちの部屋でいいじゃん」

「でも、こっちの部屋に入るわけにはいかないよ」

「なんで？　ねえ、ばなないいよね？」

　村主は困った顔をしていた。

「部屋の前で騒いでいても周りに迷惑ですから、どうぞ入ってください」

　奈々は全く動じていない素振りで村主を招き入れた。

（もう意識しないんだから）

　部屋に入ると、護身用に持ってきた多機能ツールナイフがテーブルの上に置きっ放しになっていたので、奈々は慌てて鞄に仕舞う。

「トランプ、負けた人は罰ゲームだからね」

　既に敷かれている布団の上に下ろされて自分のリュックからトランプを出しながら空が叫んだ。

「罰ゲームって何するの？」

「いつもの、ものまねー」

「物真似？　いつものって、奈々先生物真似なんてやるの？」

「やるやる。いつも家でやってるもん。ばななはね、ゴリラとかチンパンジーとかテナガザルとかナマケモノとか、あと、北京原人とかもめっちゃ上手なんだよ」

「みんなバナナが好きそうなメンツだな。そりゃ見てみたい」

村主は肩を震わせて笑った。

（何想像してんのよ。どうせ、バナナだけに全部猿系ですよ）

「私、何事も妥協しないので。やる時は全力でやりますよ。遊びも罰ゲームも」

奈々は眉を上げて真顔で言ったのだが、かえってそれがつぼだったようで、またしても村主は堪え切れないとばかりに笑う。

「わかりました。俺も全力で挑みます」

そう言いながら、まだ笑い続けている。

（絶対負けないから）

奈々は心に決めた。

「ウッホッホーウホウホ」

一時間後、結局トランプで負けた奈々は浴衣姿でがに股になり下顎を突き出し、反らせた胸板を両手の拳で叩きながらゴリラの物真似をやっていた。村主と空は笑い転げている。

「喉渇いたぁ」

奈々はホテルの冷蔵庫からミネラルウォーターとビールを二缶取り出すと、空にミネラルウォーターを渡し、村主にビールを一缶渡した。

「奈々先生、お酒飲めるんですか？」

「飲めますよ。もう二十二ですからね」

「年齢のことじゃなくて」

「滅多に飲みませんけど、飲めないってこともないです」

奈々はビールの缶を開けて一気にゴクゴクと喉を鳴らしながら飲んだ。

「ぷはぁー美味しい」

「若い女の子はビールは苦いって言ってチューハイとかよく飲んでるけど、奈々先生はビール党なんですね」

「初めてお酒を飲んだとき、甘いほうが飲みやすいと思ってチューハイを頼んだら余りに飲みやすいので飲み過ぎて、翌日大変なことになっちゃったんです。空のことも何もしてあげられなくて情けなくて。それで懲りて、節度を持って飲めるビールしか飲まなくなりました。ビールはやっぱり苦いですから飲み過ぎることがないんですよね」

頷きながら村主もビールの缶を開けた。

「本当にプロ級の物真似でしたね」

村主は思い出し笑いをしながら言った。

「自分を捨ててますから」

「何でそこまでするんです?」

「空に笑って欲しいから。周りの人からはよく言われますよ、やり過ぎだって。心配し過ぎだし、空のことになると必死になり過ぎるって。空のご機嫌を取っているピエロみたいだって言われたこともあります。でも、いいんですピエロでも。空に笑っていて欲しいから私もいつも笑っているようって決めてるんです。笑顔は笑顔に繋がりますから」

「ミラーニューロン」

村主が呟いた。

「なんですかそれ?」

「神経細胞です。神経科学においてミラーニューロンという神経細胞の働きによって笑いが伝染するということが立証されています。つまり、いつも笑顔でいる人と一緒にいれば周りの人間も自然と笑顔になり幸福感を得られるということで、だから、奈々先生は間違ってない」

奈々は嬉しくなり、はにかんだような笑顔を浮かべビールを口に含んだ。

「自衛隊の方って、皆さん雅哉先生みたいにスキー上手なんですか?」

「みんながみんなってわけじゃないですよ。俺は小学生のとき冬の体育の授業がスキーで、子どもの頃からやっていましたから」

「北海道とか東北だったんですか?」

「いや、福井です。石川、富山、福井といった北陸も充分雪国なんですよ。中学に上がる前に引っ越しちゃいましたけどね」

「へえ。体育の授業がスキーなんて凄い」

村主は空がいつの間にか布団に転がって眠ってしまっているのを確認してから小声で話し出した。

「ねえ奈々先生、福井の東尋坊へ行ったことありますか?」

「東尋坊ですか? 国の名勝ですよね。いいえ、ありません。福井にすら行ったことないので」

「そっか。あそこは自殺の名所として知られていますが、その景色は雄大で迫力があって本当に素晴らしいんですよ。俺は、いつか死んだらあそこに散骨されたいと思っています」

「海洋散骨ですか? 東尋坊からできるんですか?」

「東尋坊からはできませんけど、近くの日本海沖ではできるポイントがあるみたいです。海老沢にでも頼んでおくかな」

村主が住み込みで働いている施設のオーナーであり、陸自時代の友人でもある海老沢のことは奈々も多少聞いていた。奈々は、初めて村主が自分の幼少時代の話をしてくれて嬉しかった。

「死んだらだなんて、縁起でもないこと言わないでください」

村主はそう言われて少し微笑んだだけで何も答えなかった。奈々はどうしてか胸が苦しくなって話題を変えた。

「雅哉先生、私立の小学校の警備員をされていたんですよね。やっぱり公立よりも私立のほうが警備体制は整っているんですか?」

「空君を受験させようと思っているんですか?」

受験と聞いて村主は未央や未央から聞いた橘家の母親のことを思い出していた。

「ええ。空がこの先も記者やよくわからない人に実の両親のことで追いかけ回されることだけは避けたいんです。何としても守らなきゃ」

村主は頷いて「お金が何とかなるのならそれも手かもしれませんけど、空君が学ぶのは小学校だけじゃない。中学校、高校、大学と続いていくし、成長すれば成長するほどその選択が彼の将来にも直接関わってくる。小学校で無理をしたら後が続きませんよ」と伝えた。

「そう……ですよね」

奈々は浮かない顔をした。

「それに、奈々先生ならまだしも、空君はこれから成長して顔つきも身体つきもどんどん変わっていくし、新たな事件も毎日のように発生している世の中で、捜されることや追われることは確実に減るはずです。実際、今は記事も写真も消去されているんですよね。大丈夫、心配ありませんよ」

村主のそんな言葉にも「ええ……そうですね」と自信なげだ。

「さっき、この部屋に入ったときテーブルの上に置いてあったツールナイフも、空君を守るために？」

やっぱり見られてしまったかと、奈々は一層目を伏せた。

「あんなナイフでも人を殺すことはできますか？」

そう聞く奈々の声は震えている。

「できますよ。だから、あんなナイフでも持ち歩くのは禁じられているんです」

「えっ？　でも、あのくらい短い刃であれば銃刀法違反にはならないって」

「確かに。でも軽犯罪法に引っかかる可能性はあるんですよ」

「そうなんですか」

奈々はがっくりと肩を落とした。

「武器がなくても、大の男相手に女性でも通用する素手で攻撃可能な急所もある。今度教えますから」

村主の温かい言葉に溢れ出す涙を堪えられなかった。その涙を自分の手で拭くと唾を呑み込んだ。この人には全てを話そう。そう思った。

「空の母親は私の四歳年上の姉の未央で、父親は……横浜で八田さん一家四人を惨殺した石水大翔なんです」

奈々はゆっくりと言葉を選ぶように語り始めた。

未央と奈々姉妹の両親は一人っ子同士で、両家の親の反対を押し切って結婚した。そのことで両親は実家から勘当されていた。奈々は幼い頃から祖父母の話が全く出ないことを不思議に思っていたので、中学の頃その話を聞いて納得がいった。両親は実家のある関東を離れ、逃げるように大阪へ。母は直ぐに妊娠をした。妊娠中酷い悪阻《つわり》に苦しんで、みるみる体重が減り、幾度も点滴で栄養を補給した。悪阻は出産まで続き、ようやく産まれると、悪阻からは解放されたが、途轍もない不安に苛まれた。慣れない大阪での生活、周囲に頼れる人も知り合いもいない中での子育て。母親は産後鬱に陥ったのだ。症状は悪化の一途を辿り、母親は死にたいと考えるようになっていった。その度に父親に宥められたり、生まれたばかりの娘の顔を見て、娘の将来を考えて必死に思い留まった。でも、産後の一カ月健診で赤ちゃんの体重が思うように増加していないと指摘された。母乳の出が悪いことが原因だった。赤ちゃんを障がい児にする気か、という医師の心ない叱責を受け症状が更に悪化。父親の勧めで心療内科へも通ったが、たった数分診察をして薬を大量に出されるだけで何の解決にもならなかった。死にたいという気持ちは定期的に湧き出てきて、死にたいと思わないようになりたいと、楽になりたいといつもいつも思う日々。

そんなとき、近所の集会室でゼロ歳児からの子どもを持つ親子を対象にしたリトミックを開催していることを知った。赤ん坊連れで通りかかった母親は職員らしき人に声をかけられ、初めは飛び入りで参加した。そのリトミックを主催していたのはある新興宗教団体だった。寂しさから何度か通い、教祖の話を聞くうちにふっと死への願望が消えた。母親は、それはその団体が崇める神のご加護だと信じて疑わなかった。本当のところは、リトミックで話し相手や相談相手ができて安心したことに寄るところが大きかったのだと思われた。でも、当時の母親の様子を見ていた父親は、みるみる自分を取り戻し鬱症状から回復していく妻の笑顔を見て、妻に求められるまま一緒に入信した。父母の実家は両家とも一般的な仏教徒で、どちらも先祖代々のお墓がある寺院の檀家だ。自分たちを勘当した、その実家との完全な離別、縁切り宣言のような意図もあった。

両親が入信したその団体の信者には社会的地位の高い人が多く、東大卒の教祖が率いる高学歴集団だった。そして宗教を挙げてエリート教育を推奨していた。目的は信者たちを社会の上層部に就かせること。無学は罪とし、いずれは政界へ進出することも公言していた。信者の子どもは東大へ、複数子どもがいる家庭であれば少なくとも一人は東大へ。そうしてまだ一歳にも満たない未央への熱心な教育が始まった。父親と違って元々子どもを高学歴にすることに関心があった母親は信仰と同じくらい未央の教育にのめり込んだ。奈々が物心つく頃には姉の未央は既に中学受験に向けて毎日勉強に励んでいた。未央の塾の送迎もお弁当や夜食を届けるのも全て母親がやっていて、休日には二人で志望校の説明会に足繁く通う。未央はとても優秀で、母の誇りだった。二人の間に奈々の入り込む余地はなかった。それもそのはずで、子どもを高学歴にするためには、東大へ入れるためには、相当な費用がかかるため、両親は子どもは一人で、と決めていたのに、図らずも奈々を妊娠してしまったのだ。それでも信仰していた宗教では中絶を禁じていたから奈々を産んだ。でも、望まれずに産まれた次女にかけるお金はない。

だからといって、奈々は家族から疎隔されて育ったわけではない。ただ、母親はどうしても未央のことが優先になってしまうのだ。未央が私立の名門の中高一貫校に進学すると、その傾向はより顕著になる。奈々の学校の保護者会や行事にもできる限り参加してくれてはいたが、未央の学校と重なれば迷わず姉の学校へ行く。中学受験は終わっても受験は大学まで続くので、母親が未央を優先することはずっと変わらなかった。奈々には終わりが見えず、いつしか母親はもう自分の手には入らないのだと悟った。休日に映画へ行くときも子ども向けの映画を好まない母親は未央と洋画を観に行く。勉学についても、奈々には何も求めない。悪い点数を取っても怒られなかったが、良い点数を取っても褒められることはなかった。『奈々は奈々なりに頑張ればそれでいい』と言われ続け、自分は何も期待されていないのだと思った。ただ一つ、未央に伝染るから大阪弁は使わないようにとだけ言われていた。

そんな娘を不憫に思ったのか、父親は次女の奈々と多くの時間を過ごした。子どもに勉強を教えたりするよりも一緒に遊ぶほうが得意だった父親にとって、奈々と過ごすほうが気が楽だったのだ。

そして、いよいよ始まったセンター試験。未央は思わぬヘマをやらかした。自己採点の段階で確実にボーダーを越えなかったと発狂した。ところが、運が良いのか悪いのか、未央の志望した学部は志願者数が少なくて第一段階での足切りをしないと発表したのだ。当然母は喜んだが、未央はなぜか青い顔をしていた。そして二次試験本番の前日、未央は家出をした。

勿論、母親はすぐに警察へ捜索願を出し捜そうとしたが、父親が止めた。

「もう未央を自由にしてやろう。未央が爪を血が出るほど噛んでいたのを知っているかい？　自分で髪の毛を毟っていたのを知っているかい？　未央はもう十八歳だ。たとえ親が子どもに良かれと思ってやってきたことでも、大事に育ててきたつもりでも、それが本当にその子の人生にとって正解だったのかなんてわからない。あくまで私たち親の価値観の中での正解でしかないんだよ。未央は私たちの価値観から離れて自分の価値観の中で生きていく覚悟をしたんだ。自立しようとしているんだよ。娘の自立を妨げる親がどこにいるんだ」

父親が母親に声を荒らげたのはそのときが最初で最後だった。

「じゃあ捜しもしないの？」

母親は絶望して言った。自分の手から最愛の未央が離れていくなんて想像もしていなかった。しかもこのタイミングで。

「いつか、自分から戻ってきたら温かく迎えてやろう、な。何も言わず迎えてやればいい」

母親は泣き崩れた。未央に爪を噛む癖があるのは知っていた。でも、そんなの大したことではないと思っていた。赤ちゃんが指しゃぶりをするような、甘える仕草だとすら思っていて、いつまでも幼い子だと、親離れなど遥か先だと安心していた。髪の毛を毟る癖は知らなかった。毎週家の掃除をしていた父親は、ごみ箱の中の夥しい量の髪の毛で気づいたのだ。それを聞いても母親は、「じゃあ今年はもういいのよって優しく受け入れて、また来年頑張ろうねって言ってあげれば……」と往生際悪く縋ったが、「未央は君の所有物じゃないんだぞ」という父親の言葉で口を噤んだ。そして両親は十八年信仰してきた宗教を脱会した。それほどまでに未央の家出がショックだったこともあるが、母親は未央と同級生の信者の子どもたちが東大へ合格を果たしていく中で居心地が悪くなったのだ。

それからしばらく塞ぎ込んでいた母親も徐々に回復し、奈々とも親子らしい生活を送れるようになっていった。真の意味での回復ではなく、ある日を境に母は未央のことを、正しくは自分が未央にしてきたことを、自分にとって都合の悪い記憶を、ごっそり忘れたのだ。覚えているのは未央の存在と、未央は勉強が良くできて中学から私立の学校へ通っていたということ。あの子の才能を伸ばしてあげたくて、お母さんは勉強や私立受験に関して沢山協力をしてきたのだと、だからあの子はママっ子でね、とよく楽しそうに話していた。そして未央は偉いから早くに自立したのだと言った。忙しくてなかなか帰ってこられないけど、いつか帰ってきたらあの子の好きなものを沢山作ってあげるのだ、と。未央が家出をしたことも、その理由も何も覚えていない。それを問い質そうとするとパニックを起こすので父に止められた。そんな馬鹿な話があるものかと最初は信じられなかったが、心因性の記憶障がいの一種だろうと父は言った。なんて虫がいい人なんだと思った。気持ち悪いとすら思った。

結局母親を心から好きだと思えることはなかったが、それでも、奈々にとっては姉の家出で得た幸せな時間。奈々は子育てについて学びたいと思い、幼児教育の道に進んだ。その矢先、両親が二人で行った旅行先で事故に遭い死亡。運転していた父親が無理なUターンをしたことにより引き起こされた接触事故だった。接触した相手の車が中型トラックだったため、両親の車も遺体も損壊が激しかったが、相手方が軽傷で済んだのは不幸中の幸いだった。辛うじて残されたドライブレコーダーには、対向車線を走る車に未央が乗っていたと言い張り、父親に無理やりUターンをするようにせがむ母親の声が録音されていた。本当に姉が乗っていた車が通りかかったのかはわからない。

精神を病んだ奈々は、大学が提携していて無料で診察が受けられるメンタルクリニックへ通い数カ月の間抗不安剤を服用した。そのときに余った薬を今もお守りとして持っていたのだ。事故で亡くなった両親の遺体を確認したときのことは今も忘れられなかった。人はいとも簡単に死ぬという現実を目の当たりにし、死ぬということに恐怖を覚え、それこそいっそ死んでしまいたいと思うほど死が怖くて怖くて仕方がなかった。

両親の死後、葬儀が落ち着いてから大学へは通っていたが、姉が焼身自殺を図り亡くなったと警察から連絡が来て、残された一歳の息子の存在を知り、奈々は入院先の病院までその息子に会いに行った。初めて空に会ったとき、その愛しさに号泣し、生きていることを実感すると喜びに震えた。そして半年後、退院した空を大学を辞めて引き取り、養子にした。寂しくて、家族が欲しかった。でも、子育てがどれほど大変なものかは両親を見て思い知った。生半可な気持ちで親にはなれない。奈々はそれでも親になる覚悟をした。

離　別

「姉は家出をしてから一度も連絡を寄こしませんでした。だから姉に子どもがいたことも、その子どもの父親があの死刑囚の石水だということも、全て姉が亡くなってから知りました。家を出てからどんな生活を送っていたのか……」

奈々は苦しそうに嗚咽を漏らした。

「それは奈々先生が気に病むことじゃない」

奈々は激しく首を横に振った。

「違うんです。私……。センター試験が終わって、母は姉の結果が振るわなかったことでかなり動揺していて。姉に言ったんです。あなたが東大に落ちたら奈々に行かせるって。勿論私にそんな学力はありませんでしたし、それは母も重々わかっていました。でも、姉にハッパをかける意図でそう言った。姉はそれを真に受けたんです。折角足切りがないとわかっても姉は青い顔をしていました。あのセンターの点数ではいくら二次で頑張っても難しいとわかっていたんです。

家出をした日、私は両親が気づく前に姉の置手紙を見つけてしまった。そこには『奈々を捨てたら帰ってきます。そして来年東大に必ず合格します』と書かれていました。私なんかに、ずっと努力をしてきた自分の座を奪われるのが我慢ならなかったのでしょう。でも、私はそれを読んで、母なら私を捨て兼ねないと思った。私はまだそのとき中学生で、捨てられたらどうやって生きていけばいいかわからなかった。怖くて怖くて……その手紙を持ち出して外に捨ててしまったんです」

奈々の顔は苦悩に歪み目は真っ赤だった。

「もし……もしあの手紙を両親が読んでいたら、姉の家出の意図を、姉に自立する気なんてないとわかっていたら、絶対に姉を捜しに行ったはずです。そうすれば姉はあんな石水なんかと付き合うことはなかった。そうでなくとも、もし両親と和解していたら子どもが産まれて両親を頼ることもできた。石水が死んだからといって自殺をすることもなかったでしょう。私は……私が空から母親を奪ったんです。それだけじゃない。姉と和解していれば、母が旅行先で姉の姿を見かけたからといって父に無理なUターンをさせることもなかった。そういう意味では、おじいちゃんおばあちゃんも奪ってしまった。だから……ママなんて呼んでもらう資格はない。そう思って、自分は本当の母親ではないと空に早い段階で話しました。

空は私を沢山笑顔にしてくれて……姉の分も私が空を幸せにするんだって思っていたのに、逆に私が幸せにしてもらっているばかりで……空がいてくれたから、私は生きてこられたんです。私は空に感謝してもしきれない、だから、私の人生は空への恩返しの人生なんです」

奈々の話が途切れると、村主は奈々の頭を撫でた。

「大丈夫。充分恩返しできていますよ」

奈々が顔を上げた。

「今、薬は、抗不安剤は飲んでいないんですよね？」

「はい。二カ月程で症状が落ち着いてからはクリニックへも行っていませんけど、私が処方されていた抗不安剤は即効性のある薬だったので、余った薬を今もお守りとして持ち歩いているんです。また症状が出たら……というよりは、もう症状が出ないように」

「死は怖くなった？」

その質問に答える前に奈々は深呼吸をした。

「そうですね、今は自分が死ぬことよりも空を失うことのほうが遥かに怖いです。ただ……」

「ただ？」

「昔、両親が入信していた宗教では、自分が死ぬと先に亡くなった思い人が迎えに来て冥土まで連れて行ってくれるのだと説いていました。だとすると、姉の手紙を捨ててしまった私は誰にも迎えに来てもらえないんだろうなって」

そう言った奈々の頭をまた撫でる。

「じゃあ、俺が迎えに行きます」

流石に奈々は面食らった。

「え？　死後の世界なんてないよって笑われるかと思いました」

「それは……、あるかないかは誰にもわからないんだから、大切なのは奈々先生がどう思っているかでしょ。奈々先生が死後の世界を信じていて、誰かに迎えに来て欲しいのなら俺が迎えに行く。それだけのことです」

「先に死ぬかもわからないのに？」

「歳から言って絶対俺のほうが先に死ぬから」

「なんで……なんでそんなに……そんなに優しくしてくれるの？」

奈々の顔は泣き笑いの表情で子どものようだった。なんで？　……村主は自分自身に問いかけてみる。

「なんでだろう？　奈々先生が俺の理想の母親像だから、かな」

「私が？」

「俺は不遇な子どもたちを引き取って里親として育てているグループホームで働いている中で、多くの家庭の内情を耳にしてきました。現代日本において死別や離婚による父子家庭、母子家庭といった片親の家庭は八十万世帯を超えると言われていて、その親の半数以上が再婚しているのが現実です。気持ちはわからなくもない。一人で子どもを育てる苦労は計り知れませんからね。でも、うちのホームにも、再婚相手と上手くやれないから邪魔だって言われて、実の親に捨てられた子がいます。そうやって、我が子の幸せよりも自分の幸せを優先する親が再婚を選ぶケースが多いのも現実なんです。

だからこそ、奈々先生が一生結婚しないで空君のためだけに生きていくという覚悟はすごいと思った。俺は、実の親であれ養父母であれ、必要とされるのはその子の親になるという覚悟なんだと思っています。一時的なものではなくその子の人生を背負う覚悟です。でも、実の親でもできていない人間がいる世の中で、自分で産んでいなくても奈々先生は充分すばらしい母親です。だから、俺は奈々先生が空君のためにずっと笑顔でいられるその手伝いをしたい。友達としてね」

友達……警戒させないためにそう言ってくれているのだろうと奈々は思った。両親を亡くしたとき、多くの学生時代の友達が奈々を励まそうと駆けつけて沢山の同情の言葉をかけてくれた。心配してくれた。でも、それは奈々の不安を、恐怖を拭ってはくれなかった。そして、空を引き取り、姉が石水の妻だったと知れ渡ってからは、みるみる疎遠となっていった。だけど、奈々のことを今まさに友達と言ってくれた村主の言葉は、同情ではなく奈々の不安や恐怖を取り除いてくれるものだった。自分が話した全てを受け入れてくれたのだと心から思えた。

「私は雅哉先生に何もしてあげられないのに」

奈々は申し訳なさそうに言った。

「じゃあ、これからも友達でいてくれるってことで。それならいいでしょ？　仕事のとき以外は敬語も使わない」

頷く奈々に村主は右手の小指を差し出した。

「約束。俺は奈々先生がおばあちゃんになっていつかその命が尽きたら、迎えに行って冥土まで連れて行く。ね？」

「ね、って……もしかしてそれ指きり？」

「そうだよ」

大人同士で指きりって……奈々はおかしくて、でも嬉しくて、また泣き笑いのような表情をした。

「良かった、笑った」

村主はそう言って自分の右手の小指を奈々の左手の小指に絡ませる。

「そうだ、関西弁で喋ってもらうってのもいいな」

「あっ、いえ、母から禁止されている期間が長かったので喋れないんです」

「そっか、残念。可愛かったろうな、奈々先生の関西弁。俺も長く福井にいたけど喋れないんだよ、福井弁。周りと言語が違うっていうのは子どもにとっちゃものすごい孤独を感じることなんだよね」

奈々が頷くと、

「それじゃ、自分の部屋に戻って寝るから。また明日滑ろう。おやすみ」

と言って部屋を出て行った。時計を見ると十二時を二分程過ぎたところだ。いつの間にか新年が明けていた。

「おでん種で何が一番好き？」

「ソーセージ」

「鶏肉」

奈々と空が声を揃えて別々のことを言う。

「どっちも入れませんねぇ。おでんと言えばはんぺん。美味い出汁とその出汁をたっぷりと吸い取った色々な種類のはんぺんでそのおでんの是非が決まると言っても過言ではない」

「色々な種類のはんぺん？」

今度は二人とも同じ台詞でハモる。

「はんぺんってそんなに色々な種類あったっけ？」

得意になっていた村主は、その言葉ではっとする。

「あぁそっか、はんぺんっていうのは、こっちで言うところの薩摩揚げ。福井では薩摩揚げのことをはんぺんって言うんだよ。ほら、ネットで取り寄せた日本一美味いはんぺん持ってきたよ」

そう言いながら、小振りな発泡スチロールの箱に入った薩摩揚げの詰め合わせを差し出した。

「じゃあ本当のはんぺんはなんて言うの？」

「あんな白いぶにょぶにょしたもの福井にはありません」

空は納得いかない表情で首を傾げた。

「ふーん。僕はんぺん好きだよ」

不服そうな空にエプロンを着させてからキッズ用のピーラーを渡す。

「ピーラーで大根の面取りをよろしく」

「おっけー」

大好きな料理ができるとあって、空の機嫌はすぐに直った。

「今シーズン初めてのおでんね」

奈々は以前村主に教えられた方法で出汁を取りながら嬉しそうに言った。十月に入ってから寒暖の差が激しく、夏日があるかと思えば凍えるような寒い日もある。今日は朝から冷え込んでいて、三人の意見が満場一致で夕食はおでんということになったのだ。

あのスキー旅行から間もなく一年が経とうとしていた。村主と奈々の関係は相変わらずで、成り行きで手を引かれることくらいはあっても、それ以上のことはなかった。

「今年もスキー行こうね」

空がおでんをふうふうしながら言った。

「そうね、去年泊まったホテル、まだ空いてるか電話してみるわ」

奈々は村主の顔をチラ見する。気づいているのかいないのか、村主は知らん顔で薩摩揚げを口に運んでいる。『一緒に行く？』と聞いたなら同じ部屋に泊まろうかと言っているように聞こえてしまうかもしれない。奈々はなんと言ったらいいのかわからず、それ以上何も言えなかった。

夕食が終わると村主が空を風呂に入れた。スキー旅行で男湯に一緒に入って以来、空は村主と一緒にお風呂に入りたがるのだ。だから、ここへ来た日は村主が空を風呂に入れ、寝かせてから帰るのがお決まりになっていた。

「ちょっと話があるんだけど、いいかな？」

空を寝かしつけた村主に声をかけられ、今までにない展開に奈々は戸惑った。二人でリビングのソファーに座ると、村主は今年いっぱいでパチンコ店の託児所を辞め、グループホームの仕事に専念することにしたと告げた。

「掛け持ちは、やっぱりキツイんだよ。歳かな」

そう言って笑う村主に、奈々は「雅哉先生がそうしたいのなら」と答えた。

悪果

どちらかに専念するのなら、それは、やはり本職のグループホームのほうだろう。でも、こちらを選んでくれるかも……奈々は、そんな淡い期待を抱いていた。自分や空と一緒に過ごしたいから……そう思ってくれている。だけど、それは自分の自惚れに過ぎなかったのだ。恋人ではない、あくまで友達という関係でそれ以上の何を言えるだろう。

もう会えなくなる。

託児所を辞めると聞いて真っ先にそう浮かんだ。それは村主もわかっているはず。わかっていて、グループホームのほうを選んだのだ。しかも、自分たちと会えなくなることを全く気に留めていない素振りを見ていたら、とても奈々からその言葉を口に出すことはできなかった。

結局村主は十一月いっぱいでパチンコ店の託児所を辞めた。上に話して求人を出したらすぐに次の人が決まったのだ。それからも空のことを気にかけて、週に一度は電話やＬＩＮＥで連絡があった。だけど、十二月の半ば辺りからはそれもめっきり少なくなって、託児所を辞めて以降奈々の家に一度も村主が来ないままクリスマスを迎えた。クリスマスには来るって約束したのに。

寂しがっていた空の元に『クリスマスツリーに飾って』と可愛らしい箱に詰められたお菓子のクリスマスオーナメントが送られてきた。『ジンジャークッキーは手作りできるみたいだよ』というメッセージにレシピも添えられているのを見て、ようやく空は笑顔を見せた。村主と会えなくなってからこんな風に嬉しそうに笑う空を見たのは初めてで、奈々も笑顔にならなくちゃ、と自分に言い聞かせる。でも、

「少しの時間だけでも会えない？」

二、三度そうＬＩＮＥで送ってみたが既読にすらならず、スキー旅行も村主が行かないなら行きたくないと空が言うので予約もしなかった。奈々は寂しさで胸が押し潰されそうになっていた。

こんな思いをするのなら出会わなければ良かった。出会わない寂しさより、出会った後に会えなくなる寂しさのほうがずっとずっと辛い。そう思って、一人涙を流した。抗不安剤に手を伸ばしたときもあったが、空の顔を思い浮かべて堪えた。村主の存在がこれほどまでに大きくなっていたことをこれでもかと思い知った。

まだ肌寒さが残る四月初め、空の小学校入学前後の慌ただしさで寂しさが薄れ始めていた頃、突然託児所に奈々宛の電話がかかってきた。電話の主は海老沢と名乗った。村主の自衛官時代の同僚で、住み込みで働いているグループホームの責任者だとすぐに検討がついた。海老沢は村主には内緒で大至急会って話したいことがあると言った。村主に内緒でという点が引っかかったが、

切羽詰まっているような声色を無下にするわけにもいかない。結局、直近で時間の取れる翌日の午前中に会うことにした。正直なところ、村主の近況も知りたかった。

指定されたのは大宮の駅から少し離れた場所にある喫茶店。入店を躊躇うほど高級な外観だった。気を取り直して中に入ると、正装に身を包んだウェイターがやって来た。海老沢の名前を言うと奥の貴賓室へと案内された。

「初めまして、海老沢です。突然のお電話で急にお呼び立てして申し訳ありませんでした」

村主よりは小柄だが、それでもやはり体格が良い。しかし、海老沢と名乗るその男性の顔色は頗る悪く、無精ひげのせいか頬はやつれて見えた。人のことを言えないが、高級な喫茶店には似合わない。

海老沢は丁寧に挨拶をすると自分の名刺を差し出した。児童養護施設の関係者らしい可愛いデザインの名刺。

「初めまして、橘です」

名刺を持っていない奈々は、ただ名乗って頭を下げる。海老沢は椅子に座ると、落ち着かなそうに右足を貧乏揺すりし始めた。

「すごい店ですよね。うちの施設の支援や寄付をしてくださる方に連れられて来たことがあるんですが、何度来てもすごご過ぎて落ち着かない」

自分で指定しておいてそんなことを言う海老沢がおかしくて奈々はくすっと笑った。

「すいません。でも、誰にも聞かれずに橘さんとお話しするのにここしか思いつかなくて」

奈々は小さく頷いた。メニューにはよく知る飲み物の名称が並んでいるが、値段を見て目が飛び出した。ブレンドコーヒー一杯税込み二千円。

「こちらがお呼び立てしたんですから、ご馳走します。お好きなもの頼んでいただいて大丈夫ですよ」

そうは言われても、結局二人が注文したのは一番安いブレンドコーヒーだった。注文した飲み物をそれぞれの目の前に静かに置き終えたウェイターが、個室を出て扉を閉める。それを確認してから、ようやく貧乏揺すりをやめて海老沢が話し出した。

「最近、村主と会っていますか？」

「いいえ。電話もありませんし、LINEは送っても未読スルーされている状態です」

「そちらの託児所を辞めてからずっとですか？」

「いいえ。初めのうちは連絡くださっていたんですけど、どんどん減っていって、今はもう」

奈々は無意識に目を伏せた。

「そうですか」

海老沢が苦虫を噛み潰したような顔をしてコーヒーを口に含む。

「あっ、でも、クリスマスにはクッキーを送っていただいて、お手紙も」

「手紙？　なんて？　なんて書いてありました？」

海老沢が興奮して叫んだ。口からコーヒー混じりの唾が飛び、奈々は思わず仰け反った。

「あの、雅哉……いえ村主先生は、そちらの施設で住み込みで働いているんですよね？　村主先生に何かあったんですか？」

海老沢の反応に驚いて奈々がそう聞くと、海老沢はテーブルに飛んだ唾をペーパーナプキンで拭いてから身を乗り出した。

「手紙にはなんと？」

もう一度聞く。

「大したことではありません。息子宛に書かれたもので、ジンジャークッキーのレシピに手作りできるんだよって一言添えられていただけです」

海老沢の言動や挙動に不安を覚え、奈々は少し怒ったように言った。

「そうですか」

「一体なんなんですか？」

村主の書いた手紙の内容を聞いて、目に見えてがっくりと肩を落とす海老沢に奈々は更に怒りの気持ちをぶつけた。

「あの、橘さん、本来であればうちの職員以外にこのお話をすることは守秘義務違反となってしまうのですが、あなたは村主の家族のような存在だと聞いています。だからお話ししますが、くれぐれも他言無用でお願いできますか？」

奈々の怒り口調に動じる様子もなく海老沢は真剣にそう言うと、じっと奈々の顔を見て返答を待った。村主の家族のような存在……そう言われて奈々は悪い気はせず少しだけ怒りも鎮まり頷いた。

「実は、昨年の十二月に、ある子どもの相談をその子のご両親から受けまして、すぐにでもうちのホームで引き取ってくれないか、せめて義務教育が終わるまでの数年間預かってくれるだけでもいいと切羽詰まった様子でした。でも、うちは県の福祉部のこども安全課や児相から許可が出て初めてその子を預かれるんですよ。だから勝手に預かることはできないとお断りしたんですが、ご両親から聞くその子の状態が余りに特殊だったので、気になって村主に相談したんです。村主は食事の担当が主なので、うちの職員の中で一番自由に動ける。しかも陸自上がりですから少しばかり危険な人間に近づいたところでやられる心配もまずない。奴は、私の話を聞いて、その子に会いに行きました。それが……」

そこまで話すと、海老沢は表情を曇らせ話しづらそうに眉間に皺を寄せた。

「どうぞ、お話を続けてください。私ならどんな内容を伺っても大丈夫です。それに、村主先生は私にとって大切な方ですから」

「良かった。本当に良かった。あいつがあなたのような人に出会えて」

海老沢は笑顔を浮かべて小さな声でそう言うと、渇いた口の中を潤すようにまたコーヒーを飲んだ。

「村主、あなたのことすごく褒めていましたよ。本当にいい母親だって。あなたが母親なら大丈夫、空君は悪果にはならないって。そう判断したからうちに戻ってきたんです」

「アッカ？　なんですか、それ？」

海老沢はコーヒーカップをテーブルに置き、顔を上げて奈々を見た。

「聞いたことありませんか？　陸自時代からの、あいつの口癖なんですけど」

「いいえ、一度も聞いたことないです」

「そう……ですか。いや、パチンコ屋の託児所で働くって言うから、そんなところに子どもを預ける親なんて悪果ばかりで、特にお前は見てるのが辛いだろって言ったんですけどね。でも、自分には空君が悪果になり得るか見極める義務があるからって」

「親が……アッカばかり？　空がアッカになり得る？」

奈々は意味がわからず困惑した。

「まぁ、その相談者の両親も悪果の極みのような奴らでしたけどね」

海老沢はまたコーヒーを口に含んでうんうんと二度頷いて言う。

「昔のことわざか何かで、腐った蜜柑が箱の中に一つあると他の蜜柑まで腐ってしまうってあるじゃないですか」

奈々はまだ話が見えずにとりあえず頷いた。

「あいつは昔から、まぁ今で言うところの毒親のことを腐った親って言っていて。しかも、腐った親に育てられた子どもも腐る、つまりは蜜柑と同じだって考えでしてね。私も職業柄本当に腐ってるなって親を何人も知っていますから、奴の言うことも一理あるとは思うんです。でも、奴は、蜜柑は腐ったものから離せば他の蜜柑は美味しいまま保つことができるけど、人間はそうはいかないって。蜜柑よりも質が悪いから悪い果実で悪果。そもそも悪果とは悪いことをした報いという意味です。腐った人間はその報いとして腐った子孫を残す。そういう意味で悪果の子どもも悪果になり得るのだと」

「蛙の子は蛙、ということですか？」

「そんな感じです。それとアッカ《acca》ってイタリア語ではHって意味なんです」

「エイチ？」

「イタリア語でHは発音しない。つまりいらないものを指す。いらない親という意味ではそれもピッタリだって。その子どもも悪果であればやはりいらない」

いらない親、いらない子ども。奈々はその言葉が腹の奥に重く圧しかかり、言葉が出なかった。すると、海老沢は奈々が黙って話を聞いているのだと思ったようで、最初に話していた相談者の子どもについて話し始めた。

「その相談者の子どもというのは相談を受けた時点で中学一年生、今月から二年生になる男の子で、相談者は彼の両親ですが実の親ではなく里親です。彼の実の父親については彼がまだ産まれて間もない頃に出ていってそれ以来消息が不明だとしかわかっていません。父親が出ていった後母親は、あろうことかまだ生後三カ月だった息子に、泣き声が煩いと言って電気ポットを投げつけたんですよ。電気ポットが直接ぶつかることは避けられましたが、床に落ちた拍子に蓋が開き、中に入っていた熱湯が息子にかかってしまった。息子は臀部や太腿、そして性器に重度の火傷を負いました。その日たまたま母子手当て支給の調査に訪ねてきた民生委員がその状態の息子を発見し警察へ通報すると、母親は逮捕され、息子は病院で治療を受けた後に児相で保護されました。そして、その後一年半ほどで今の里親に引き取られたんです。

現在なら心身に深刻な傷を抱えた子どもはその後も長年のケアを必要とするため適切な施設で養育されることになっていますから、その子が里親に委託されることはなかったでしょう。でも、十年以上前のその当時は、まだ児童や青年期の精神疾患はほとんど確認されていなかった。同時に親による子どもへの虐待も相談件数だけ見ても今の半分以下でしたから、児童虐待防止法の制定や施行が成されたばかりで児相の職員たちはどのような対応を取っていいのかもわからず、結局その子は充分な精神的なケアも受けずに里親の元へ委ねられてしまった。しかもね、その里親が曲者で」

「曲者?」

奈々は聞き返した。里親制度の存在は知っているが、不遇な子どもたちを養育するその里親と曲者という言葉がどうしても結びつかなかった。

「その里親には、彼よりも四つ年上の実の息子がいるんですが、その息子が幼稚園へ入園した頃に里親登録をしたんです。それから二年ほどで、施設で一番おとなしく育てやすそうなその子を引き取った。彼が一歳のときでした」

「里親は里子を選べるんですか？」

　奈々が質問をすると海老沢は一旦話をやめて首を傾げた。

「橘さんは空君の里親ではないんですか？」目を丸くしてそう聞かれ、奈々も同じくらい目を丸くして「いえ、違います」と言いながら首を振る。

「そう……でしたか。えっとですね、里親っていうのは基本的には各県知事が認定した登録者に養育を委託するという決まりになっています。ただ、知事はあくまで児相が提出した書類を見て最終判断するだけですから、実際里親と里子を結びつける決定権があるのは児相と言えるでしょう。十年以上も昔だと児童福祉法が現在のものに改正される以前であり、今では当たり前に各児相に置かれている里親業務を専任する職員もまだいませんでしたから、充分な調査が行われずに委託されるケースもあったんだと思います。低迷していた委託率を上げるために、里親への融通も多少はあったかもしれません。

　本来、実の親の元で暮らせない子どもたちの傷を癒すためには家庭的な環境で養育されるのが望ましいとされていて、そんな子どもたちと里親とを結ぶ里親制度はすばらしいものです。しかし、里親にはね、相当な金額の養育費が支給されるんですよ。そりゃ見ず知らずの子どもを養育するんですから、しかも心に傷を抱えた子どもを育てるのは相当難儀、その労力を思えば当然と言えば当然ですけどね。しかも里子は医療費も学費も免除される。そうですね、里子一人引き取って支給される金額は年間数百万円といったところでしょうか」

「数百万円ですか？」

奈々は驚いて思わず声を上げた。

「ええ。でもね、今のご時世実の子どもの養育費だってそんなにかけられないっていうのに、支給された養育費を里子のために全て充てるなんてまず無理な話です。とはいえ、その里親を我々が調査したところ、自分たちと実の息子はかなりいい身形《みなり》をしていたようですが、里子として引き取ったその子には実の子のお下がりばかり着させていたようで、実の子だけは塾に行かせ、習い事もいくつもやらせて、中学からは私立へ通わせていました。勿論里子は公立で、そっちでは他の保護者たちから授業参観や保護者会に一切出席しない子どもを放任している親だと言われていますが、実の子どもの通う私立の学校では、行事にも熱心に参加し、恵まれない里子を引き取って育てている人格者と見られています」

奈々はその話に、子どもの頃の自分の家族を思い浮かべていた。

「確かに里子として引き取られた子どもは自分の部屋も食事も与えられ、暴力を受けることもなかったようですが、普段から食事は一人で自分の部屋で摂らせ、外食や家族旅行へ行くときは常に留守番を強いられていた。赤の他人に養ってもらっている負い目から自分も一緒に食べたい、一緒に行きたいなんて、口が裂けても言えなかったんでしょうね。里子というより居候的な。私が見るに、その里親はとても教育熱心な人たちで、自分たちの収入だけでは実の息子に思うような教育を受けさせられないと悟り、どこからか聞きかじった里子の養育費目当てで里親を引き受けた典型的な例だと思います。衣類にもお金がかからないようにわざと実の息子と同じ性別の子を選んだんでしょう」

自分とは、自分の両親とは、全然違う。奈々はそう思い直し、話に聞き入った。

「勿論、そんな里親ばかりじゃありませんよ。引き取った里子を懸命に養育している里親も沢山います。何を隠そう、私も里親に育てられた一人ですから。お恥ずかしい話、中学の頃は一丁前に反抗して、悪い仲間とつるんで万引きしたり喧嘩したり、警察沙汰になったこともありました。そういうとき、うちの里親は一切怒らずに黙々とご馳走をつくるんです。しかも私の好物ばかりこれでもかってくらいテーブルに並べて二人揃って言うんですよ。『悪いことをするのは腹が減ってるからだ。人間、腹が一杯だと幸せな気持ちになって悪いことはしない』ってね。お前も悪いが、お前に腹一杯食わせてやれていなかった自分たちはもっと悪いんだって言ってね、怒らない分、私がそれ全部食うまで席を立たせてくれなかった。そんなこと……腹一杯食わせてもらえなかったことなんて一度もなかった、なかったのに、そう言ってご馳走を用意するもんだから、毎回食いきるのが大変で、面倒臭いから高校へ進学してからは悪い仲間とは付き合わなくなりました」

面倒臭いと言いながら海老沢の口元は嬉しそうに綻んでいる。

「その後も里親は私にやる気があるなら進学してもいいって言ってくれましたけど、勉強はできませんでしたし嫌いだったので、進学といってもまぁ何かの専門学校へ行くくらいでしょ。それならさっさと自立したほうが里親孝行になるし、丁度陸自に入隊した高校の先輩に誘われたので、迷わず自分も入隊することを決めたんです。今と違ってその当時はまだ自衛官候補生は人気で周囲にも何人かいましてね、抵抗もありませんでした。採用が決まって家を出ていくとき、私の里親は支給されていた養育費の中から私の将来のためにと貯蓄してくれていたお金を軍資金にしろと言って渡してくれた。だから、今の私があるんです」

そこまで話してから海老沢はハッと顔を上げ、なんとも言えない、しくじったといった表情を浮かべた。

「すいません、私の話なんてどうでもいいですよね。まぁ、要は、そんな風に、ちゃんと里子と向き合ってくれるいい里親も沢山いるってことです」

「はあ……」

この人、不器用なだけなのかも。奈々は今の今までなんとなく海老沢を警戒していた。村主の友人だし、悪人だと思っていたわけではないが、会ったこともないのに突然職場に電話をしてきて呼び出され、しかも村主には内緒でなんて怪しいにもほどがある。と、思っていた。

「でも彼は、その子はそんな環境の中で……彼の心は、より蝕まれていったんでしょう。その子の里親は彼のことが気持ち悪く、恐ろしいのだと訴えてきました。でも、警察沙汰にはしたくないし児相に戻せば手当てがもらえなくなる。だから、自分たちでネットで調べてうちに来た」

「なんて身勝手な……」

再び神妙な表情に戻って話す海老沢の言葉に、奈々は唖然としながら右手で口を覆った。奈々も働いている中で身勝手な親と接触する機会は幾度となくあった。中でも、まだ生後間もない赤ちゃんを連れた男性が託児所へ来たときのことを思い出す。

＊

「生後一週間なんですけど預かってもらえますか？」

男性の声は震えていた。

「失礼ですが、身分証明書や母子手帳はお持ちですか？」

悦子先生が尋ねると男性はそれには答えず俯いて、手に抱いた赤ちゃんのお包《くる》みにポタポタと涙を落とした。どうやらパチンコの利用客ではなさそうだ。

「うちの……うちの妻が……今日退院だったので妻と子どもを迎えに産婦人科へ行ったら、子どもだけ残していなくなっていたんです」

「えっ？」

思わず驚きの声を上げたが、そこはベテランの悦子先生、その男性の肩を擦って、

「奥様のご実家とか、どこか行かれる場所にお心当たりはないんですか?」

と尋ねた。

「実家には聞きましたけど、いませんでした。それに……妻は妊娠中からずっと子どもを堕ろしたい、いらないと言って、ノイローゼになっていました。でも、そうなったときにはもう堕ろせる段階じゃなくて。産んだら治るかなって、そう思ってたのに……」

そう言ってまたポロポロと涙を流す。

「私もね、別に子どもなんていらないんですよ。できたって言うから、まあ夫婦だし、産んで育てるのが普通かなって。もっと早く言ってくれれば堕ろして良かったのに。こんな風に子どもを置いていかれてもほんと困るんです。私、明日も仕事なのにどうしたらいいんですか? 乳児院とかどこかもらってくれるところ知りませんか? ねぇ、教えてください、お願いします」

男性が泣きながら頭を下げるので、仕方なく悦子先生は児相に相談することを勧めた。

「児相になんか行ったら虐待してるって言われて逮捕されるんじゃないですか」

涙に塗れた顔を上げて叫ぶ男性に悦子先生はしっかりしろ、と言わんばかりの強い口調で言う。

「児相は子どもを奪うところではありませんし、ましてや相談に来た親御さんを逮捕なんてしません。親御さんの相談に乗り、解決策を一緒に考えてくれたり提案してくれたり、どうしてもの事情がある場合一時的に預かってもくれます」

男性は、その言葉にようやく泣き止み納得して帰っていった。その後どうしたかはわからない。

でも、本当に身勝手な親。奈々はいつにも増してそう思った。

＊

「ええ、本当に身勝手極まりない。でも、そんな里親だからこそ、彼を引き離してやらなければならないんじゃないかと思ったんです。その里親の話では、彼は火傷の痕があることでプールにも入れず、トイレも小便用のトイレは使えずに大便用のトイレを常に使用していたため、小学校で同級生たちにからかわれ、いじめに遭っていたようで、中学に入っても結局通ったのは数カ月で梅雨が明けた頃には不登校になっていたそうです。学校から連絡を受けたそうですが、家に引き籠もっているわけではなく登校時間になると毎朝外出し、夕方帰宅するので里親は面倒で放っておいたと。

そして秋頃から自宅の近所で野良猫や飼い猫の水死体が見つかるという事件が頻繁に発生するようになった。なんとなく嫌な予感がした父親がある日彼の後をつけてみたんだそうです。一体毎日学校へ行かず、大した金も持っていないで何をして過ごしているのか、と疑問に思い始めていたみたいで。すると彼は白幡沼公園へ入っていった。彼の住む武蔵浦和には別所沼公園もありますが、そちらは人工的に整備されている規模の大きい公園で遊具も多く昼間小さい子ども連れの母親たちで賑わうのに対し、自然を多く残したままの白幡沼公園は野鳥の見られる冬以外は訪れる人も少なく自然を残していると言えば聞こえがいいですが、要はそこここに大人の背丈ほどの草が生い茂っているような公園なんです。

彼が慣れた足取りで入っていったその草むらには猫の捕獲器が隠すように置いてあり、既に中には成猫が一匹入っていたそうです。どうやら中に置かれていた餌につられて入ってしまったようで、捕獲器といっても小型のものだったためその猫は身動きを取るのも窮屈そうに鳴いていたと。そして彼は周囲を見回し、誰もいないことを確認するとなんの躊躇もなくその捕獲器を猫が入ったまま沼に沈めた。彼が取りつけたのか元々ついていたのか、捕獲器には長い紐が結ばれていて、何度もその紐を引っ張り上げて猫が水を飲み込み苦しんでいる姿を確認しいしい笑っていた。そして十分ほどで猫は死んでしまったそうです」

奈々はその光景を想像し背筋を凍らせたが、海老沢は淡々と話を続けた。

「里親が吐き気を必死に堪えていると彼は鞄から黒いゴミ袋を出して、そこに猫の遺体を入れ鞄に押し込んだ。そして捕獲器には新しい缶詰を開けて入れ、その場を去ったそうです。猫の遺体は自宅に帰る途中で他人の家の玄関先に置いた。

里親は、とにかく気持ち悪いし恐ろしいので一日も早く引き取ってくれと蒼褪めた顔で何度も言ってきましたよ。勿論、警察に相談するべきだと言いましたが、里親は長男への影響と世間体を気にして警察へ行くことを頑なに拒みました。彼には一刻も早く精神科で適切な治療を受ける必要があるとも言いましたが、里親は彼を病院へ連れていく気もなく、ただただ手元に置いておきたくないの一点張りでした。そして、悩んだ末に、引き取ることも一時的に預かることも不可能だが、何か良い対処方法を我々のほうでも考えてみますとお伝えし、村主に相談しました」

海老沢は顔を下に向け、目を閉じた。膝の上に置かれた両手の拳が小刻みに震えている。

「あの……」

長い沈黙を破り奈々が声をかけると、海老沢はゆっくりと目を開け、言葉を絞り出すように話し出した。

「村主は、自分に任せてくれと言いました。それからずっと、施設の調理の仕事もせず、その少年の監視だけをしています。かといって周囲に彼について何か情報を聞くでも、彼自身に話しかけるでもなく、とにかく朝から晩まで彼をただじっと監視しているんです。探偵事務所に勤めた経験のある村主の尾行は彼に気づかれることはありません。でも、果たしてそれはなんのための行動なのだろうかと私は不安に駆られました。だって、その間も彼は何匹もの猫を沼に沈めて殺しているんですよ。その様子も村主はただ見て報告をしてくるだけなんです。何月何日猫一匹殺害、どこどこに放置ってね。村主の調査報告を不可解に思い、私は村主が彼を監視する様子をこっそり窺いに行きました。そのときに私が見た彼を見る奴の目は、ぞっとするほど恐ろしかった」

「何が仰りたいんですか？」

海老沢は顔を上げて充血した目で奈々を見た。

「あいつは自分の恋人やその家族を惨殺した石水の子どもである空君が、親と同じ悪果になり得るかどうか見極めるために、わざわざ空君がいる託児所へ行き、一年半近くも働いた。そういう奴なんです」

「えっ……」

奈々は自分の血の気が一気に引いていくのを感じた。

「あの目は、少年を監視しているあの目は、恋人を殺した石水を見たときと同じ目だった」

「あの……あの……」

上手く口が動かない。まるで口も唇も舌も自分のものではないような感じだった。

「どうされました？　橘さん、真っ青ですよ」

流石に奈々の異変に気づいた海老沢が席を立ち奈々に駆け寄った。

「店員を呼びましょうか」

「待って、大丈夫です。大丈夫ですから」

ここで退席をしたら話の続きを、真実を聞けなくなる。奈々は水を飲んでハンドタオルで軽く口を塞ぎ深呼吸をした。冷や汗が背中を伝う。

「本当に大丈夫ですか？」

海老沢が心配そうに顔を覗いている。

「はい。あの、石水に惨殺された村主先生の恋人って……八田さんの娘さんということですか?」

「ええ、そうです。防衛大学の学生だった八田さんのご長女の雪乃さんと、事件当時奴はお付き合いをしていました」

「だから……空のところに?」

「そうですけど、さっきもお話ししたように、空君は大丈夫だって、どのような経緯で空君を引き取られたのかは知りませんが、橘さんが母親であれば悪果にはならないって言っていましたから」

海老沢は奈々が空の実の母親だった未央の妹だとは全く気づいていない。だから、奈々がこれほどまでにショックを受けている理由は、村主が悪果になり得るかどうか見極めるために空に近づいたことだと思い込んでいる。

村主が石水に惨殺された八田家の長女と交際していた。村主は、最初から奈々が石水の妻であった未央の妹だと知っていたのだ。罪に問われることはなかったが、事件の発端となった八田家の車を石水が煽ったときも、石水が八田家を皆殺しにしたときも、姉の未央が行動を共にしていたと週刊誌に書かれていた。恋人があんな殺され方をして、手を下していないとはいっても姉を、果たして村主は憎まないでいられただろうか。その現実を突きつけられ、奈々は全身が痺れ、眩暈がしてきた。しっかり、しっかりしなくちゃ。話を聞かなくちゃ。そう思えば思うほど自分の身体の感覚がなくなっていき、まるで痺れている部分が砂となって崩れていくような錯覚に陥った。本当は話の続きを聞かずに実際に砂となってこの場から消えてしまいたいと、どこかで思っていたのかもしれない。それでも奈々は話を聞かずにはいられなかった。

「村主先生は……空の母親を、石水の妻を……憎んでいましたか？」

「そりゃあね、酷い事件だったから。母親って、あの派手な水商売風の女ですよね？　石水のことは私も顔がわかりますが、女のほうはなんとなく、モザイクがかかった姿をニュースで見たくらいで……でも、うん、あの女を見るときも村主、あの目をしてたな」

海老沢は自分の席に戻りながらそう答えたが、奈々は頭が真っ白になって次に何を聞けばいいかわからなかった。

「あなたはあいつの何を知っていますか？」

唐突にそう聞かれ、奈々は涙目を泳がせながら必死に考える。

「子どもの頃福井県に住んでいたことがあって、スキーが得意で、一人暮らしが長かったから料理が上手で……それと、イラクから帰還する直前に武装勢力が仕掛けた爆弾による攻撃を受け、その爆傷が原因で片耳が聞こえなくなって除隊した。その後はさいたま市の私立小学校の警備員をやっていたということも知っています。あとは、子どもが好きで海老沢さんの施設で働くようになった……という感じでしょうか」

自分の知っている限りの村主という人間を小さな声でボソボソと語る奈々に、海老沢は寂しげな目を向けた。

「片耳が聞こえなくなり除隊した？　奴がそう言ったんですか？」

「違うんですか？」

「除隊したのは雪乃さんが殺されたことでのショックが大きかったからです。あいつ、自分の生い立ちとか陸自に入隊した理由とかも話してないんですか？」

知らない……何も知らない……。奈々は、自分は何もかも話していたが村主のことは何も知らなかったと痛感した。愕然としている奈々に海老沢は再び貧乏揺すりをしながら右手で右頬を撫で追い討ちをかけるように言った。

「参ったな。本当に何も聞いてないんですね」

「私が何も知らないと仰るのなら、海老沢さんが知っていらっしゃることを全て教えてください。村主先生のことで私に何か大事な話があったから呼び出したんですよね？」

必死な顔で言う奈々を見て、海老沢は盛大な溜息をつき、貧乏揺すりを止めた。

「わかりました。ここまで話してしまった以上全部お話ししますが、条件があります」

「条件？」

「村主がもし犯罪を犯そうとしているのなら、それを止める手助けをして欲しいんです。それを橘さんにお願いしたくてお呼び立てしたんです」

奈々は歯を食いしばって深く頷いた。

真　実

「自衛官には、その、キャリア組ではなく下っ端の自衛官、中でも特に陸自には私と同じような境遇の人間が多く所属していました。十八歳以上であれば中卒でも入隊可能で、しかも国家公務員ですからね。自立を急ぐ奴らには格好の職場だった。その後の転職にも役に立ちますし。だからこそ、村主の口癖は仲間内で反発を買いました」

「悪果のことですね？」

「そうです。でも、『じゃあお前たちは今まで幸せな人生を歩んできたと自信を持って言えるのか？』と問われ『ああ幸せな人生だったよ』と言い返せる奴はほとんどいなかった。それでも、たとえどんな親から生まれたとしても、子どもは子ども、親とは違う人格なのだと俺は言い続けた。腐った親の子どもだからそいつ自身も腐っているとは限らないって。そのうち村主も少し理解を示してくれて、それでも、悪果の子どもは悪果になり得る可能性が高いのは確かだと。長く悪意や狂気に触れていればいるほど悪果となるきっかけになる。悪意や狂気は伝染するんだよと言っていました」

「あの……、さっき村主先生の生い立ちって言っていらっしゃいましたが、村主先生も同じような境遇で育ったということですか？」

なぜだか、奈々が海老沢にそう聞くと、ふわっと、得体の知れない空気が流れたような気がした。

「ええ、村主の家も機能不全家庭でした。私は友人としてかなり昔に一度だけその話を聞いたことがありましたが、イラクではみんな眠れず夜が長かったのでね、同じキャンプで過ごしていた隊員たちとそんな話になって、そのときにもう一回聞きました。村主は最後まで自分のことを話そうとはしなかった。でも、イラクでのあの特殊な環境下でみんなどこかおかしくなっていたというか、脳味噌まで苛ついていて、自分が如何に酷い親元で育ったかを競い合うみたいな、そんな感じになっていって。仕舞いには一触即発の状態にまで。それを見兼ねたような形で村主が自分の生い立ちを語り出したんです。あいつ、他の奴の辛さをわかろうともしないで自分が一番辛いって思い込んでいる人間が大嫌いでしたから。

村主はデリヘル嬢だった母親に育てられたそうで、父親はいなかった。誰かも知らないし、知る必要もなかったから母親に聞いたこともなかったようです。そういう部分でさっきの相談者の子どもと自分を重ねているところがあるのかもしれません。

母親は恋愛体質というか恋愛依存というか、まぁ要は男癖が悪くてね、店には禁止されているのに客に言い寄られればすぐに本番をやらせるし、店外デートに誘われれば仕事上がりにほいほいついていって村主を放ったまま外泊することも年中だった。それでも、村主はいつも綺麗に着飾っている母親が自慢だったみたいですよ。お母さん美人だねって言われるのが嬉しかったって。ただ、元々そんな母親なのでいわゆるメンヘラ女っていうか、すぐに『死にたい』とか『一緒に死のう』とか、まだ幼い息子に何度も何度も言ってきていたらしいんです。橘さんもご存じのように、あいつ小学生のとき母親の男絡みで福井に住んでいたことがあって、その男とは珍しく長続きして。でも五、六年ほどでその男と別れて引っ越すことになって、折角だから引っ越しする前に一度は行ってみるかって母親と東尋坊に行ったら『ここから一緒に飛び降りよう』って息子を誘った。

それでもね、そんな母親でもね、子どもはそれがどれほど異常なことなのかなんてわかりませんから、自分の母親は人より少し寂しがり屋なんだって、尚更愛おしく思ってしまう。だから村主は母親に『一緒に死のう』と言われれば毎回『いいよ』って答えていた。どんなに尽くしたって自分と一緒に死んでくれるなんて男はそうそういませんからね、『私と一緒に死んでくれるのは雅哉だけだね』って村主の頬にキスをする。頬に口紅でキスマークがつくのを嫌がり手で拭く息子の姿を見て、いつも母親は笑うんだそうです。その笑顔を見ると、なんとなく安心したと言っていました。福井から元々生活していた東京へ戻ってくると、福井の男と別れた寂しさからか母親のメンヘラ度合いは益々酷くなって、母親は子どもの頃アトピー性皮膚炎を患っていたらしくそのとき漢方医に施された治療を何の拍子で思い出したのか、突然シャケるようになった。

ああ、シャケるというのは瀉血《しゃけつ》をするって意味です。ご存じですか瀉血？」

奈々は首を横に振った。

「一般には刺絡療法として患部の静脈に針を刺して悪い血液を放出する、腰痛や肩凝り、アトピーの治療方法の一つらしいんですが、村主の母親は安いニードルとパジャマゴムを使ってリスカやアムカのように自傷行為としてやるようになっていった。ニードルを自分の腕の静脈に刺してただひたすら血が流れ出るのを眺めたり、上手く刺さって勢い良く血が噴き出たときは『噴水、噴水』とはしゃぐ。初めのうちは洗面器に血を溜めて、気が済んだら風呂場で流していたみたいなんですが、そのうちビーカーを買ってきて、今日は二百、今日は四百、今日は五百いけたと村主に嬉しそうに報告するようになった。瀉血依存症、つくづく依存体質だったんですよ。村主にはそれがわかっていたから、やめろと言えば母親から依存場所を奪ってしまうことになる、だからやめろとは言えず黙認していた。

数年続ければ貧血は勿論リスカやアムカじゃなくとも腕には内出血の痕や肉芽ができ、気持ち悪がられて客の指名はみるみる減っていった。店からも客からも見放され、金銭的にも生活が儘《まま》ならなくなって追い詰められて、身も心もボロボロに……いや心はとっくにボロボロだったんでしょうけど。村主が中三のとき、母親に一緒に瀉血をしようと誘われた。瀉血に誘われたのは初めてで、村主は母親がまた死にたくなったんだと思った。生きていることが苦痛でしかない者にとって死ぬことが唯一の救い、そう思えてしまうことがある。でも一人で死ぬのは嫌。勝手なものです。

村主は、あいつは、黙って母親の前に座って両腕を差し出した。母親は一度だけ『いいの？』と聞いたそうです。それでも村主が頷くと、あいつの両腕の肘下辺りをパジャマゴムで縛って、浮き出てきた血管にニードルを突き刺した。痛かったたって。ニードルを刺すときってこんなに痛いんだって、母親がいつもこんな痛い思いをしながらシャケっていたんだと初めて知ったたって。村主はニードルを刺される一瞬だけ顔を顰めたけど、その後はただひたすら流れる血が床にみるみる溜まっていくのを眺め、いつの間にか気を失った。

どれほどの時間が経ったのか頭痛と吐き気に襲われながら目を覚ますと、周囲は村主の血と母親の血で溢れていた。吐き気が抑えきれずトイレへ行こうと思ったが極度の貧血で眩暈がして立ち上がれずその場で吐いた。傍で倒れている母親の顔は真っ白で村主は朦朧としながら電話を取って救急車を呼び再び気絶した。その後目を覚ましたのは病院のベッドの上で、事情聴取に来ていた警察官から母親は亡くなったと聞かされた。それを聞くと母親は元々息子を巻き込むつもりはなく一人で死ぬつもりだったんじゃないかって言う人がいますけど、恐らく村主の母親は村主も連れて逝くつもりでしたよ。あいつが助かったのは若さと体力と瀉血が初めてであったが故で、それでも二リットル近く失血していたんです。一歩間違えば死んでいた」

海老沢の表情は怒りに満ちていた。彼の正義感が、子どもを道連れに死のうとする親を許せないのだろう。

「つまり、あいつは無理心中で一人生き延びた。本人は自分も納得の上だったのだから無理心中ではなく母子心中だと言っていましたが、子どもにそう思わせるなんて、そんなの親じゃない。退院後、施設に入った村主は施設近くの中学へ転校し、暴力的になりすぐにその学校のアタマになった。でも、高校へ行くと上級生グループから目をつけられ、入学早々呼び出されてボコボコにされ川に沈められた。あぁ、これでやっと死ねるのかって川に沈みながら思ったそうですが、結局また助かって。

高校を中退した村主はたまたま通りかかった掲示板に貼られていた自衛官募集のポスターを見て応募したんだそうです。死ねないということは生きていかなければならないということで、生きていくにはお金が必要で、お金を手にするには働かなければならない。それなら、任務としてやるべきことを与えてくれる自衛官は悪くない。でも一番の理由は、普通の、みんなが言うところの普通の環境に身を置きたくなかったって。痛かろうがキツかろうが苦しかろうが、今の辛さを忘れられる環境を求めていた。だから、イラクの派遣要員にも自ら志願した。そう言っていました。別にこれを話したところでお前らに何かをわかって欲しいとも思わないし、わかってくれるなんて期待もしていない。お前らと傷を舐め合うつもりもない。ただ、他人のことを知りもしねぇで、てめぇだけが一番辛い思いをして生きてきたような顔すんじゃねぇ。むしろ生きるのが辛くない人間なんていねぇんだよ。そんなこともわからないでてめぇの勝手な思い込みで関係ない人間を羨んで、恨んで、傷つけるような最低な人間は……死ね。死ねねぇんだったら俺が死なせてやるってね」

「死なせてやる?」

奈々はその言葉に違和感を覚え思わず聞き返していた。

「ええ、そうですよね。そのときも『死なせてやる』じゃなくて『殺してやる』の間違いじゃないかって指摘した奴がいました。でも、村主は間違いじゃないって。どうしてそんな人間のために俺が手を汚す必要があるのか、と。『てめぇのケツはてめぇで拭け。それができなきゃ俺が否が応でも拭かざるを得ない状況に追い込んでやる』そう言われて、誰も何も言えなくなった。普段あいつ、めちゃくちゃ優しいんですよ。後輩にも絶対に声を荒らげたりせず、同じ間違いをする奴にも嫌な顔一つしないで何度でも教える。ただ、立場関係なく後輩をいびるような奴には先輩であっても平気で食ってかかるので、上の人間にはそんなに好かれてはいませんでしたが、同輩後輩にはかなり慕われていたんです。だから、村主が凄味を利かせて最後に言った言葉に、みんな震えあがっちゃいましてね」

なんてことだろう。奈々もまたそのときの村主の最後の言葉に震えあがった。まるでこの世で自分が一番辛い思いをして生きてきたのだと言わんばかりに、その憤りを刃にして他人を傷つける。石水も姉の未央もそんな最低な人間だったというような内容が週刊誌にこれでもかと書かれていた。それは、身内である奈々でも否定できない。つまりは、そんな人間は死ね、村主はそう思って生きてきたのだ。自分の恋人やその家族を惨殺され、犯人に対するその思いはどれほど強いものだったろう。

海老沢が黙ると、静まり返った個室の中に、奈々の歯がカチカチと鳴る音が響いた。自分に、空に、あれほど優しく接したのは……。空が悪果になり得るかもしれない、そう危惧したのは他でもない空の両親が悪果だったから。そして、空の父親である石水の両親も悪果、母親である未央の両親も……悪果。だとすれば、村主が悪果かどうか見極めに来たのは空だけではない。なんてことだろう。

「私は何をすればいいんですか？」

奈々は歯の震えを止めようと両手を爪が食い込むほど強く握りしめながらそう聞いたが、その両手も震えていた。

「ごめんなさい、私冷え性なんです。寒いといつもこうなってしまって」

咄嗟に嘘をつき、もう一度「私は何をすればいいんですか？」と聞いた。

「少年を監視している村主をあなたに監視して欲しいんです。正直ひたすら少年を監視しているだけのあいつの心境が私にはわかりません。もう少年のことから手を引こうと言ってもあいつは納得してくれなかった。俺には考えがあるって。なんだよ考えって。それが、最悪のことでなければいいと思い続けていますし、もしものときはなんとしても止めなければならない。

本来であれば私が奴を監視したいのですが、私が施設を長時間空けるわけにはいかないんです。現時点で村主が心を開くのは、あなたしか考えられない。あなたにしか頼めないんです。お願いします」

海老沢は椅子から立ち上がると崩れるようにその場に膝をつき、そのまま床に頭を擦りつけて土下座をした。

本　心

武蔵浦和は埼京線と武蔵野線の乗り換え駅で、さいたま市内で最も都心への距離やアクセス時間が短い駅といわれている。その利便性の高さから、近年再開発によってタワーマンションが次々と建設されていた。海老沢に教えられた村主が調査している少年の里親の家も、そんなタワーマンションの一室だった。

空が小学生になってからは、学校から帰ってきておやつを食べさせ、十七時から託児所の勤務に一緒に連れていくという生活だった。だから空が小学校へ行っている間が、奈々が村主を監視できる時間だ。

土地勘がないから、少年の自宅や学校、白幡沼公園を見つけるのに一苦労した。少年の行動範囲をうろうろしてようやく三日目に監視対象の少年を見つけ、村主も見つけた。

久々に目にした村主の姿に胸が高鳴ったが、今まで見たことのない村主の厳しい、いや恐ろしい眼差しに身が竦《すく》み、一瞬で現実へと引き戻された。殺気立つとはこういうことを言うのか、そう思った。表情も奈々の知る村主ではない。いったい村主という男はどういう人間なのか。どれが本当の村主なのか。

「全部本当のあなたなのよね……」

小さな声で呟くと頬に伝った涙を手の甲で拭った。

奈々が尾行し始めて数日後、少年は一匹の猫をそれはそれは愉快そうに殺した。事件の多発から パトロールが強化されていたため、かなり警戒している様子で周囲を注意深く見回してから犯行に及ぶ。捕獲器に閉じ込められたまま何度も水没させられる猫。口からシュワシュワと水気の多い細かい泡交じりの涎を垂らし、最期は手足をピーンと伸ばして硬直した。その一連の過程は、実際に目にするとより一層残酷極まりなく、その日は食事が喉を通らなかった。

猫が弱っていく様子を確認しながら明らかに恍惚の表情を浮かべる少年は、奈々が見ていてもかなり危険な精神状態だった。それでも、海老沢が言っていたように村主はその少年の行動をただじっと見ているだけ。鋭い眼差しを向けてはいたが、それでもなぜ少年を注意することも止めることもしないのか理解できない。少年の中にある悪意や狂気を見定めているのだろうか。

奈々が尾行し始めて二週間が経った。いつものように武蔵浦和の街中をうろついていた少年が、里親と住むタワーマンションの手前の商業ビルに入っていった。少年、村主に続いて奈々も中に入る。一階はスーパーマーケットになっていて、平日の昼間でも乳児を連れた主婦や老人たちでそれなりに賑わっていた。それでも二人が向かった階段には他に誰の姿もなく異空間のようだった。乳児を連れている主婦や老人は階段を利用しないからだろう。階段を上っている途中、踊り場にあった店内地図が目に入った。それを見ると二階は服飾関係の店が入っていて、三、四階にはホームセンターが入っている。ほんの少しの間、店内地図に気を取られ、はっとして階段の上を見上げると、こちらを見ている村主と目が合った。

マズい、バレた。

一瞬どう言い訳をしようかと考えたが、階段を下りて近づいてくる村主の呆れの交じった困り顔を見て観念した。きっと、ここに自分がいる理由もバレている。

「屋上へ行こうか」

静かに言うと、村主は奈々の右手を掴んだ。手を引かれて階段を上る。その手から体温を感じ、緊張で鼓動が速まった。奈々は、その緊張が村主に対する恐怖心のせいだけではないと思った。村主が自分や空に近づいた目的を海老沢から聞いたとき、恐怖や不信感が芽生えたのは確かだ。でも、実際に村主自身から話を聞いたわけじゃない。だから、一年半の間傍で見てきた彼もまた嘘ではないと、どこかで信じていた。信じたかったのかもしれない。

ビルの屋上に出ると目の前に少年が里親と暮らしているマンションが聳え立っていた。違う方角からは武蔵浦和の街が一望でき、建設中のマンションが幾つも見えた。

「再開発によって街はより便利に、より快適に生まれ変わる。人間はこうやって色々なものを自分たちの手によって常により良く、改造や改良を繰り返して生活をしているんだ。それでも、人格はどうにもならない。変えられないし、変わらない」

奈々の手を放し、武蔵浦和の街並みを見ながら村主が言った。

「悪果のことを言っているの？」

奈々が海老沢と会ったことや尾行していたことをどの程度村主が知っているのかわからないから、恐る恐る尋ねた。村主は振り返り、優しく、そして寂しそうな笑みを向けた。

「海老沢と会ったんだってね。ごめんね、嫌な思いをさせて。一週間ちょっと前に奈々先生が俺を尾行していることに気がついて、驚いたよ。でも、奈々先生がそんなことをする理由を考えたら、すぐに海老沢の仕業だと思って奴を問い詰めて全部聞いた」

「えっ……そんな前から気づいてたの？」

「そりゃ……俺、言ってなかったけど探偵事務所で働いていたこともあるんだよ。要はプロだからね、素人に尾行されて気づかないわけがない」

「そう」

探偵事務所で働いていたことがあるのは海老沢から聞いている。でも、村主には自分の知らない面があとどれだけあるのだろうと考えた。二人が黙ると、様々な方向から建設現場の大きな音が、まるで空から降ってきているかのように聞こえてくる。

「俺の生い立ちまで話したって？　あのお喋りが」

村主は深い溜息をついた。

「昔の人は上手いこと言うものでさ、同類相求むって言葉もあるじゃない。いつからだろう、悪果やその子どもばかり目につくようになって、そのうち俺の周りは悪果や悪果の子どもだらけ。どいつもこいつも合わせ鏡みたいに自分を見ているようだった。さっきの少年もそう。俺に話が来たのは運命だと思ったよ。

俺はここ数カ月彼を見ていたけど、彼の行動は正に破壊的行動障がいの典型だった。破壊的行動障がいはエスカレートしていく性質がある。だから、猫に暫くの間虐待を加えることで落ち着くかもしれないという僅かな希望を持ちつつ、少しでもエスカレートする兆候が見られたら、そのときは彼を死なせるしかないと思いながら監視し続けてきた。彼の場合、猫に虐待を加えることを無理にやめさせるのは、むしろ精神的ダメージをより深いものにしてしまう気がしてね。猫を破壊することで、自分の中の破壊されてしまった心と向き合えればと思った。猫の苦痛に共感できればいずれ自分からやめられるかもしれないとも……思った。そうなればと願った。今もそう願っている。でも、恐らく死なせることになるだろうとも思っている。そうしてやれるのも……俺しかいない」

奈々は聞いているのが精一杯で言葉が出てこなかった。村主はそんな奈々に話を続けた。

「あの少年が、どうせ僕は欠陥品だからってよく言うんだと里親が海老沢に言っていたらしいんだ。ああなるほどなって。俺が悪果と表現していたものを彼は欠陥品と表現した。悪果や欠陥品は廃棄するしかない。せめて、そういう類の人間を廃棄することで世の中が悪果や欠陥品が生み出された経緯を追及し、そんなものが二度と生まれてこないように、つくられないように対策するきっかけにして欲しいと思うんだ。馬鹿は死ななきゃ治らないのと同じ。悪果も死ぬ以外に道はない」

　奈々は自分の頭に血が上るのを感じ、憤りを覚えた。

「傍に、傍にいてあげればいいじゃない」

　思わず感情的に叫ぶと、村主は驚いたように奈々の顔を見た。

「空が石水と姉の間に生まれた子どもだと知った上で、空自身も悪果になり得るか見極めるために私と空の前に現れたんでしょ？　そして、私が母親として傍にいれば空は悪果にはならないって、そう判断したから施設に戻ったって海老沢さんが言ってたわ。もし、本当に雅哉先生がそう思ってくれたんだとしたら、それは他のケースにも当て嵌まるはず。子どもは常に安心できる環境を与えれば、自然と健全な精神を育む。逆に過度の不安や心身の痛みは耐え難い苦しみになり人間を狂わせる。過度の不安や心身の痛みは恐怖に似ていて、ものすごい圧迫感だから。親がどんなに酷い人間だったとしても、そんな親から離れて安心感を与えてくれる人が、自分を絶対に嫌いにならないと思える人が傍にいれば狂ったりしない。あの少年に雅哉先生がしてあげられることは、ただ見ているだけだったり、死なせてあげることだけじゃないでしょ。あなたが傍にいて安心できる環境を与えてあげればいい」

　奈々は自分の目に浮かんだ涙が流れないように少し上を向いた。今は泣きたくない。

「煩い。わかったようなことを言うな」

声を震わせ吐き出すように言う村主の表情は、怒っているようだった。怒っている村主を見るのは初めてだ。

「だから綺麗ごとばかりの偽善者は嫌いなんだよ。見極めるつもりなんてなかった。俺は、最初から空君を死なせるつもりで近づいたんだ。あれだけの悪果を親に持つ人間だ、まともなわけがない。そもそも両親が死ねばあの子は長く生きられないと思ったんだ。俺が手を下さなくても勝手に衰弱死すると。でも、生きていた。だから、今からでも死なせるつもりで近づいた。その気持ちに変わりはない」

「だけど、私たちを家族のような存在だって海老沢さんに言ってくれていたんでしょう？」

意図せず縋るようにその言葉が奈々の口から出ていた。それを聞いて村主は鼻で笑う。

「俺はあんたらと家族ごっこのようなことをしてきたと言っただけだ。それを海老沢が勝手にそう捉えた。あいつはそういうおめでたい奴だから」

家族ごっこ……奈々はわっと泣き喚いてしまいたかった。出会ってから抑えてきた思いを、胸の内の全てを村主にぶつけたかった。でも、実際に出てきた言葉は違った。

「ごめんなさい」奈々は頭を深々と下げた。「私の姉が雅哉先生の大切な方を死に追いやったのだとしたら、身内として謝ります。でも、空は悪果にはならない、私がならせない。だから、空は死なせない。私が命に代えても守ります。たとえあなたと刺し違えてでも」

頭を上げると、目に溜まっていた涙はもうなくなっていた。

「ねえ奈々先生、世界的に鬱をはじめとする精神疾患患者やアルコール・薬物への依存、異常性愛、犯罪といった反社会的人格を有する人間が急増していることで多くの先進国の研究者たちがそれらと遺伝との関係性を調べていてね、今までに出された研究結果によると精神疾患や反社会的人格が子どもに遺伝する確率は約五十パーセント。勿論まだ研究途中の分野だから、それ以上だと言う研究者もいればそれ以下だと言う研究者もいる。それでも五十パーセントという数値は悪果の子どももまた悪果になるということの最大の証明だろ？」

偏見に満ちた言葉だったが、これが村主の本心でもあるのだ。奈々は村主の目をしっかりと見つめて答えた。

「空の両親が、その反社会的人格を有する人間だったとしても、私は空が生まれてきてくれて良かったと心から思っています。空のいない世界なんて考えられない。雅哉先生の言っていることが事実だとして、五十パーセントは遺伝を受け継がないわけだし、受け継いだ残りの五十パーセントの子どもだって親と同じような人格にならずに普通に安定した生活を送れている人もきっといる。だとしたら悪果の子どもが悪果になり得るケースは少数派。悪果にならない子どものほうが大多数だわ。空は絶対に悪果にはならない。だから死なせない。幸せになってもらわなきゃ、私のところへ来てくれた恩が返せない」

興奮気味な奈々を嘲笑するように村主は声を上げて笑った。

「幸せ？　そんなもの錯覚だ。所詮人間にとって生きることは罰のようなもの。だから苦痛なんだよ。その苦痛をごまかすためにつくり出した錯覚に過ぎないんだ、幸せなんて。現実を見てみろよ、苦しみのない人間なんてどこにもいないだろう」

「私は、私は空と一緒にいられて本当に幸せです。人間は苦痛だけじゃ生きていけない。たとえ幸せが錯覚だったとしても、生きていく上で必要だからつくり出したんでしょう。それなら私は空ができる限り苦痛の少ない人生を生きていけるように沢山の幸せを感じさせたい」

「甘いな。だいたい歩けないっていう空君の嘘にいつまで付き合うつもりだ」

「空が自分から歩きたくなるまで。低栄養状態だった空は、本当に最初歩き始めるまで凄く時間がかかったんです。やっと歩けるようになったのに歩くのをやめてしまったのは、怖くなってしまったからだと思います。私の手から離れるのが。勿論、いずれ空を自立させなければいけないことはわかっています。でもまだそのときじゃない。あの子が求めるのなら私はまだあの子の足でいてあげたい。嘘じゃない、あの子が歩けないと言うのなら、それは嘘じゃないんです。いつか心から安心できたとき、必ずあの子は歩くから」

村主は何も言わず、険しい表情のまま足早に奈々の横を通り過ぎ、扉を開けて屋内へと戻っていった。奈々は振り向きも、追いかけもしなかった。村主に対して抱いていた淡い恋心は完全に終わりを告げ、その代わりに空を何としても悪果にはしないという強い使命感が沸々と込み上げていた。これでいい、これで。

連鎖

＊

少年の名前は円能健司《えんのうけんじ》といった。生後三カ月のとき、母親に投げつけられた電気ポットの熱湯がかかり、下半身に重度の火傷を負った。そのせいで、小学校ではプールに入ることもできず小便用のトイレを使うこともできず、酷いいじめに遭っていた。いじめの原因は他にもあったのかもしれないが、健司本人はそう思って疑わなかった。こんな身体にした母親を、自分をいじめるクラスメイトたちを、自分を爪弾きにする里親家族を心の底から憎んでいた。中学生になると七月頃から不登校になったが、里親の元で育てられている健司は自宅もまた息苦しい場所でしかなかった。だから、毎日制服を着て登校時間に家を出てただただ街をうろついた。里親はそれを知っていて見て見ぬ振りをしていた。健司もまた里親に相談したりすることはなかった。相談しても何にもならない、それどころか面倒なことになるとわかっていたから。

転機となったのは中学一年の夏休みだった。里親が出かけてその日は夜まで家に兄と健司二人きりだった。健司がトイレへ行こうと自分の部屋を出るとリビングに兄がいて、大音量でアダルトビデオを観ていたのだ。『うっうっうっうっ』と奇妙な声を上げている。リビングの扉を開けた音で兄は健司が来たことに気がついたが、にやにやしながら見せつけるかのようにオナニーを続けた。健司はその兄の姿を凝視していた。間もなくボックスティッシュの箱から数枚のティッシュを引っ張り出したかと思うと『イクッ』と言ってそのティッシュを自分のペニスに当てた。

「お前もう中一だろ？　AV貸してやるからオナニーしてみろよ」

そう言ったもののすぐに大笑いしながら、

「あっ、ごめんごめん、お前のKCじゃできないよな。可哀想になぁ、こんな気持ちいいことができないなんて」

と言ってまた大笑いした。ケロイドチンコ、略してKC。兄は健司のペニスをそう呼んでいる。健司自身をそう呼ぶこともあった。小さい頃はキモいチンコ、略してキモチンだったが、ここ数年はもっぱらKCだ。キモいチンコもKCじゃないかと腹の中で思ったりもしたが、それを言ったところでどうなるわけでもない。

気持ちいいの？　オナニーってそんなに気持ちいいの？

KCと呼ばれるのはもう慣れた。健司は不快になるどころか兄を羨望の眼差しで見た。学校に行っていた頃クラスの男子たちが話題にしていたから関心を持ってはいたけれど、実際にオナニーをしている兄の姿を見たことで激しく興味をそそられた。元々健司は特定のものに興味を持つとことん没頭する性質だった。だけど、何度試みても健司の損傷したペニスは勃起すらしなかった。

　夏休みが明け、健司はオナニーができないことでキレていた。そんなとき、たまたま通りかかった白幡沼公園の中を地団駄を踏むように歩いていると弱々しい猫の鳴き声が聞こえてきた。うっかりすると聞き漏らしてしまいそうなそんなか細い鳴き声だった。怒りの感情を忘れ、生い茂った草を掻き分け鳴き声がするほうへ向かうと、いつからそこにいるのか一匹の猫が捕獲器にかかっていた。食料はなく雨水で凌いでいたのか、猫は自分自身の汚物に塗れかなり衰弱している。健司はその日から毎日白幡沼公園へ通いその猫の様子を見に行った。猫が心配だったからじゃない。誰がなんのために捕獲器を仕掛けたのかを知りたかったのだ。だから餌をやったり助けたりといった手出しは一切しない。ただ汗びっしょりになりながら捕獲器の中にいる猫を見ているだけだった。でも、数日経ってもその捕獲器の主は現れなかった。恐らく野良猫の保護か退治のために使っていた誰かが必要がなくなり処分に困った捕獲器をここへ廃棄したのだろうと思った頃、猫は死んだ。そして健司は猫を弔うために捕獲器から猫の死体を出して沼へ沈めた。

　そう、最初は弔うつもりで沈めたのだが、ふと、やはり以前兄にパソコンで見せられた中東の過激派組織がアップした処刑動画を思い出した。大きな檻に何人もの人間を入れ、その檻ごとクレーンで吊り上げてプールに沈める。何分経ったのか、再びクレーンでその檻を吊り上げると全員死んでいた。でも印象的だったのはその行為ではなく、檻に重なる死体の様子だった。蟹のように口から泡を吹き、中にはまだ死んでいないのか全身をプルプル痙攣させている者もいた。正に蟹人間。じゃあ猫は？　猫は生きたまま水の中に沈めたらどうなるんだろう。考えただけでも愉快で胸が高鳴った。その胸の高鳴りが不思議なことに性的興奮へと変換され、生まれて初めて自分のペニスが反応したのだ。最初は尿意を催したのかと思ったが、それとは明らかに違う。『うっうっうっうっ』思わず兄の真似をして口遊んでみるとオナニーをしているような感覚が味わえた。

想像だけでなく、本当に生きたまま猫を沈めたらイクことができるかも。

本気でそう思った。そう思ったらもう止められなかった。お金は余り持っていないのでスーパーで猫の餌を万引きし、捕獲器の中に仕掛けて猫が引っかかるまで公園へ通いながら待つ。万引きをするのは初めてじゃない。小学校低学年のとき、メモ帳や塗り絵についているキラキラしたシールだけが欲しくてそれだけを本体から外し、よく万引きした。罪悪感は全くなかった。欲しいのだ、手に入れなければその思いが収まらない。我慢をすれば寝つきが悪くなり、眠れないととても疲れる。

それに、猫がかかるのを待つ時間も自分の人生の中でこれほどまでにワクワクしたことがあるだろうかというほどすばらしい時間だった。数日後猫が捕獲器の中にかかっているのを見たとき、健司は嬉しくて雄叫びを上げた。それから百円ショップで万引きした紐を捕獲器にきつく結びつけると、生きたままの猫を入れた状態で沼に沈めたり引き上げたりを繰り返した。すると、口から泡を吹くには吹くが、人間ほど蟹を連想する姿じゃなかった。それでも、水攻めで猫が息絶えるときにする独特のポーズが健司を激しく興奮させた。そして、猫の死骸を面白半分で自宅の近所に置くということを繰り返した。イクといっても勿論実際にイケるわけじゃなかったが、今までに味わったことがないほどの快感に全身が震え、何よりそれをした夜はぐっすりと眠れた。

ところが数カ月経つと、武蔵浦和で民家に置かれた猫の水死体が相次いで見つかったと騒がれるようになった。パトロールが強化され、やりにくくなっていった。猫を殺せない日々は健司に並々ならぬ苦痛を与え苛立たせた。それはまるでオナ禁をせざるを得ない環境に置かれた中学生や高校生男子のそれとよく似ていた。多くの子どもたちが自分のような虐待やいじめを受けている現代に、猫如きが殺されたくらいで動物虐待だと騒ぐ世間に無性にムカついた。里親が武蔵浦和の再開発の推進委員をやっていることも健司にしてみればウケるとしか言いようがなかった。奴らはそんな器じゃない。

週に一匹だったのが二週間に一匹、月に一匹と回数が減り、十二月に入って野鳥の季節が到来するとその姿を写真に残そうと撮影機材を抱え白幡沼公園を訪れる多くの人までもが健司の邪魔をした。人間がウザくてウザくて仕方なかった。いつもキレている人は、好きでキレているわけじゃない。少なくとも健司はキレるのは大嫌いだ。だから、いつもキレずに怒りを解消する方法を探してきた。

『お母さん　なぁに

お母さんていい匂い
洗濯していた匂いでしょ
しゃぼんの泡の匂いでしょ』
それは健司が幼稚園の参観日に何度も何度も拷問のように歌わされた歌。子どもたちが「お母さん」と歌うと参観している母親たちが「なぁに」と歌う。曲と同様何とものんびりした感じで、みんな楽しそうに歌っていたけれど、当然そこに健司の里親の姿はない。この歌の歌詞の中の母親像と健司の中の母親像とのギャップに戸惑い、虚偽の母親像を押しつけられている気がして幼い健司はパニックを起こした。それをきっかけに健司はキレることが急増するようになった。

いじめられるようになると、もっと増えた。感情のままに地団駄を踏む、集まっている小型の鳥に急に駆け寄って蹴散らす、虫を潰したりその虫の体や手足を引き千切る。そうやって解消した小学校低学年。特別支援学級の児童の持ち物を誰にも気づかれないようにドブに捨てて反応を見る。彼らの面倒を見る役を買って出て、優しくする振りをして、君の持ち物をドブに捨てたのは普通学級の誰々だと嘘をつき、取っ組み合いの喧嘩になっているのを素知らぬ顔で傍観する。それが小学校高学年のときの解消法。中学生になるとそんなことでは解消されず、苦悩していたときに出会った水攻めで猫を殺す方法。

村主の要望でべにばなほーむの一員となって三カ月くらい経った頃、健司が村主に語った内容だ。たった三カ月でそんなことを話すのかと思うかもしれないが、むしろ健司のように自分の本心を語る相手がずっといなかった人間ほど一度心を開けば聞いて欲しかったことが溢れ出す。それを機に、べにばなほーむの嘱託医となっている心療内科を受診させようとしたが健司が激しく拒否したため、村主が月に一度その心療内科に出向き、健司の様子を話し、彼への対応について指導を仰いだ。

健司の話をひたすら聞き、受け入れる。そして村主自身の心の内も見せて安心させる。部屋は男子二人が使っている子ども部屋ではなく、村主と同室にした。健司を快く思っていない海老沢には、最初自分と村主が同室になり健司を個室にしたらどうかと提案されたが、環境が変わった上に孤立させると追い詰めることになり兼ねないと医師から言われていたのだ。そんな中、健司が村主に懐き始めたのは、村主が元自衛官だと知ってからだった。

「村主先生はオナニーって週に何回する？　おじさんだからそんなにやらないのかな。僕の同級生も兄さんも毎日のようにやってたよ。やらないとストレスが溜まるんだって。溜まるよね、ストレス。猫を殺すのは僕にとってのオナニーだったんだよ。ただ、やり方がみんなと違うだけ。みんなと同じようにはできないんだもん、仕方ないじゃない。それに、みんな豚とか牛とか鳥とか生きてる動物を殺して食べてるよね。食欲を満たすためなら殺して良くて性欲を満たすために殺すのは駄目なの？　……勝手だよ、そんなの」

健司は猫を殺した言い訳をした。そして、村主の反応を見てから、自衛官だったのならイラクへ行ったかと聞いた。

「ああ、行ったよ」

その返事に健司は目を輝かせた。

「人が自爆するとこ見た？」

「ああ」

「自爆するとやっぱり吹っ飛んでバラバラになるの？」

「ああ」

「手とか足とか頭とかみんなバラバラ？　内臓も？」

「ああ」

「ペニスも？」

訝しげな表情をした村主に向かってすかさず続ける。

「イラク戦争では性器損傷を負ったアメリカ兵も多くいて、死体から適合する性器を見つけてペニスを移植するケースがあったんだって。聞いたことない？」

「いや、ないな」

健司はあからさまに落胆した表情をすると、

「じゃあ、目の前で自爆されるのって、どんな気分？　どんな感じ？　教えてよ」

と、質問を変えた。健司の顔には再び笑みが満ち溢れた。村主は目の前の健司に向かって右手の人差し指を一本立てた。

「一年。一年猫を殺すのを我慢できたら教えてやる」

「マジで?」

健司は飛び跳ねんばかりに全身で喜びを表現し、それからは村主になんでも話すようになった。普通の人が聞けば嫌悪するような内容も、まるで村主を試すように言ってみるが、顔色ひとつ変えず、動じない。自分の話を引かずに聞いてもらえるのがこれほど嬉しいことなのだと初めて知った。

*

「一時的でもいいからここで預かろうってお前が言い出したときは正直頭を抱えたよ。でもお前が全責任を取るとまで言うから受け入れたけど、あの調子なら高校に行くこともできるかもしれないな」

海老沢が奈々に村主の監視を依頼したことがバレ、村主に激怒されて奈々に詫びの電話を入れた後、海老沢は勿論、村主も奈々とは一度も会っていないし、連絡も取っていない。海老沢は、そのときのことで村主に負い目を感じ、健司の受け入れを断り切れなかった。

実際、受け入れたものの健司の扱いはかなり難しかった。健司は無口なわけではなく、むしろよく喋るほうだった。ただ、無意識なのだろうが、健司の口から出てくるのは聞いている者に不快感を与えるような内容ばかりで、相手がどんな表情をしていようがお構いなく自分本位に話し続ける。その癖話を途中で遮ろうとしたり、否定しようものなら忽ち感情的になって暴言を浴びせる。一事が万事そんな調子で、施設の子どもたちは次第に距離を置くようになっていった。そうなると今度は、どうせ僕はどこに行っても嫌われるんだといじけだす。数年前に制定されたいじめ防止対策推進法を持ち出して「僕を避けるのはいじめだぞ、犯罪だ、犯罪だ、お前らみんな犯罪者だ、刑務所に入れ」と言って、子どもたちを嚇《おど》したりする始末。

健司は孤立するのが嫌なんだ、嫌われるのが怖いんだよと村主は言っていたが、海老沢からしてみれば、もし本当にそうならば、まずは自分の性格を直せばいいのにと思っていた。人間、全員が全員を好きになれるわけもなく、逆に全員に好かれるわけもない。当然海老沢にもイケ好かない人間は存在して、それは誰しもに感情があるのだから仕方のないことだと思っていた。しかし、だからといっていじめるのは絶対に良くない。だとすれば取るべき対策はただ一つ、そいつと関わりを持たないこと。往々にしてそういう場合、相手も少なからず同様に思っていて、自然と接触しなくなるもの。あるいは仲良くなれるようにイケ好かないと思われている部分を気をつけるようになるものだ。海老沢自身も、相手が自分を嫌っているように感じればそいつから離れるし、そいつが仲良くしたい相手であれば自分の性格を顧みるようにしてきた。それが海老沢が生きてきた中で学んだ人間関係の構築法だった。ところが健司はそうではなく、あくまで自分を嫌いになる奴が悪いのだと言わんばかりに攻撃するので、全く理解できず、どう対処したら良いのかもわからなかった。

一度、そんな思いを村主に吐露したことがあった。

「多くの人間は、生まれただけで親にとっては最高に価値のある存在だ。でも、そうでない人間もいるということは海老沢もよく知っているだろ？　健司は、親に疎まれ、その後引き取られた先の里親家族にも疎まれ、その時点では自分は本当は価値のある人間なのにそいつらが無能だからわからないだけだという思いが自分の精神を支えていたのに、学校という社会に出てまで虐げられたことで、その思いが、自分を支えていた思いが揺らいだんだよ。でも自分が価値のない人間だと認めるのは怖い。だから努力するという方向にいける人間ならまだいいが、健司は自分を認めない人間に攻撃的になる。無理やりでも、どんな手を使ってでも自分は価値がある人間だと認めさせようとする。この社会は、そういう奴を受け入れる仕様にはなっていないから当然逆効果で生き辛くなる一方だ。自分で自分の首を絞めているんだよ。ああいう奴は周りも自分も不幸にする」

村主からその話を聞いて、海老沢はそういう奴こそ悪果なのではないかと思った。里親から相談を受けたときに既にそう思ってはいたが、確信した。なぜそんな奴を、村主がこれほどまでに目をかけるのか。海老沢は敢えてそのことは追及せず、自分は他の子どものケアに専念し、健司は村主に任せようと決めた。そんな生活の中で、健司は当然のように村主を慕い、自分を理解してくれる村主がいることで心の安定を保てるようになっていった。他の人に対して自分を押しつけなくなってきているとも感じられた。だから、海老沢は本心で健司が高校へ進学できるんじゃないかと考えていた。そのことを村主に伝えると、「そうだな、直接健司と話してみるよ」と嬉しそうに言っていた。

*

殺意

三月も後半となり卒業式や修了式シーズンを迎えていた。べにばなほーむからも中学を卒業する門出の日を迎える一員がいた。昨日までは晴天が続き、暖冬のまま春に突入するものだと思っていたが、この日に限って朝から曇り空。夕方には雨が降るかもしれないと天気予報で言っていた。今日明日は全国的に天気が崩れる見込みらしい。門出の日を迎えるのは、三人の女子のうちの一人で、この春から県内の商業高校への進学が決まっている。希望していた情報処理科で学べることを楽しみにしていた。

卒業式には本人と保護者である海老沢が参加した。村主はその間に他の子どもたちとパーティーの準備をする役目だ。この地域では、兄弟で小学校中学校へ通っていることを考慮し、午前中に小学校の卒業式、午後に中学校の卒業式を執り行う。村主が時計を見ると、時刻は間もなく午後四時になるところだった。一段落すると部屋の飾りつけは子どもたちに任せ、村主は調理に入る。仕込みは既に終えていたので、一時間もあれば完成する手筈だ。

空は昨年小学校に入学したんだから、来月にはもう二年生になるのか。

この約一年の間、奈々のことはそれほど思い出さなかったが、近くに子どもたちがいるからか、空のことは時折思い出した。もう歩くようになっただろうか、と考えながらキッチンでちらし寿司の具を酢飯に混ぜ合わせていると、テーブルに置いてあるスマホの着信音が鳴った。画面を見ると奈々からの電話だった。空のことを考えていたところだったから、驚いて数秒思考が停止する。もう二度と連絡をすることも連絡が来ることもないと思っていたので、そのまま応答するのを戸惑っていると、着信音が鳴り止み、数秒して再び着信音が鳴り出した。よく考えてみればあんな別れ方をしたのだ、急用でもない限り連絡が来るわけがない。週刊誌の記者に追われているとか、何かトラブルが発生したのかもしれない。村主は慌てて布巾で手を拭くと、スマホを手に取り応答マークをタップした。

「雅哉先生！」

こちらから何も言わないうちに叫ぶように名前を呼ばれ、やはり何かあったのだと思う。

「すぐに出られなくて申し訳ない。どうかしたの？」

「空、そっちに行ってますか？」

思わぬ質問に顔を顰めた。

「いや、来てないけど、いないの？」

スマホの向こうで奈々が溜息をついているのが聞こえる。「いつから？」と聞こうとして、逆に「円能君て、武蔵浦和のあの男の子ですよね？」と奈々から聞かれた。かなり動揺している声だ。村主は嫌な予感がした。

「そうだけど、空君がいなくなったことと健司が何か関係しているの？」

そういえば午前中は一緒に仕込みをしていたが、昼食を摂った後、姿を見ていない。他の子どもたちとパーティーの飾りつけをするのが嫌で部屋に籠もっているのかと思っていた。

「空の通っている小学校は昨日修了式だったので、今日は午後から近所のお友達の家に遊びに行っていたんです。帰りは五時に私が迎えに行く約束でした。でも、三時半頃にそのお友達のお母さんから空君家に帰っていますかって電話が来て。どういうことか聞いたら、家の中で遊ぶことに飽きた子どもたちが、その家の駐車場に秘密基地を作って遊んでいたそうなんです。普段からよくやっていて危険はないので、その家のお母さんはリビングでテレビを見たりしていたみたいで、おやつの用意ができて声をかけたときには空だけいなくなっていたって。空君はどこに行ったの？　って子どもたちに聞いたら中学生くらいのお兄さんが迎えに来て帰ったって言ったらしいんです。空は最初、知らない人だって言っていたみたいなんですけど、雅哉先生の名前が出てついていったって」

「俺の？」

「はい。そのお兄さんが村主先生と今一緒に暮らしている円能ですと名乗って、村主先生に頼まれて迎えに来たと言われてついていったって言っていました」

「俺に頼まれて？」

村主は健司の思惑を推し量る。

「雅哉先生、あれからあの少年と一緒に暮らしてあげていたんですか？」

『傍に、傍にいてあげればいいじゃない』

一年前、あの屋上で叫んだ奈々の姿が脳裏に蘇る。

「うちの施設でね。施設で一時的に預かっているんだよ」

なんだか奈々に言われたからその通りにしたようで少し照れ臭くなり、素っ気なく答えた。

「そうですか。それで、彼は、円能君は今どこにいるのかわかりますか？」

「いや……空君は歩きなの？　それとも」

「車椅子です……まだ」

「つまり健司が車椅子の空君をどこかへ連れていったってことか」

そのとき、中学校の卒業式に出席していた海老沢が帰ってきたようで、玄関から声が聞こえた。

「奈々先生、俺から健司に連絡を取ってみてすぐ折り返すからちょっと待ってて」

そう言って電話を切った。村主から健司に奈々や空の話をしたことは一度もない。だとすれば、そんなお喋りは一人しかいない。

村主は帰ってきたばかりの海老沢の腕を引っ張り外に連れ出した。折角のお祝いの日だ、できれば子どもたちには心配をかけたくはない。ましてや健司のことは全責任を自分が取ると言って引き取ったのだ。施設に迷惑はかけられない。

「お前、健司に奈々先生や空君のこと喋ったか？」

最初は村主の剣幕に圧倒され目を丸くしていた海老沢も、事の次第を聞き、一気に蒼褪めた。

海老沢から話を聞いた村主が健司のスマホに電話をかけると、健司は予想外にすぐに出た。

「村主先生、遅いよ。待ちくたびれちゃった」

健司の疲れたような溜息交じりの声の後ろで電車の音が聞こえる。

「駅か？　健司、お前今どこにいるんだよ」

刺激しないようにできるだけ冷静に穏やかな口調で聞いた。

「駅？　惜しい」

まるでゲームをしていて自分が優位に立っているかのような口振りだ。

「空は？　一緒なのか？」

「さっきまで一緒に電車を見ていたけど、まさや先生は？　って煩くなったからスタンガン使ったら気絶しちゃって、そのまま寝てるよ」

「そんなものどこで手に入れたんだよ」

「二カ月くらい前かな、バスで隣に座ってた女の人の鞄に入っているのを見かけて、その人よく寝てたし、欲しかったから盗んだ」

「それを空に使ったのか？　気絶って、生きてるんだよな？」

思わず口調が強くなり、

「生きてるよ。そんなにキレるなら電話切るから」

と健司に言われ、怒りの感情を鎮めようと拳を強く握り自分の太腿を殴った。

「キレてはいない。お前も空も、二人とも心配なだけだ。どこにいる？」

「この子、本当に村主先生が好きなんだね。村主先生のところに連れていってあげるって言ったら喜んでついてきたよ」

「それで、どこにいるんだ」

気が急くのを必死に堪えて聞く。

「この子が本当の母親と住んでいた町に連れてきてあげたんだけど丁度いい場所がなくて、一駅歩いた」

本当の母親と住んでいた町……一駅歩いた……。

「西川口……一駅歩いたってことは、川口？　それとも蕨か？」

「村主先生もこの子のことよく知ってるんだね」

「なぁどっちだ。川口か？　蕨か？」

村主は桶川駅に向かって走りながら聞いた。

「やっぱり所縁のある土地がいいと思ってさ、この子に聞いたら蕨の幼稚園に通っていたことがあるって言うから蕨方面に歩いてきてみたら丁度いい場所があったよ」

「蕨で丁度いい場所？　駅じゃないのか？」

こうして話している間にも何度も電車の行き交う音が聞こえてくるが、確かに駅のアナウンスや発車音は聞こえない。線路沿いの道だろうか。

「陸橋だよ。車は通れない陸橋。電車もよく見えるし、楽しいね。僕、電車は嫌いじゃない。これ以上は教えないよ」

「わかった、すぐ行くから待っててくれ」

「うん、早く来てね。もう待ちくたびれたから」

健司との電話を切るとそのまま奈々へ連絡をする。今か今かと待っていたのだろう、奈々は電話に出るなり「空は？　空がどこにいるかわかりましたか？」と涙声で言った。奈々が先に到着するのは良くないと思い、陸橋のことは言わずに蕨駅で待ち合わせをした。村主は既に電車に乗ったので、これから向かうと言っている奈々と恐らくさほど到着時間は変わらない。ネットで調べれば、健司の言っていた陸橋の検討はすぐについた。

＊

数日前、村主のいないときに健司と海老沢がべにばなほーむで数時間二人きりになった日があったのだという。同じ屋根の下で生活を共にしているのだから今までもそんな機会は幾度となくあった。でも、入所してしばらくの間、海老沢は健司を警戒し、健司もそれを察してか、二人きりになっても親しく話すことはなかった。年が明けた辺りから健司への警戒心を解き始めていた海老沢は、ホットココアを淹れ健司を雑談に誘った。施設の経営者は自分なのに、健司のことを全て村主に任せきりというのは良くないと、海老沢なりに反省もしていた。誘われた健司も快くリビングの席に着いた。まずは他の子どもたちと同じように、海老沢は保護者として健司に高校への進学を勧めた。村主からも話があったかと思ったが、何も聞いていないようだった。まだ一年以上先のことだ。村主はおいおい話すつもりだったのかと、少し先走ったかと思ったが、一度話し始めたことだからとそのまま話を続けた。しかし、健司はあからさまに難色を示し、高校に進学したら里親の元に戻らなければならないのか、と尋ねた。里親の元に戻りたくなければ定時制の高校に通いながら働いて一人暮らしをすることも可能だと答えたが、それでも進学を渋っていた。

村主先生と離れたくないと言う健司に、高校進学は村主も望んでいるし、健司がずっと傍にいたら村主は結婚もできないだろうと言ったのだ。勿論結婚なんて、そんな相手も予定もない。しかし、健司が中学を卒業してからも自分の傍に置いておこうと考えていた村主の思いを知らなかった海老沢は、少しでも健司が自立する方向にもっていこうと、親離れさせようとしてそんなことを言ったのだった。県や児相に隠して施設に住まわせている現状に後ろめたさを感じていて、中学卒業を機に健司を施設から出したいという願望もあった。結婚なんて、村主先生にそんな相手いるの？　と聞かれ、最初ははぐらかしていたが、相手もいないのにそんな話されてもね、と袖にされ、ムキになった海老沢はつい奈々と空のことを口走ってしまった。村主の結婚相手として真っ先に思い浮かんだのが奈々だった……というか、他には思いつかなかったのだ。

「でもその話をしたら、健司の態度が変わったんだよ。熱心に俺の話を聞いて、村主先生にそんな相手がいるのかって凄く嬉しそうで。色々詳しく聞いてくるもんだから、つい喋っちまった。健司も俺と同じように、お前の幸せを願っているように見えたんだよ。これなら上手く自立にもっていけると感じたんだ」

健司が空を連れ出したと知り、海老沢は「すまん、本当にすまん」と連呼した。健司の異常性が先天的なものなのか後天的なものなのか。村主には勿論、相談していた心療内科の医師ですら直接診察しないと判断し兼ねると言っていた。それも一度や二度ではなく、何度も診察を重ね、ようやく見えてくるようなものなのだ。ただ、どちらにしてもあれほどまでの異常性が彼の中から消滅するとは思えず、何年もかかって徐々に徐々に薄れていくのではないかという診断だった。だから村主はどんなに健司の状態が良くなっているように見えても、決して油断はしなかったのだが、海老沢にはそれが全く理解できていなかった。

＊

空はスタンガンで気絶していると言っていたが、日本で通常一般の人向けに護身用として販売されているスタンガンの電圧では人を気絶させるだけの威力はない。あくまで痛みを感じさせるくらいのものだが、まだ幼い空は過剰に反応して気絶してしまったのだろう。むしろ怖い思いや不安な思いをしないで済むように、自分たちが到着するまで眠っていてくれと祈った。

さいたま新都心駅で京浜東北線に乗り換え窓際に立っていると、発車して間もなく目の前のガラスにポツポツと雨粒が打ちつけてきた。蕨駅のホームに降りた頃には駅中のコンビニで傘を買っている客がチラホラいたが、そのコンビニの前で待っていた奈々も村主も、目配せをするとそのまま駅舎を飛び出した。二人とも慌てて出てきたので傘など持ってはいない。持っていたとしても差している余裕もなかった。村主が検討をつけた跨線人道橋までは徒歩で五分もかからない。以前蕨に住んでいた奈々は多少土地勘があるようで、目的地に向かって急ぐ村主と並ぶようにして走っていた。

「二人を巻き込んでしまってすまない」

再会して初めて村主が口を開いた。

「あの少年は、雅哉先生が傍にいても駄目だった……ということですか？」

「何を以って駄目だというのかわからないけど、人間の心はそう簡単じゃない。この数カ月、健司のことを相談してきた心療内科の先生の話を思い返して俺なりに考えた。一年前にあの屋上で奈々先生が言ったことは、パチンコ屋の託児所で接するような未就学児相手なら間違っていないと思う。そういう意味では空君も奈々先生に引き取られたのは僅か一、二歳のときだった。でも、身近な人間に何度も深く傷つけられ、不安な環境に置かれた期間が長ければ長いほど、その期間と同等、もしくはそれ以上の期間をかけなければその心は癒えない。癒えるわけがないんだ。下手をすれば手遅れにもなり兼ねない。しかも、その場合の癒えるというのは、健全な精神状態になることを指してはいなくて、あくまで健全な精神状態というものを理解できる、あるいは健全な精神状態の振りができるようになるのがやっとなんだよ。そういう意味では、健司はまだ全然そこに至ってはいない」

「七十二時間の壁みたいですね」

「黄金の七十二時間のこと？」

奈々の口から飛び出した思わぬ言葉に村主は驚いて一瞬足を止めた。

「私が生まれて間もない頃に阪神・淡路大震災があったんです。勿論、記憶は全くありません。でも、学校で被害の大きさや防災の重要性を教わる授業があって、その中で七十二時間の壁についても知りました」

村主は再び先を急ぎながら奈々の話を聞く。七十二時間の壁とは、震災直後、懸命に行われる救助活動の中で生まれた生存率の目安のこと。災害発生から二十四時間で被災者の生存率は約九十パーセント、四十八時間で約五十パーセント、七十二時間で二十から三十パーセント、それを過ぎると重傷を負った被災者の九十九パーセントが助からないという意味で使われている。

「不安な環境に置かれた子どもはできる限り早い段階で救い出すことが必要不可欠で、救出が遅れれば遅れるほど健全な精神状態を理解できなくなるということですよね。しかも手遅れにもなり兼ねないのだとしたら、身体だけでなく人間の心にも救えるリミットがあるのかもしれないと思って……」

「そう……かもしれないな」

奈々らしい考え方だと村主は感心して頷いた。

「でも、どうして……空を……」と呟いた奈々に、健司は奈々と空を村主の婚約者とその子どもだと勘違いしているらしい、と伝えると奈々はその意味を悟り絶句した。「私……空のお友達から円能君と名乗る男の子に連れていかれたと聞いてもすぐに雅哉先生に電話できなかった……躊躇したんです。それに、どこかでお喋りでもしているのかなって軽く考えて公園とか近所を捜せば見つかるかと思った……あの時、雅哉先生にあんな偉そうなことを言って……私……何やってるんだろう」と声を震わせ目に見えて狼狽えた。

健司の一年前の様子を知っているのなら、猫を殺した現場も目の当たりにしたのなら、空を連れていったのが健司だと聞いた瞬間に、健司の悪意を疑ってもおかしくはない。それなのに疑わない奈々は、本物の偽善者なのか、筋金入りのお人好しなのか。だが、そんな奈々だからこそ自分も心を動かされ、健司を受け入れたのだ。

村主は健司を受け入れたときのことを思い出し、狼狽えている奈々にかける言葉を探したが見当たらず、彼女の背中に手を添えようとして、「いた」と言う奈々の声に驚いてその手を引っ込めた。小雨で視界が邪魔されるが、数メートル先の陸橋の上に確かに人影が見える。

「顔、見える？」

村主に聞かれると奈々は首を横に振った。ポケットの中からスマホを取り出して時刻を見ると、午後五時二十分だった。歩行者専用の陸橋かと思っていたが、自転車も利用できるようで、三本に分かれた向かって一番右端の路面に歩行者用と印字されている。見回したところ、雨のせいか自分たち以外に自転車も歩行者もいない。それでも村主も奈々も一列になって歩行者用と書かれたレーンを上っていった。陸橋の真ん中辺りで空を抱いて立っている健司の姿を見て、ひとまず二人とも生きていることにホッとした。隣に置かれた車椅子の座席がほとんど濡れていないので、村主と奈々の姿が見えてから空を抱き上げたのだろうが、小柄な健司は重そうに顔を顰めている。

「健司」

村主が声をかけると、健司は無表情のまま「遅いよ」と言った。空は目を閉じていて眠っているようだった。村主を追い越して空の元へ近づこうとした奈々を、

「近寄ったらこの子線路に落とすよ」

と牽制する。線路の先に電車のライトが見えた。

「どのみち落とすけど」

健司の表情も声も能面のように血が通っていなかった。

「僕がこの子を誘拐したら母親が村主先生に連絡したってことは、やっぱりそういう関係なんだ

ね」

「そういう関係ってなんだ」

「結婚するんでしょ？　この子の父親になるんでしょ？　だから僕が邪魔なんでしょ？」

「誤解だ。結婚なんてしないし、その子の父親にもならない。俺は、これからもずっとお前と一緒にいるつもりだ」

「嘘だよ。海老沢先生がそう言ってたんだから」

陸橋の下を電車が通り過ぎた。普段よりも大きく聞こえる電車の通過音にドキリとする。

「あいつは、お前を自立させようとして、良かれと思って言っただけで事実じゃない」

「証拠は？　嘘だって証拠はある？」

村主はほんの数秒考えて、唾を飲み込んだ。奈々はそんな村主の横顔を斜め後ろからじっと見ていた。

「俺が愛する人は、今までもこれからもただ一人だ。でも、彼女はもうこの世にはいない。ここにいる奈々先生の実の姉とその夫によって殺されたんだ。だから……奈々先生と結婚なんてありえない」

わかってはいた。わかってはいたのに、改めてこうして村主の口からはっきりと言われると、思っていた以上にショックを受けて、奈々は心臓を素手で抉り取られるような痛みを感じた。健司は驚いた表情を浮かべたが、すぐにうんうん、と二度頷いて村主を睨みつけた。

「なるほど、それが本当だとしたら、村主先生がそんな女と結婚する目的は……この子だね。村主先生はこの子を守るために結婚するんだ」

「違う。結婚しないって言ってるだろ。その子は……」

言いかけてやめた。言えなかった。気絶しているとはいえ空を目の前にして、その子はその殺人犯たちの子どもなんだ、と。そして、空の実の両親を死なせたのが自分なんだということも。

「この子の父親になるために僕をまたぼっちにするなんて許さない。僕から村主先生を奪う奴は誰であっても殺してやる。村主先生は僕と一緒にいなきゃ駄目なんだよ。僕が一番じゃなきゃいけないいんだよ。村主先生には僕を傷つけた罰として、僕を裏切ったらどうなるか思い知らせてやろうと思って、この子が電車に轢かれてぐちゃぐちゃになるところを見せてやりたくて今まで待っていたんだから」

蕨を発車して西川口方面へ向かう電車が通り過ぎ、立て続けに西川口から蕨方面へ向かう電車が近づいてきていた。次から次へとやってくる電車が焦燥感を煽る。

「俺はお前とずっと一緒だよ。お前が一番だよ。お前を捨てたりしない、お前を裏切ったりしない」

必死に説得を試みる村主の言葉を聞こうともせず、健司は空の身体を持ち上げ陸橋の手摺りに乗せようとした。

「私が、私が線路に飛び降りるわ。だから、空は放して。お願い」

　奈々が叫んで健司が一瞬怯んだのを見落とさず、村主が駆け寄り空の手を掴んだ。

「やだ、死んでもこの子は返さない」

　バチバチバチッという音がして村主は空から手を放した。健司がスタンガンを村主に向けていた。健司は村主にあてたつもりが空振りだったと気づき、今度はそのスタンガンを空に向けた。

「やめろ、雨で濡れた状態で使ったら危険だ。空の身体を通してお前自身も感電するぞ」

「別にいいよ。この子と一緒に死んでやるよ」

「やめて……私が死ぬから……私が……」

　自分の身が危険だと言われても全く動じない。奈々の懇願など最早耳に入っていない。村主は空の頭部にスタンガンを向けている健司を見て覚悟を決めた。

「どうやって、どうやって死ぬんだよ。今言ったよな？　スタンガンを空に当てても、空の身体を通して感電するくらいでお前は死なない、死ねないよ」

「この子に当てた後に僕にも当てる。もしくは、この子に当てた後に線路に飛び降りる」

「そんなの俺が阻止するに決まってんだろ。空にスタンガンを当てるのを阻止するのは間に合わなかったとしても、お前が次の動作をするまでに間に合わないと思うか？　戦地にも行ったことのある元自衛官だぞ、見縊《みくび》るなよ。俺は絶対にお前を止める。そしてあらゆる手を使って、空を殺したお前を精神病院の閉鎖病棟に入れて、自殺もできないように両手両足を拘束して、一生出られないようにしてから……俺が死ぬ。そうすれば、お前はこれから先何十年も独りぼっちだ。

自殺することもできない。死ぬまでぼっち、ずーっとぼっちだ」

「そんなのできるわけがない」

「それができるんだよ。この国で精神病院に長期入院している患者が何人いるか知ってるか？二十万人だよ、二十万人。そのうち身体拘束をされたことのある患者は一万人を超える。日本は精神病院数が世界一という精神病院大国だ。多くの精神病院は患者の治療を行い寛解や回復した状態に導くことを目的としているけれど、それだけの数があれば、重度の精神疾患患者の非自発的な入院を受け入れ、家族の承諾や依頼によっては患者を危険人物として拘束することも辞さないという施設も存在する。俺はそういう施設を熟知している。そこでは社会が邪魔者だと、この社会に適応できないと判断した人間には人権などないに等しい。お前の家族はあの里親だ。一生ぶち込んでおいてもらえるならって、喜んで承諾するだろうよ。しかも、俺はあらゆる手を使うと言ったはずだ。自衛隊には現職も退職者も知り合いがごまんといるし、元警察官にも伝手がある。有言実行の確率は百パーセントだ」

「なんでそんなこと言うんだよ」

健司は明らかに動揺して泣き出した。

「でも……」

村主の声色が明らかに変わる。

「空を解放すれば、殺さずに傷つけずに解放すれば、俺は……お前が望むだけ一緒にいる……お前の望みを叶えてやる」

村主の言葉で健司は泣き止み、一瞬全ての音が掻き消されたようにその場が静まり返った。その静けさを断ち切ったのは再び通過する電車の音だった。

「僕の望み……」

健司の紫色の唇がそう動いて雨粒を滴らせる。

「一緒に死んでって言ったら？」

「ああ、いいよ」

「本気だよ」

「ああ」

そう迷いなく答えて頷く村主の表情はとても、とても優しかった。その表情を見て、健司の目から怒りが、怯えが消えていき、代わりに白目が薄い赤色へと染まっていく。

「健司、お前を不安にさせて悪かった。もう二度とお前が不安になるようなことはしない。お前に寂しい思いはさせない」

村主は健司に手を伸ばした。

空を殺したら死、解放しても死。どちらにしても自分は死ぬと言って健司を説得している村主の後ろ姿を、奈々はただただ茫然と眺めることしかできなかった。

「こっちに来い。俺のところに来い。もう離れないから」

もう、健司の目には村主しか映っていなかった。今までの苦しみに塗れた人生が走馬灯のように思い出され、それが、村主と一緒に死ぬということを想像しただけで全て報われたような、温かいものが込み上げてきた。健司は目を真っ赤にしながら手にしていたスタンガンを落とし、その手で村主から差し出された手を握った。それを見た奈々が我に返って空に駆け寄り、健司から奪うように抱き寄せると、一メートルほど離れた場所で濡れた空の身体を拭き、自分の着ていた上着を被せた。空の頬に自分の頬を当てると、雨で冷えてはいたが息はしている。良かった。空に頬擦りをしていると、涙が溢れて止まらなかった。スマホで救急車を呼びつつ後ろを振り返る。村主の姿も健司の姿もどこにも見当たらなかった。

救済

村主は空を解放し自分の手を握った健司とともに、その足で福井県の東尋坊へ来ていた。

『やっぱり所縁のある土地がいいと思ってさ』

恐らく空を殺すなら空の所縁の土地がいい、そういうことを言いたかったのだと解釈していた。だとすると、村主も自分が死ぬ場所として真っ先に東尋坊を思い浮かべた己の思考が健司と同じでおかしかった。

急速に発達した低気圧の影響で福井県内全域で台風並みの強風が吹き荒れていた。交通機関も大幅に乱れ、県内の小中学校は休校が相次ぎ、明日までこの状態が続くと天気予報で言っていた。突風が吹く東尋坊では、落雷の危険もあるためお土産屋が建ち並ぶ道は通行止めとなり、遊覧船も運休。自殺防止活動のボランティアをしている人たちも危険で近づくことすらできない状態だった。しかし、村主にとってはまたとない好都合だ。迷惑をかける人はできる限り少ないほうがいい。児童養護施設の職員と不登校の中学生が一緒に東尋坊から投身自殺をしたなんて、マスコミの格好のネタだ。べにばなほーむと海老沢にはこれ以上にないほど迷惑をかけることになるだろう。だからこそ、そこまでに留めたい。

戻れるのならいつに戻りたい？

よくある他愛もない質問だ。だけど、そう聞かれても村主に戻りたい時点などなかった。どの時点に戻ったところで辛いだけ。雪乃と過ごした時点に戻ってもまた雪乃を失うだけ。強いて言うなら、母のお腹の中に、胎児の頃に戻りたい。そして、もう生まれてきたくはなかった。村主にとって海は母のお腹の中のような存在で、特にこの福井の海は母との思い出の場所でもある。だから、自分の死に場所はここと決めていた。健司にも戻りたい時点などきっとない。

　子どもの頃、母親とこの断崖絶壁に立ったときは荒れた天気ではなかったが、それでも崖の下を覗くと、勢いよく岩に打ちつける波飛沫に恐怖を覚え足が竦んだ。それはきっと死への恐れがあったからだろう。小学生だったのだから、無理もない。今は、容赦なく風雨が叩きつけ、高さ二十五メートルもある崖の上まで波飛沫が届いていて全身水浸し。ゴーゴーという音も風の音なのか波の音なのか区別がつかない。それでも不思議と恐怖は感じなかった。それどころか、生まれてこの方一度も感じたことのない安心感のような、ほっとするような感覚が全身を覆っていた。自分こそ、この世に生きるに値しない人間だとずっとずっと思い続けてきた。やっと逝ける。そんな思いだった。じりじりと崖の端まで足を出し、眼下に広がる海を見下ろす。

「怖いか?」

「全然。ビビッてないし」

村主は途中で買った救命浮き輪用のロープで、自分の身体と健司の身体を縛りながら、直に伝わってくる健司の震えを感じて尋ねた。

「こうすれば絶対に離れないだろ」

村主の言葉と行動に健司は戸惑いながらも嬉しそうに頷く。でも、村主の本心は違っていた。万が一にも健司が一人生き残ることがないように、死ぬのであれば必ず二人で絶命するための作業だった。村主が死に健司が生き残れば健司の暴走を止められる者がいなくなる。村主なりの健司を引き受けた責任の取り方でもあった。

「さて、逝くか」

結び終えて海のほうを振り返ると雲の切れ間から海に向かって薄らと日が差している。その日の光を辿って海から空へと目を移す。そのとき、地上から空へ上っていく感覚が堪らなく好きなんだと言っていた雪乃の声が、聞こえないはずの右耳にすっと聞こえた気がした。

「いい……いい空合いだな」

声に出して言っていた。

「空合い？　何、空合いって？」

健司に尋ねられ、村主は「空模様のことだよ」と答えた。

「いい空模様？　この嵐で？」

健司は訝しげに顔を顰めたが、「確かに死ぬにはぴったりかもね」と納得したようだった。

「ロープで結んで入水するなんて、太宰治と山崎富栄みたいだよね……僕たち」

明らかに死に対する恐怖が強くなっている健司は早口でよく喋る。

「ねぇ、村主先生……」

呼ばれて健司の顔を見下ろすと、完全に怖気づいている表情だった。足先も不自然に崖ではない方向を向いている。村主と目が合うと「僕、喧嘩が強くなりたい」と叫んだ。

「それが……お前の望みか？」

ロープで結ばれているので村主の胸に頭を擦りつけるように頷く健司に、「何のために喧嘩が強くなりたいんだ？」と聞く。

「いつか強くなったら、僕を見下してきた奴らを、僕を馬鹿にしてきた奴らを殺すため……武器で殺すんじゃなくてこの手で殴り殺すため……ステゴロだよ。そのほうが格好いいしすっきりしそうだから」

村主は溜息をついた。ステゴロなんて言葉どこで仕入れたんだか。ただ死ぬのが怖くなっただけだろう。それでも、根底にあるこいつのこの思いを、どう昇華させてやればいい？　死なせずに、生きて俺に昇華させてやれるのか？

「一緒に死ななくていいのか？」

「村主先生が本気で僕と死んでくれるんだってわかったから……今はいい」

もっともらしいセリフだが、そう言う健司の声は小さく、死ぬのが怖くなったとは言いづらいという心情が窺えた。生きている限り、いつか嫌われるんじゃないか、いつかいなくなるんじゃないか、そんな途轍もない不安に苛まれ苦しむのは、健司自身が一番理解しているはずだ。それでも、こうやって共に死ぬと本気で言ってくれる相手がいて、その相手とロープで繋がり今まさに死のうとしている。その体温を感じたことで死への恐怖が勝ったのだろう。

「そうか」

一カ月後、村主と健司は成田空港にいた。

「健司のこと、警察に言わないでくれてありがとう。俺の監督不行き届きで怖い思いをさせて……奈々先生にも、空君にも、本当に申し訳なかった」

電話越しでも、村主がスマホの向こうで深々と頭を下げているのが奈々にはわかった。

「タイ……ですか」

あの後、二人が生きていると知りホッとしたのと同時に、円能健司が生きている恐ろしさも感じた。それを察してか、村主は健司とタイに住むのだと、日本を離れるのだと報告した。海老沢とムエタイのジムに通った経験があった村主は、そのときに世話になったタイ人のトレーナーに紹介してもらい健司と二人ムエタイ留学をするのだという。留学といっても一年や二年ではなく、永住することを視野に入れているのだとも言った。親日で、日本から直行便で六時間という距離にあるタイに移住する日本人は結構多いそうだ。

「ムエタイは、彼の心身の修行的な目的ですか？　礼儀を学ばせるために武道を習わせる……みたいな？」

「いや、日本と違ってタイではムエタイは貧困層のスポーツだから、礼儀なんて身につかないよ。国技ではあるけどギャンブルが違法のタイで数少ない賭博対象になっているスポーツだからね。選手もほとんど貧困層出身だし。ジムに通っている頃、本場の試合を見たくて海老沢とタイのルンピニー・ボクシングスタジアムに行ったことがあったんだけど、試合を見に来ている現地の人間の盛り上がり方はスポーツ観戦のそれじゃなく、賭けに勝ちたいという狂気だった」

「じゃあどうして？」

「自分を見下してきた奴らを武器ではなく自分の手で殴り殺すために喧嘩が強くなりたいって言ったんだよ、健司が」

「そんな人にムエタイを習わせたりしたら、いつか本当に人を殺してしまうかもしれないじゃないですか」

「初めてタイに行ったとき、もう一つ驚いたのがスラム街の多さだった。バンコク市内だけでも千から二千のスラム街が存在していると言われていた。ムエタイの選手の多くがそんなスラム街出身の少年で、早ければ八歳頃からトレーニングを開始する。タイはインドを抜いて格差社会が世界一位、つまりこの地球上で最も貧富の差が激しい国なんだよ。今や中進国と言われているけど、政治的暴力事件が発生しても国は軍関係者を裁くことはない。そんな国で幼い少年たちが賭博の対象として観客たちの怒号を浴びせられながら闘っている。誰かを殺すためじゃない、誰かに恨みを晴らすためでもない。ただただ貧しい家族を助けるため、貧困から抜け出すために強くなろうとしている。純粋なスポーツではなくギャンブルスポーツだから、選手の安全を考慮して途中で試合を止めるなんてことは八百長にもなり得るからできなくてね、幼くして命を落とす選手も多い。そんな中に置かれて、健司が何を思うのか……俺はそれが知りたい。それに、あいつが自分で喧嘩が強くなりたいと望んだんだ、俺が傍についている上で逃げ道を断ってやろうと思った。大丈夫だよ、ムエタイを習うのはあいつだけじゃなく俺もだから、あいつがどんなに強くなっても、俺は常にあいつより強くいる。あいつを人殺しになんてさせない。俺があいつにしてやれるのは、そういうことなんだと思う」

……あの少年に雅哉先生がしてあげられることは、ただ見ているだけだったり、死なせてあげることだけじゃないでしょ。あなたが傍にいて安心できる環境を与えてあげればいい。

奈々は自分が村主に言った言葉を思い出した。健司が生きる環境を、村主はずっと探し、模索しているのだ。そう思うと、村主に抱いていた不信感も、健司に抱いていた恐怖心も、薄れていくのを感じた。

＊

小学校の入学式の日に、空から突然「お母さん」と呼ばれ息が止まりそうになった。

『空君は小学生になっても奈々先生のことをばななって呼ぶつもり？』

『だってママじゃないって言うし、他に何て呼んだらいいかわからないよ』

『そりゃ男の子が小学生にもなってママじゃ恥ずかしいな。やっぱりお母さんじゃないか』

『お母さん？』

『うん、お母さん。だって奈々先生は空君のお母さんだろ』

奈々の知らないところで村主と空はそんなやり取りをしたらしい。奈々は「お母さん」と呼ばれることを受け入れた。それがこの先、空を真っ当に育てていく覚悟なのだと思ったし、何よりそう呼ばれることが嬉しかったから。

次に話す機会があればそのときのお礼を言おうと思っていたが、ずっとそれどころではなかった。

＊

「空がね、私のこと、お母さんって呼んでくれるようになったの……ありがとう」

ようやくお礼が言えた。

「だって、お母さんでしょ」

「うん、そうね……。家ではまだ車椅子に乗りたがるんだけど、学校には歩いて行ってるのよ」

「そうか……うん……そうなのか」

ほんの少し続いた沈黙を、村主の「じゃあ、そろそろ行くよ」という言葉が破った。

「行ってらっしゃい」

電話を切って、奈々はリビングの大きな窓から真正面に見えるマンションの上に広がる空を見上げた。彼らは飛行機であの空に飛び立っていく。


村主からメールが来たのは半年後だった。健司は何カ月もトレーナーのミット相手にパンチやキックをし続けてきて、型が様になってきたから人間相手に試合をしたいと言い出したのだという。実際は未だに自分でバンテージすら上手く巻けず、周りには調子に乗っているようにしか見えない状況下で、トレーナーから宛てがわれたのはずっと年下の現地の少年。案の定全く歯が立たず、健司は一ラウンドの三分すら立っていられなかった。パンチもキックも一発も当てられない上に、たった一分足らずでガードしていた腕が上がらなくなり、殴られ、蹴られ、痛い痛いの連発。健司は悔しくてその少年に日本語で「殺してやる」と泣き叫ぶも、暫く立ち上がれずリングの上で手足をバタつかせることしかできなかった。言われている当の現地の少年戦士は、わけのわからない言葉を叫び赤ん坊のように身体をバタバタとしながら泣いて暴れる年上の日本人を見て大笑いしていた、と書かれていた。

更に半年経った頃に来たメールには、健司のリングネームが決まったと書かれていた。リングネームといっても選手としてデビューするわけではない。多くのタイ人が本名とニックネームを持っているのを見て、格好をつけるために健司自身で考えたニックネームなのだという。

その名は『トーン・ファー』。トーンは縁起の良さからリングネームとしてよく使われる〝金〟という意味で、ファーは〝空〟という意味だそうだ。そのメールを読んだ奈々は、何で空？　と、一瞬不快に思った。でも、その後に書かれていた『ファーはタイでは女の子のニックネームとして使われることが多いから他の名前にしたほうがいいと、現地のトレーナーからアドバイスを受けたんだけど、健司は俺が口癖のように言う〝空合い〟という言葉が気に入ったらしくて、タイ語で空合い的な意味で使われるトンファーにもかけたその名前がどうしてもいいんだと譲らなかったんだよ』という文章を読んで腑に落ちた。

空合いか……。

奈々自身は村主の口からその言葉を聞いたことは一度もない。余り馴染みのない言葉なので、スマホで検索してみる。空の様子、空模様。なるほど、タイで金の空模様といえば黄金の寺院と宵の明星といったところか。目を瞑りその光景を思い浮かべ、素敵だと思う。〝悪果〟よりもずっと……ずっと素敵な口癖。

日本の今の時刻は午後五時を回ったところだ。目を開けて窓の外を見ると美しい夕焼けが広がっていた。世界は空で繋がっているのだと、当たり前のことだが、改めてそのことを実感したのだった。

了

本作品はフィクションであり、実在の個人・
団体などとは一切関係がありません。

著者プロフィール

永山 千紗（ながやま ちさ）

1974年、埼玉県生まれ。二児の母。

2015年より主婦業と並行して小説を書き始める。

2017年、柳永千哲名義で執筆した『山羊の檻』で第二回草思社・文芸社W出版賞銀賞を受賞。

2020年、『空逢い』で第五回草思社・文芸社W出版賞金賞を受賞。

2021年に投稿作を改題した『ソウルハザード』でデビュー。

ソウルハザード

2021年8月15日　初版第1刷発行

著　者　永山 千紗
発行者　瓜谷 綱延
発行所　株式会社文芸社
〒160-0022　東京都新宿区新宿1－10－1
電話　03-5369-3060（代表）
03-5369-2299（販売）

印刷所　図書印刷株式会社

ISBN978-4-286-22726-9